徳 間 文 庫

死の湖畔 Murder by The Lake 三部作 #1

追憶(recollection)

田沢湖からの手紙

中町 信

徳 間 書 店

死の湖畔 *Murder by The Lake* 三部作 #1

追憶 *recollection* 田沢湖からの手紙

目次 *contents*

第三部　死者の手紙

デザイン　鈴木大輔（ソウルデザイン）

プロローグ

堂上富士夫《どのうえふじお》が明日から名古屋で開催される脳外科学会の最終的な打合わせを済ませ、医局員室を出たのは午後三時過ぎだった。

エレベーターで六階に昇り、助教授室の前まできたとき、ドア越しに電話のベルが聞こえてきた。

堂上は、反射的に妻の美保《みほ》からの電話だと思った。

助教授室の部屋のカギをあけ、傍《そば》の直通電話の受話器を取ると、

「あ、あなた……わたしです」

と、平素に似ず、気《け》だるそうに沈んだ口調の美保の声が聞こえてきた。

「まだ大学にいらしたのね。どう、お変わりないこと?」

「きのうの今日だよ。変わりがあるわけないよ。ゆうべの同窓会はどうだった?」

「楽しかったわ。十四年ぶりですもの」

「で、いま田沢湖かい？」

「『ホテル田沢湖』の二五六号室。あたりの紅葉が、とてもすてきよ。あなたにも見せたいくらい」

「予定どおり、四、五日はのんびり骨休めをしてくることだね。仕事のことは忘れてさ」

仕事と言ったのは、美保の小説執筆のことである。

美保は堂上と結婚する三年ほど前から、旧姓の深尾美保の名で推理小説を書いていた。

その当時は、のんびりした執筆活動だったのが、この二、三年にわかに売れ出し、今では女流作家のトップクラスに名をつらねるまでになっていた。

「原稿用紙は持ってきたんだけど、なんだか、その気になれなくて」

「飲み過ぎて、羽目はずしたからじゃないのかね」

「羽目をはずすほど飲んでないわ。でも、まだ頭が痛いのよ。それに吐気もして」

「やっぱり、二日酔いじゃないか」

「体が疲れていたところへ、久しぶりにお酒を飲んだせいだとも思うんだけど。耳鳴りもしてるわ」

「耳鳴り？」

「わたし、ちょっと心配なのよ」

「なにが？」

「五年前の病気のこと……」

「また、きみの取越し苦労が始まったね。三、四年前にも、同じようなこと言っていたね」

「でも……」

「きみのいまの病状を、ずばり診断してみようか」

「なんなの？」

「心気性神経症。つまり、ひとつのことを考えづめに考えていると、この病気になりやすいんだ」

「でも、別にわたし——」

「隠さなくてもいいさ。十五年前の十二月の事件……とやらに首を突っ込んで、探偵まがいのことやってるんだろう？」

「あら、いやだ。知ってらしたの、そのこと」

「ただし、詳しくは知らんよ。きみの電話の洩《も》れ聞きだからね。忙しいさなか、同窓会に出かけて行ったのだって、その事件とやらを調べるためだったんだろう？」

「みんな、ご存知なのね」

「そんな事件のことを、あれこれ考えているから、体がおかしくなるんだよ」

「糸が解けかかっているのよ……でも、考えようとすると、頭痛がして……」

と美保は言った。

「疲れているんだよ、きみは。いい機会だ、なにもかも忘れて、ゆっくり静養することだね」

「明日から、名古屋ね」

「ああ。十二日の夕方には帰れるよ」

「わたしも、その日に帰るわ。そうだわ、銀座で待ち合わせして、お食事をしないこと？」

「いいね」

「楽しみだわ。あなたと外でお食事するなんて、久しぶりですもの。十二日に、こちらから会場へ電話していいかしら？」

「いいとも。待ってるよ」

美保はそのあと、家の戸締りのことなど言いおいて、電話を切った。

十一月七日、日曜日のことだった。

第一部

湖畔に死す

第一章　堂上富士夫

1

十一月十二日。

脳外科学会が行なわれている名古屋市の産業会館の大ホール。

学会最終日の最後の講演者は、東和大学助教授の堂上富士夫だった。

中央の演壇に立った堂上は、自信に満ちた表情で、周囲をひとわたり眺め回した。

その堂上の容貌《ようぼう》からは、繊細な神経を持つ脳外科医というイメージは湧《わ》いてこなかった。

眉目《びもく》の秀でた面構《つらがま》えは、どこか荒々しいまでに男性的で、人を威圧するものがあった。

小柄だが、がっちりとした体格で、若々しい精力的な物腰からは、とても四十六歳という年齢は想像できない。

堂上は、「海綿静脈洞周辺の硬膜動静脈奇形手術における新知見」と題する論文を一時間にわたって発表したあと、スライドを上映し、その一枚一枚について詳細な説明を加えていた。

海綿静脈洞とは人間の脳の最深部にあり、顕微鏡を用いてのその手術は、難事中の難事とされていた。

わが国で最初にその手術に成功したのは、堂上の大学の浪風《なみかぜ》教授である。

堂上は浪風教授の教えを受けたあと、脳血管手術の世界的な権威であるスイスのチューリッヒ大学病院脳外科、ペーター・レイモンデイ教授の許《もと》に弟子入りしていた。

三年前、レイモンデイ教授から指導を受けた堂上は、いまでは第一人者と言われる浪風教授をはるかに凌駕《りょうが》するまでに、脳血管手術については熟達していた。

「海綿静脈洞周辺の奇形手術」に関する新しい論文を矢つぎばやに発表し、その理論の正確さを堂上のメスが証明してみせていた。

世界の堂上の新たな研究成果である今回の講演は、医学関係者のみならず、多くの報道関係者も一様に注目し、広い会場はびっしりと満たされ、人いきれでむんむんするほどだった。

二時間にわたる講演を終え、堂上が控室に当てられている二階への石段を昇りきったときだった。

控室から助手の若松が、慌てた素振りで廊下へ出てきたのだ。

「あ、先生」

目の前の堂上を認めると、若松はそう言って生つばを飲み込んだ。

「なんだね？」

「電話です。秋田県の田沢湖町の――」

「家内から？」

若松は首を横に振った。

「田沢湖町の警察からです」

「警察――」

不吉な予感が、一瞬、堂上の背中を駆け抜けて行った。

若松を押しのけるようにして部屋にはいり、傍の受話器を耳に当てた。

「堂上ですが――」

「――東和大学医学部脳外科の堂上富士夫さんですね」

中年の男の声がした。

「ええ、そうですが」

「秋田県警田沢湖署の山口という者ですが」

「用件を言ってください」

相手の間のびした口調が、堂上に苛立《いらだ》ちを呼んだ。

「先ほども申しあげましたが、悪い知らせです」

「妻の身になにか——」

美保が死んだ——そう直感すると、堂上の四肢から力が抜け、思わずその場に崩折れそうになった。

「亡くなられました。一時間ほど前に、田沢湖の湖畔で水死体で発見されたんです」

遠く離れた電話の声が、堂上の耳許で炸裂《さくれつ》するように鳴り響いて聞こえた。

「水死体で——」

「溺死《できし》です。亡くなられたのは、昨夜遅くのようです」

「なぜ、なぜ、妻は……」

「今の段階ではそれしか申しあげられません。遺書らしいものは、なにも。とにかく、堂上さん。すぐにこちらへ来ていただきたいのですが」

「はい……」

「すぐに東京にもどられれば、大宮から15時15分発の東北新幹線に間に合うはずです。盛岡からは署の車を用意しますから」

電話は、一方的に切れた。

堂上は汗ばんだ手で受話器を握ったまま、宙の一点を見つめていた。

――美保が死んだ。

――今夜、二人で食事をするのを電話であんなに楽しんでいた美保。その美保が死んでしまったのだ。

堂上はなにかに向かって叫びたい衝動を必死に耐えていた。

その二時間余り後、東京に戻った堂上は、上野駅に駆けつける前に自宅に立ち寄って、新しい下着や衣類を整えた。

一週間は家をあけることになりそうなので、郵便受につめ込まれた新聞や手紙を引きずり出し、テーブルの上にまとめて置いた。親しい友人からの航空便や恩師からの手紙などが眼《め》についたが、手を触れる気にもならず、そのままにして家を出た。

2

東北新幹線「やまびこ17号」は、郡山を過ぎ、仙台に向けてひた走っていた。

堂上富士夫は、窓外に流れ過ぎるのどかな田園風景を見るとはなしに眺めながら、一つのことをずっと考え続けていたのだ。

美保は、なぜ死んだのか——。

自殺、という想定は最初から捨てていた。

田沢湖から電話をもらったのは、五日前だ。

頭痛を訴えていた以外、平素と少しも変わらぬ美保だった。そのわずか四日間の間に、自ら命を絶とうとするまでの深刻な悩みが生じていたとは考えられないことだ。

警察では遺書らしいものはどこにも見当たらないと言っていた。仮に美保が自殺したとした場合、遺書を遺《のこ》さないで死んでいくなど、あまりにも美保らしくない。

では、事故死だったのか。

夜ふけに一人で湖畔を散歩し、誤って足を滑らせ、湖中に転落したのだろうか。

美保は水泳ができないことを、負い目に感じていたことは堂上も知っていた。しかし、美保は外見に似合わず臆病《おくびょう》で要心深い性格の女だった。

そんな美保が、夜ふけに危険な湖畔を一人で歩きまわっていたとは、想像できない。湖の夜景を楽しもうとしたのなら、ホテルの窓からでも充分にその目的は果たせたはずなのだ。

美保は誰《だれ》かに殺されたのではないのか――。

堂上の考えの行きつくところは、それだった。

誰かに湖中に突き落とされたと考える以外に、美保の死に納得のいく解釈は得られなかった。

「十五年前の十二月の事件――」

堂上は、思わず、そうつぶやいた。

十五年前の十二月の事件――という言葉を美保の口から聞いたのは、たしか今年の五月の黄金週間《ゴールデンウィーク》のときだったと思う。

あの日、当時美保の郷里の中学校の教師だったという初老の男から、美保あてに電話がかかってきた。

堂上がその電話を取りつぐと、美保は、「また講演の件ね」とか言って、ちょっと迷惑そうな表情で受話器を手にした。

それでも美保は、そつなく相手と応対していたようだったが、

「十五年前の、十二月の事件――もちろん憶《おぼ》えてますわ」

と、いきなり声高に言った美保の言葉を、堂上は、はっきりと聞いたのである。

その後のやりとりはほとんど聞き取れなかったが、日時や場所などをしつこく確認して

いたことからして、美保がその男とどこかで会う約束を交わしていたのはたしかだった。

チョウナン——そのときの電話の男は、たしかそんな名前を言っていたと思う。

珍しい名前だったので、堂上が聞き返すと、男は繰り返し、チョウナンと告げていたので、いまでも憶えているのだ。

十五年前云々《うんぬん》の言葉を二度目に耳にしたのは、二週間ほど前のことだった。

堂上が風呂《ふろ》からあがって着替えをしていると、玄関わきの電話で懐かしそうな口調で話している美保の声が聞こえてきた。

「同窓会には必ず出席するわよ。十五年前のことも調べてみたいし」

そのとき、美保はそう言って電話を切っていた。

十五年前の事件とはいったいなんだったのか、美保に訊《たず》ねたい気持も動いたが、学会の準備に忙殺されていた堂上にとっては、それにかかずりあう気持の余裕がなかった。

堂上は窓外の風景から視線をはずし、後ろに寄りかかって軽く眼を閉じた。

——美保の死は、自殺ではない。また、事故死でもないのだ。

美保は十五年前の事件を追い、その犯人によって湖中に突き落とされたのに違いない。

「糸が解けかかっているのよ。でも、考えようとすると、頭痛がしてきて……」

五日前の電話で、そう言っていた美保の声が堂上の耳許近くに聞こえていた。

3

「堂上先生」

盛岡駅の改札口を抜けると、堂上のすぐ背後で聞きおぼえのある男の声がした。

振り返ると、長身の青年が堂上を見おろすようにして立っていた。

「やあ、きみか」

谷原卓二だった。

「お迎えにあがりました。駅前に田沢湖署の車が待っています」

谷原はそう言うと、二重《ふた》瞼《えまぶた》の澄んだ眸《ひとみ》でじっと堂上を見つめ、黙って静かに一礼した。

その沈黙の仕草の中に、彼なりの弔意がにじみ出ていた。

谷原卓二は盛岡中央病院に勤務する内科医で、美保とは同級生だった。

堂上が谷原とはじめて会ったのは、五年前、盛岡市の教育会館で行なわれた脳外科学会の会場でだった。

堂上が美保と結婚したばかりのときで、ロビーにいた堂上に谷原はおずおずと近づいてきて自己紹介をした。それが縁で、以来、東京の堂上の大学にも二、三度訪ねてきたことがあり、妹同伴で新宿のホテルで夕食を共にしたこともあった。

融通のきかない一徹な面もあったが、誠実で心根のやさしい男だった。

「お疲れになったでしょう。お持ちします」

谷原は堂上のバッグを手に取ると、先に立って歩き出した。

地下の飲食店街を抜け、駅前の暗い広場に出ると、バス案内所の横にパトカーが停《とま》っていた。

「お待ちしてました。田沢湖までご案内します」

堂上に制服の警官が挨拶《あいさつ》した。

警官の背後に白髪の男が立っていた。私服の刑事かと思ったが、

「美保さんと中学で同級だった米山年男です。このたびの同窓会では、三年四組の幹事をやらせてもらいましたが」

と言うのを聞いて、堂上はあらためて相手の顔を見つめた。白髪の老けた容貌の男が、美保と同年輩とは思えなかったからだ。

車が駅前の大通りを左折し、国道46号線の手前の信号で一時停止したとき、後部座席に坐《すわ》っていた米山が、

「あのビルが、角館《かくのだて》第二中学の昭和四十二年度卒業の同窓会の会場だった『ホテル盛岡』

です」

と背後の建物を指さした。

「なにしろ中学を卒業して十四年ぶりだもんで、そりゃ珍しい顔ぶれが揃《そろ》いまして。先生がたを入れて八十四名でした。土地の者が大部分でしたが、東京からも美保さんを含めて十八人も出席してくれましてね」

米山は背広のポケットからしわくちゃになった煙草《たばこ》を取り出すと、堂上にもすすめた。

「美保さんは中学のときから小説本を手離したことがないほどの文学好きな人でした。その当時から少女小説を書いてましてね。それに勉強もでき、スポーツも上手だったので、クラスでは大変な人気者だったんです。同窓会でも花形でしたよ。いつも大勢に取り囲まれて、誰にでもにこやかに応対してましたな。あんなに楽しそうで、元気だった美保さんが、なぜ……」

米山年男は顔をくもらせ、言葉を途切らせていた。なぜ自殺なんかを、と米山は言いたかったのかも知れない。

「あの夜の妻に、なにか変わったことはありませんでしたか?」

「……いや、別に。さっきも言いましたが、楽しそうで、子供のようにはしゃいでいましたよ。大ホールでの宴会のあと、部屋にもどってクラス別の二次会をやったのですが、そこでも美保さんが話題の中心になりましてね。部屋に集まったのは、担任の先生をはじめ、わたしやこの谷原君を含めて十三名で、美保さんはその一人一人の中学時代の傑作なエピソードを披露したりして、みんなを笑わせていました。まあ、しいて変わったことと言えば、少しアルコールに悪酔いしたというくらいでしょうか。そのあと夜の街にくり出した三次会では、苦しそうにあげていましたな。谷原君が介抱して、ホテルの部屋まで送って行ったようでしたが」

米山は同意を得るような面持《おももち》で、前の助手席の谷原卓二の横顔を見やったが、谷原は黙って無表情にうなずいただけだった。

「妻は誰かと特別に親しく話していたようなことはなかったですか?」

米山は質問の意味を解しかねたように堂上を見つめていたが、やがて、

「いつも何人かの輪に取り囲まれていましたから、特定の人と親しく話していたようなことは……まあ、同じクラスだったこともあって、添畑明子《そえはたあきこ》、秋庭《あきば》ちか子の二人とはよく話を交わしていたのは憶えています」

添畑明子。

秋庭ちか子。

会ったことはなかったが、堂上はこの二人の同級生の名前を記憶していた。

毎年、年賀状をもらっていたし、なにかの折によく美保の口から二人の名前を耳にしたことがあった。

添畑明子は、美保が泊っていた「ホテル田沢湖」の支配人で、彼女の父がホテルを経営していることは、以前にも何度か美保から聞いていた。

「実は、わたしも『ホテル田沢湖』に泊っていたんですよ。同窓会に出席したついでに、あたりを歩いてみようと思いましてね。あのホテルに泊ったのは、九日の晩からでしたが」

と米山が言った。

「ホテルで、妻となにか話されましたか？」

「ええ、一度だけ。と言っても、ごく短い時間でしたが。十日の日でしたか、美保さんから部屋に電話がかかってきましてね。同窓会名簿をちょっと借りたいとかで」

「同窓会名簿——」

「どこかへ失《な》くしてしまったんだろうと思い、美保さんの部屋までお持ちしたんです。五、六分の短い時間でしたし、話らしい話もしませんでしたが、それが、美保さんの姿を見た最後でした」

警察の車は幅員《ふくいん》のせまい家並みの道を抜け、山間《やまあい》の専用道路にさしかかっていた。

時刻が夜でなければ、色づいた紅葉の山々が窓外に展《ひろ》がってみえるはずだった。道路のすぐ傍に田沢湖線の鉄路があり、連結車両の少ない電車が、車と平行してのんびりした速度で走っていた。

道の片側に山が迫っていて、長いトンネルを幾つも通り抜けて行った。

車が田沢湖町にはいったとき、運転席の警官が、

「署には後日来ていただくことになります。とりあえず遺体確認のため、『ホテル田沢湖』に直行します」

と言った。

田沢湖の黒々とした湖面が樹間から見えてきたのは、それから二十分ほどたってからだった。

車は湖ぞいの道を走り、旅館や休憩所のある白浜《しらはま》という場所を過ぎると、急に視界がひらけ、湖の全望が見渡せた。

黒一色の湖面のはるか前方に、灯《あかり》の点滅する建物が見えていた。

「『ホテル田沢湖』ですよ」

と米山が言った。

堂上は遠く小さく見えるホテルに、じっと見入っていたが、新たな悲しみが、湖岸に打

ち寄せるさざ波のように、堂上の胸に広がって行った。

「美保さんは、中学のころから、この湖が好きだったんです」

これまでまったく言葉を発しなかった助手席の谷原が、いきなり誰にともなくそう言った。

「今はすっかり観光化されてしまいましたが、あの当時は旅館も一、二軒しかなく、砂利道でした。美保さんは中学一年のとき、遠足でこの湖に来て以来、ここが好きになったんです。自転車で幾度となくここを訪ねていました」

「そういえば、中学時代にそんなことを書いた美保さんの作文がありましたっけね。死ぬのなら、田沢湖の湖水の中で死にたい——とかいう……」

米山は堂上の視線に気づくと、言葉を途切らせ、ばつの悪そうな顔で横を向いた。

車が五階建ての白亜の建物の前に停止すると、中から鳥打帽を目深《まぶか》にかぶった中年の男が出てきて、堂上に一礼した。

「田沢湖署の山口です」

4

美保の遺体は、ホテルの駐車場に停めてある死体運搬車の中に頭をこちらに向け、白い毛布に包まれて横たえられていた。

白衣を着た若い係員が、遺体の顔にかけた白い布を取ると、背後にいた堂上を眼顔で促した。

堂上は遺体を真上から見おろした。まぎれもなく、妻の美保だった。

顔の皮膚は膨張し、みにくいまでに黒ずんでいた。いつもきちんとうしろで結んでいた長い黒髪はばらばらに解《ほど》け、折からの夜風に吹かれていた。

変色した小さな唇は、堂上になにか語りかけるように薄くひらいたままだった。

「奥さんに間違いありませんか」

山口警部が声をかけた。

「妻です。妻の美保です」

妻の名前を言葉にしたとたん、堂上の頬《ほお》に冷たいものが伝わり落ちた。

「お力おとしのことと存じます。先生のことは、よく存じあげておりました。それに、わたしの妻は、奥さんのファンでした」

と警部が言った。

涙の顔をそっと美保に近づけ、堂上は心の中で叫んだ。

「美保——。誰だか言ってくれ。お前をこんな姿にしたのは、誰なんだ」

第二章　堂上美保

1

「奥さんの死体が発見されたのは、けさの十時ちょっと前でした」

「青山育夫」と印刷された名刺を堂上に手渡すと、田沢湖署の刑事は話をきり出した。

土地訛《なまり》のない流暢《りゅうちょう》な口調だった。

堂上が案内されたのはホテル一階のロビー横にある会議室用の小部屋で、青山刑事の横では山口警部がのんびりとした表情で煙草を吸っていた。

「死体を最初に見つけたのは、この付近の五歳になる男の子で、その母親から署に電話がはいったのです。このあたりの湖岸は、むこう岸の白浜とは違ってかなりの水かさがあるのですが、死体が発見されたのは、このホテルのすぐ近くの湖畔に立っている辰子《たつこ》姫の像から三、四十メートル離れた、いちばん深い場所でした」

「辰子姫の像――」

「あ、堂上さんは田沢湖ははじめてですか?」

「ええ。でも、その辰子姫の伝説は、妻から一、二度聞いたことがあります。たしか、竜《りゅう》の化身となって、この湖に住みついた辰子という娘の昔話でしたが」

「青銅に金箔《きんぱく》をほどこした、りっぱな像で、今では田沢湖観光の目玉になっています。辰子姫の像のあたりは、早朝からホテル客などでにぎわっていたのですが、死体の浮かんだ場所は湖畔の樹木のかげになっていて、ために発見が遅れたのです。死亡時刻は、昨夜の十一時前後と推定されます」

青山はひと息つくと、

「ところで堂上さん。奥さんが東京の自宅を出られたのは、いつですか?」

「十一月六日の土曜日です。妻が何時に家を出たかは知りませんが、午後五時からの同窓会に間に合わせるために、二時ごろの東北新幹線に乗ったはずです」

「その後の奥さんの行動は、こちらでも一応調べてみたんですが」

と青山は言って、手帳を繰った。

「同窓会が終わったのは、夜の八時ごろで、そのあとクラス別の二次会があり、その二次会のあと、奥さんは同級生四、五人と街に出ています。飲み過ぎていたのか、同級生の谷原さんに介抱されて、途中でホテルに帰られたのです」

「そのへんの話は、車の中で米山さんという幹事役だった人から聞いています」

「そうですか。その翌日、日曜日のことですが、一人で盛岡から田沢湖線に乗っています。そして、このホテルに着いたのは、午後三時ちょっと前だったそうです」

「ホテルに着いてすぐ、妻から大学にいるわたしに電話がありました」

「そのとき、どんなことをお話になったんですか?」

「別にこれと言って……」

堂上は言葉じりをにごしながら、

「ホテルには十二日まで滞在して、午後には東京に帰るので、帰ったら一緒に食事をしようとか、そんなことを」

「そうですか。奥さんは、いまお話のように十二日の朝まで滞在の予約をしておられました。お訊ねしたいのですが、奥さんが田沢湖に五日間も泊る予定だったのは、なにか特別な理由があったからでしょうか?」

「別に田沢湖でなくてもよかったとは思いますがね。わたしが八日の月曜日から十二日まで、学会で家を留守にするので、その間、郷里でのんびりしてくるようにと推《すす》めたんですが。それに、このホテルは同級生の添畑さんという方が支配人をされているそうで、妻も以前から来たがっていたんです」

「なるほど。八日の月曜日に奥さんは午前十時ごろホテルを出られ、盛岡へ行っておられます」

「盛岡へ？」

堂上は、思わず聞き返した。

二日前にいた盛岡へ、再びなんの用事があって出かけて行ったのだろうか。

「ただ、盛岡市内に行ったかどうかはわかりません。白浜のバス停で盛岡行のバスに乗るのを、このホテルの従業員が偶然見かけたそうです。ホテルにもどられたのは、夕方薄暗くなってからだそうです」

青山刑事は、再び手帳を繰った。

「奥さんは、田沢湖に泊って、近くの田沢湖高原や乳頭《にゅうとう》温泉などを久しぶりに訪ねるのをとても楽しみにしていたと、同級生の何人かに話していたそうですが、火曜日から亡くなられた木曜日の夜まで、奥さんはこのホテルから遠くへは出かけていなかったのです」

「気が変わったのでしょう。それに妻は原稿の執筆に追いまくられていましたから、部屋で原稿用紙と首っぴきだったのかも知れません」

「遺留品の中に、原稿用紙はありましたが、一行の記述も見当たりませんでした」

「そうですか」

「奥さんが書いていたのは、推理小説の原稿ではなくて、手紙だったようですね。ホテルの売店から、みやげ用の便箋《びんせん》を一組買われております」

「手紙――」

「ええ。それから、亡くなられた十一日の夕方近くのことですが、奥さんは珍しくホテルを出られ、辰子姫の像のあたりを散歩しておられたそうです。一時間ぐらいしてホテルにもどり、出かけるので夕食はいらないとフロントに言いおいて、二階の部屋に入られたのです」

「妻は、どこへ出かけるか言っていなかったんですか？」

「ええ。それに、奥さんがいつホテルを出られたのか、いまのところ目撃者の証言はとれていません。ただ、夜の十時ごろ、明日の出立のことでフロントから確認の電話を入れたそうですが、奥さんは電話には出られなかったと言っています。以上が、こちらで調べた奥さんの行動ですが」

「妻あての電話については調べられたんですか？」

「調べました。が、これはホテルの交換台の記憶に頼るしかありませんので、たしかなことは申しあげられませんが。奥さんあての電話は、宿泊された翌日——つまり八日月曜日の朝と、その翌日の九日の夕方の二回受けていたそうで、それ以外はなかったようですね」

「八日の朝と、九日の夕方ですね」

「二回とも男の声だったそうですがね。堂上さんはお電話なさいましたか？」

「いや。さっきも申しあげましたが、八日から学会の会場にずっとつめかけていましたから。夜にでも電話してみようとは思っていたんですが、夜は夜で病院関係者などとつき合ったりしていたもので……」

「そうですか」

「妻の滞在中に、誰か訪ねてこなかったのでしょうか？」

「訪問者はなかったようです。もっとも、秋庭ちか子さんという同級生が、十日の日に仕事の関係でこのホテルにきたさい、奥さんの部屋をのぞいたそうですが、そのとき部屋の中に奥さんの姿はなかったとか言っていましたが」

短い沈黙があった。

「ところで、堂上先生」

と声をかけたのは、山口警部である。

「奥さんの死について、なにか心当たりはございませんか？」

「心当たり？」

「ええ。どんな些細《ささい》なことでもけっこうですから」

「別に……ありませんが」

美保の死が他殺であるという確信は、堂上の心の中でより強固なものになっていた。

堂上は自分の手でもう少し事件をさぐり、それなりの結果を掴《つか》みたかったのだ。そうすることが、亡き美保へのせめてもの供養だとも思った。

それに、いまここで、十五年前の事件云々の一件を警部たちに話したとしても、そんな過去の雲を掴むような話を相手が素直に受け入れてくれるかどうか、疑問だった。

「そうですか」

堂上のすげない答えを意に介するようすもなく、山口警部は傍の水色のスーツケースと小型のボストンバッグをテーブルの上に置いた。

あらためるまでもなく、美保のものだった。

ことにスーツケースは、結婚当初から愛用していたものだ。

「奥さんの遺留品を、一応ご確認いただきたいのですが」

堂上は言われるままに、スーツケースをあけた。中身は、ほとんどが衣類だった。

同窓会を含め六泊七日の旅行だったので、下着類や着替えがぎっしりとつめられていた。

ボストンバッグのほうは、化粧品をはじめ身のまわりのこまごましたものが主だった。

バッグの底に、最近刊行された新人推理作家の単行本と外国のスパイ小説が入れてあった。

いずれも日ごろから美保が手にしていたものばかりで、堂上の眼をひくようなものは見当たらなかった。

「それから、これは――」

と山口警部は傍の机の上に置いてあったいくつかの品を堂上の前に置いた。

「宿泊された二階の二五六号室のテーブルの上に置いてあったものです。遺留品は、これで全部です」

同窓会名簿。便箋。五十枚綴《と》じの二百字詰の原稿用紙。モンブランの万年筆。喫茶店や料理店のマッチが三個である。

「この同窓生名簿は――」

と言って、山口警部は茶色の表紙の薄っぺらな名簿を手に取った。表に、「角館第二中学校昭和四十二年度卒業、同窓生名簿」と太い活字が組まれてあった。

「当日、盛岡のホテルで出席者全員に配られたものだそうです。奥さんは三年四組。このホテルの添畑さんや盛岡中央病院の谷原さんと同級だったんですね」

堂上は同窓生名簿を見ながら、車の中での米山年男の話を思い起こした。

十日の日、米山年男は美保に言われて、同窓生名簿を部屋まで届けたという。

美保は名簿が手許にあるのに、なぜ米山のものを借りる必要があったのだろうか。

堂上は便箋を手に取った。

青山刑事が言っていたように、ホテルの売店から購入したものらしく、田沢湖の水彩画入りの、かなり厚手の便箋だった。

「三十枚綴じのものですが、残っているのはたったの二枚ですね」

と傍から青山刑事が言った。

青山に指摘されるまでもなく、堂上はそのことに気づいていた。

「単純に推測するならば、奥さんは誰かに宛《あ》てて二十七、八枚もの長い手紙を書き綴《つづ》っていたということになりますね」

小説家という人種の中には、意外と筆無精が多いと聞くが、美保はきわめて筆まめだった。電話ですむことでも、わざわざ手紙を書いていたことが多く、筆無精の堂上には理解できないところがあった。

だから、便箋二十七、八枚の長文と聞いても、さして驚くにはあたらなかったが、問題は、誰に宛てた手紙だったのかだ。

ホテルで静養していた美保が長文の手紙を書いたという背後には、なにかさし迫った事情があったからに違いない。そうでなかったら、東京の自宅に戻ってからでも、遅くはなかったはずなのだ。

「奥さんが、手紙をホテルの前のポストに投函《とうかん》したのは十日の日の午後二時ごろです。フロントで切手を買って、そのまま手紙を持って玄関を出て行く姿を従業員が確認しています」

「堂上さん」

青山が呼びかけた。

「今日は、名古屋の学会から直接こちらに来られたのですか？」

「いや」

「どちらかへ寄られたんですね」

「自宅です。こちらにくるには、それなりの準備がありますから」

「郵便受を覗《のぞ》かれましたか？」

「たまった新聞は片づけてきましたが……あなたは――」

堂上は相手の質問の意味を、このとき理解していた。

「妻の手紙は、わたしに宛てたものだと言われるんですか？」

「考えられなくはないと思いますが」

「しかし、なぜ妻がわたしに……今日、東京で会って食事をすることになっていたわたしに、わざわざ……」

「手紙は届いていなかったんですね」

「ええ。封書やハガキは五、六通入っていましたが、妻の手紙はありませんでした。刑事さん、もう少し直截《ちょくせつ》にものを言ってくれませんか。あなたは妻がわたしに遺書を書き送り、自殺したとでも考えておられるんですね？」

「いや、単なる推測ですよ。あらゆる可能性を考えなければなりませんのでね」

「妻の死は、自殺なんかではありません。妻には自殺する理由なんて、なにひとつなかったはずです。わたしに言えることは、それだけです」

青山は黙ってうなずいていたが、

「いずれにしても、あの手紙の中に、奥さんの死を究明できるような、なにか手がかりがあるんじゃないかと思いましてね」

と言った。

それは、堂上も同じ考えで、美保はあのとき、十五年前の事件の真相を突きとめ、そのことを手紙に書き綴っていたのではないか、と思った。

その受取人は、いったい誰だったのか。

もちろん、堂上が考えてもわかることではない。

堂上は同窓生名簿を手に取り、ページをめくった。

美保の遺留品の中には、住所録や他人の名刺といったものは見当たらなかった。それなのに、手紙を書いていたというのは、この同窓生名簿が手許にあったからこそできたことなのだ。

美保の手紙の受取人は、この名簿に名前の載っている誰かだったのだ。

2

堂上が会議室を出ると、ロビーの長椅子《ながいす》に谷原卓二と和服姿の三十前後の女性が坐っていた。

「添畑明子さんです。ご存知とは思いますが、このホテルの支配人で、美保さんと中学時代に同じクラスだった……」

谷原は、そう紹介したが、紹介されるまでもなく、堂上にはその女性が何者であるかはおよそ見当がついていた。

女の顔を正面から見た瞬間、堂上はその美しさに驚いた。

三十そこそこの若さでホテルの支配人をしていると聞いていたので、男まさりのいかつい女を想像していたが、そんな堂上の想像をみごとに裏切った、清楚《せいそ》な美人である。すらりとした細身の体に、黒っぽい縞模様《しまもよう》の和服がしっとりと調和していた。

「堂上です。このたびは、ご迷惑をおかけしてしまって、お詫《わ》びの言葉もございません」

堂上は心からの詫びを述べ、深々と頭を下げた。

「とんでもございません。それより、なんとお悔みを申しあげてよいものやら……ほんとに、お気の毒なことを……」

添畑明子は丁寧に一礼した。

土地訛がないのは、東京の大学で学び、卒業後も東京でOL生活を送っていたというせいだろうか。

「先生、お疲れになったでしょう。奥に食事の用意ができてるそうですから」

谷原卓二が言うと、明子が先に立って堂上を案内した。

通されたのはフロントの裏手にある八帖《はちじょう》ほどの和室で、部屋の中央のテーブルに食事が用意されていた。

「せっかくですが、食欲がなくて。失礼して、アルコールをちょうだいします」

名古屋のホテルで朝食を摂《と》った以外、胃の中にはなにも入れていなかったが、食事の箸《はし》を手にする気にはなれなかった。

「わたしには、いまだに信じられないんです……美保さんが亡くなったなんて……」

グラスにウイスキーをそそぎながら、明子は低い声で言った。

「わたしも同じです。悪い夢を見ているような気持で……」

「せっかくここへ泊っていただいたのに、あんなことになってしまって……わたしも責任を感じております」

「あなたには、なんの責任もありませんよ」

「警察のかたからお聞き及びと思いますが、美保さんの姿が部屋から見えなくなったのは、十一日の夜からでした。夕方の四時ごろでしたかしら、美保さんは一人でロビーの窓から田沢湖を眺めていたんです。わたしが声をかけますと、美保さんは『中学時代を想《おも》い出すわ。湖のまわりをよく自転車で走りまわったわ』とか言われて、にこっと笑われたんです。美保さんの声を聞いたのは、それが最後になってしまいました」

明子は白い顔を伏せると、そっと眼頭に手を当てた。

「このホテルで、妻はあなたにどんな話をしていましたか？」

水割りのウイスキーに軽く口をつけたあとで、堂上は訊ねた。

「特別にこれといった会話はありませんでした。もっともわたしは、同窓会の翌日から角館の実家のほうに戻っていましてて、ここに来たのは、十日の午後でした。お部屋へも行かなかったのは、お仕事のおじゃまをしては悪いと思ったものですから」

「盛岡での同窓会では、妻はあなたや秋庭さんとかいうかたと親しく話していたそうですが……」

「美保さんと会ったのは七年ぶりでしたから、とても懐かしくて」

「そのとき、どんな話をなさいましたか？」

明子の黒い眼が、質問の意味を解しかねたようにまばたきした。

「……中学時代の想い出話やら、最近のことをとりとめもなく話してました」

「その中学時代の想い出話ですが、妻はなにか、事件に関係したようなことを話していませんでしたか？」

「事件――」

明子は一瞬息を飲むようにして、堂上を見つめた。

「……そのようなことは、ひと言も。中学時代の懐かしい想い出だけを話していましたけれど」

明子はそう言いながら、傍に坐っている谷原卓二をそれとなく見ていた。

谷原は明子の視線を避けるような仕草で堂上の方を向くと、

「ぼくも美保さんとはいろいろ話しましたが、そのようなことを耳にした記憶はありませんが」

と言った。

「チョウナン──チョウナンという名の先生をご存知ですか？」

「チョウナン」

と言った谷原の顔に、一瞬ある変化が走るのを堂上は見た。

「あなたがたの母校で、以前教鞭《きょうべん》をとられていたとか……」

「ええ、知っています。長いという字に南と書く、長南政道先生のことですね」

「長南政道──」

「母校の角館二中で長いこと先生をしていましたが、四、五年前に辞められて東京に出られました。人の噂《うわさ》では、ある宗教団体の幹部になって、えらく羽振りを利かしていたそうですが」

「いま、どこにいるんですか？」

「亡くなりました」

「──」

「つい最近――夏の終わりごろだったと思います。肝臓癌《がん》とかで、秋田市の病院であっけなく亡くなったという話を、仲間の医師から聞きましたが」

「長南先生が、どうかしたんでしょうか？」

明子が遠慮がちに訊ねた。

「長南という名前の元教師から、五月の初めに電話があったんです。彼は以前から妻に講演を頼んでいたらしいのですが、妻はいい返事をしなかったんです。彼は妻の気をひこうとして、十五年前の十二月に起こった事件の話を持ち出してきたのでしょう。妻はそのとき電話で、十五年前の十二月のあの事件ならよく憶えている、とちょっと声を荒立てるように言っていました。妻はそのあとで彼と会っていたんです。その電話で日時や場所のことを取り決めていたからです」

と堂上は言った。

明子はまじろぎもしないで、話に聞き入っていたが、谷原はテーブルの一点に視線を置いたままだった。

「長南という元教師は、十五年前の十二月のある事件について、なにか真相を知っていたんだと思います。妻はそのかくされた真相を知りたくて、その教師とどこかで会っていたはずです。そして、その事件の秘密を知ったんです。探索好きな妻のことですから、自分一人でその事件の真犯人を捜し出そうとしていたんです」

「美保さんが、そんなことを――」

明子が言った。

「添畑さん。十五年前の十二月の事件、とはいったいどんな事件だったんでしょうか？」

「場所は――十五年前、どこで起こった事件なのですか？」

「わたしが知っているのは、十五年前の十二月というだけで、場所については聞く機会がなかったのです。でも、妻の郷里で起こっていた事件じゃないか、と想像できるのです。妻が同窓会に出席したのは、ひとつにはその事件を究明する目的があったからなんです」

「郷里の事件――」

「ええ。もっと正確に言えば、角館二中――つまり、あなたがたや妻の母校で起こった事件です。同窓会に出席して事件を調べてみたい、と電話で言っていた妻の言葉からしても、それは間違っていないと思いますが」

「十五年前――わたしたちが中学三年生のときの十二月に、学校で起こった事件……」

明子は考え込むような表情を、そのまま谷原卓二のほうに向けた。

「角館二中で、なにか事件があったなんて聞いたことがありません」

谷原は、言下に答えた。

「よく想い出してみてくれないか」

「ええ。でも……学校ではなにも……」

「もしかしたら、冬休みにはいっていたときかも知れない」

谷原は考え込んでいるようすだったが、やがて黙って首を横に振った。

「わたしも、思い当たりませんわ」

と、明子も同じように首を振った。

「堂上先生。先生は、美保さんがなにかの事件を追いかけ、そのために命を落とされたとお考えなんですか？」

と谷原が聞いた。

「事故死とは考えられない。妻が夜遅く、一人であんな危険な場所を散歩していたなんて、想像できない。それに、自殺でもない。妻には自殺する理由なんてなにもなかったからだ。だから、考えられるのは、ただひとつ——」

「そのことを、警察に話されたんですか？」

「いや」

「なぜですか？」

「今はまだ、その時期ではないと思ったし、そんな昔の話を警察がおいそれと信用するとは思えなかったからだ。わたしはわたしなりに調べてみるつもりだ。妻は、十五年前の事件の真相を摑みかけていたんだよ、電話ではっきりとそう言っていた」

「電話で――」

「このホテルに着くとすぐに、わたしの大学に連絡して寄こしたんだよ。事件の糸が解けかかっている……でも、考えようとすると、頭痛がして、とか言ってね」

「――」

堂上を凝視していた谷原が、ふと視線をそらせ明子を盗み見たのを、堂上は視界の片隅にとめた。

谷原卓二はなにかを知っている――堂上はそう直感した。

長南という名の中学教師のことを訊ねたときも、谷原はいまと同じような表情の変化を見せていた。

それに、盛岡の駅前から田沢湖へ来る警察車の中でも、谷原は異常なまでに沈黙を守っていた。

谷原卓二は美保の死について、なにかを知っていると堂上は確信した。

3

堂上が眼を醒《さ》ましたのは、朝の九時過ぎだった。三階の三一五号室の窓のカーテンには陽《ひ》が眩《まばゆ》く照りつけていた。

昨夜は明け方近くまで眠れず、ようやく浅い眠りに落ちると、夢にうなされて眼が醒め、何度もベッドから起きあがっていた。

堂上はカーテンをあけた。すぐ眼の前に、紺青《こんじょう》の湖が広がっていた。朝の明るい陽光に照らし出された田沢湖の全望は、思わず息を飲むほどに美しく雄大なものだった。湖をとり囲んだ小高い山々は、様々な色に塗りたくられ、その山容を湖面に映し出していた。「紅葉が、とてもすてきよ」と言っていた美保の声が、堂上の耳許に聞こえていた。

眼を湖岸に転じると、左の方の平たい岩場に女性の像が立っていた。辰子姫の像だ。黄金色の全身が朝の陽光を浴びて燦然《さんぜん》と照り輝いているさまは、まるで絵ハガキでも見ているようだった。

堂上は背広に着替えると、フロントに行き先を告げてホテルを出た。

ホテルのすぐ裏手に小さな明神堂がある。

辰子姫の許に八郎潟の王、八郎太郎が会いにくる夜、村人たちは餅《もち》をついてこのお堂に集まり、お神酒《みき》をあげた、といういわれが小さな木札にしるされていた。

明神堂の傍に湖岸へおりる木づくりの道があった。

その道をおり、湖にせり出している平たい大きな岩の上に立つと、ホテルからは見えなかった駒《こま》ケ岳《たけ》の全容が青空の下に広がっていた。

堂上は平たい湖岸の岩場に歩を運んで行った。

辰子姫の像のまわりには、ホテルの浴衣《ゆかた》を着た四、五人の観光客の姿があった。

美保の死体が浮かんでいたのは、辰子姫の像から三、四十メートル離れた樹木のかげになった所だという。

明神堂からずっと続いていた平たい岩場は、ここで途切れ、その前方は樹木にさえぎられていた。

田沢湖署の青山刑事が言っていたように、このあたりの湖岸はかなりの深さがあり、上から覗いても湖底が見えないほどに青々と波立っている。

堂上から五、六メートル離れた湖岸に、先刻からじっと水面を見入っている女性がいた。

長い髪と薄手のジャンパーが風にあおられていたが、女は放心したように同じ姿勢で水面を眺めている。

女が驚いたように振り返ったのは、堂上が二、三歩あるきかけたときだった。

ふっくらと肥《ふと》った、三十前後の女性で、色白のあどけない顔に黒々とした大きな眼がびっくりしたように堂上をみた。

「失礼。驚かすつもりはなかったんです」

堂上は詫びて、踵《きびす》を返そうとしたとき、

「もすかしたら、美保さんのだんなさんでねんすげ？」

と女が、土地言葉で言ったのだ。

「ええ、堂上ですが」

「やっぱし……先生のお顔はテレビや新聞さ見て、前っから知ってたんす」

「あなたは？」

「秋庭ちか子です。美保さんと中学時代、おんなじクラスだったんす」

「ああ、あなたが」

堂上はあらためて相手を見なおした。

「たしか、盛岡の同窓会では妻と一緒だったと聞いていますが」

「はい。美保さんが先生の大学病院で脳手術を受けたとき、お見舞に行ったんしども、あのとき以来、五年ぶりに会ったんす。美保さんはえらい小説家になられて……わたし、美保さんの書いた本、全部買って持っているんす。こんたな田舎にいでも、美保さんのことだば、なんでも知ってたんす……」

いつの間にか、秋庭ちか子の黒い大きな眼に涙があふれていた。

「中学時代、妻と仲良しだったそうですね」

堂上はホテルの方へ歩きながら、相手に言った。

「はい。美保さんは、とってもわたしに親切で、やさしくしてくれたんす。わたしは高さ行けんかったけれど、美保さんは大曲の県立高校さ行っても、うちさ遊びに来てくれたんす。美保さんが東京の大学さ受かって、両親と東京さ行っちまったときは、淋《さび》しかったんす……」

「秋庭さん」

堂上は立ちどまって、秋庭ちか子の涙に濡《ぬ》れた顔を見入った。

「盛岡での同窓会のとき、妻はあなたにどんな話をしていましたか?」

「……どんなことかって、いま言ったように、中学時代の話とか――」

「十五年前の、つまり中学三年生のときの十二月のことをなにか言っていませんでしたか?」

「十五年前の十二月――」

秋庭ちか子のふっくらした顔に、一瞬小さな痙攣《けいれん》が走った。

「そうです。十五年前の十二月に郷里で起こったある事件について、妻はあなたに――」

「知らねんす、そんなこと知らねんす」

堂上の言葉をさえぎるように、ちか子は口早に言った。

「秋庭さん。あなたは、その事件のことをなにか知っていますね。教えてください」

堂上はちか子の両肩に手をおいて、肥った体を左右にゆさぶるようにした。

「なんも……」

秋庭ちか子は眼を閉じ、だだっ子のように顔を左右に振った。

「秋庭さん。妻はあなたがたの学校で先生をしていた長南政道という人から、十五年前の事件についてなにか新しい情報を掴んでいたんです。妻はこちらにきてからも、ずっとその事件のことを調べていたんです。突然の死は、その事件となにか関係があると思うんですよ」

「美保さんの死と――」

「そうです。妻は殺されたのかも知れないのです」

「そんな、そんなこと……」

秋庭ちか子は続けてなにか言いかけようとしていたが、言葉にはならなかった。

秋庭ちか子が十五年前の事件についてなにか知っていることは、疑う余地はなかった。

それなのに、なぜそのことを隠そうとするのだろうか。

ちか子の固くとざした口許を見て、ここでこれ以上、相手を追及しても結果は同じだと堂上は判断した。

堂上はゆっくりと歩き出し、辰子姫の像の前で足をとめた。像の前では、観光客の団体が記念写真を撮っていた。

「秋庭さん。あなたは十日の日に、ホテルの妻の部屋を訪ねていますね?」

「んだす。訪ねました……」

「なにか、用事でもあって?」

「ホテルさ、うちの工場で作ったみやげ物の樺細工《かば》届けに来たんす。そんついでに……」

「そのとき、妻とどんな話をしたんですか?」

「美保さんとは会わなかったんす……部屋にいなかったもんで……」

「部屋にはいられたんですね?」

ちか子は、黙ってうなずいていた。

「そのとき、テーブルの上かどこかに妻の書いた手紙が置いてありませんでしたか?」

「手紙——」

「便箋に書かれた長い手紙です」

「……わたし、わたし、別にあんとき……」

「あったんですね、手紙が？」

秋庭ちか子は急におびえたような表情になり、首を左右に振った。

「読むつもりなんてなかったんす、読むつもりなんて……」

「秋庭さん、話してください。妻の手紙は誰に宛てたものだったんです？　どんなことが書いてあったんですか？」

堂上は思わず、ちか子につめ寄っていた。

「信じられんようなことが……まさか美保さんが——」

「信じられないようなこと？」

秋庭ちか子は言いかけようとした言葉を飲み込むと、道路の方を見た。

「先生、堂上先生——」

背後に男の声がした。

田沢湖署の山口警部が明神堂の木づくりの道の中途で立ちどまっていた。

「署の方へ来てもらおうと思いまして。書類を作らにゃあなりませんので」

と山口は言った。

「秋庭さん」

堂上は山口に背を向けて、ちか子に言った。

「あとで会ってください。家の方へ連絡しますから」

「んだども、わたし……」

堂上は念を押す意味で相手の肩を軽く叩《たた》き、その場を離れた。

4

秋田市の大学病院で司法解剖に付された美保の遺体は、その日の夕刻に田沢湖署に戻っていた。

署には、美保の親戚《しんせき》だという角館町に住む初老の男が出頭していた。

美保は東京の私立大学入学と同時に郷里をひきはらい、両親と東京に移り住んでいた。両親は在学中に相ついで病没し、兄弟のない美保にとって、この角館の親戚は血縁こそ薄かったが、唯一の身寄りだった。

その親戚と角館での仮葬儀の打合わせをすませ、堂上が署の車に送られてホテルに戻ったのは、夜の七時過ぎだった。

ロビーの赤電話の前に坐り、カバンの中から同窓生名簿を取り出し、ページを繰った。部屋に戻って電話してもよかったが、交換台を通すのがじれったい気がしたのだ。

三年四組の欄をひらき、上から順に氏名を追って行った。

五十音順に男子名から先に並んでいて、秋庭ちか子の名前は女子名の最初にあった。

あいにくと印刷の悪いページだった。ことに、秋庭ちか子のすぐ上の男子の住所欄と彼女の氏名欄の活字は薄くぼやけていたが、なんとか判読はできた。

氏名　秋庭ちか子
住所　秋田県仙北郡角館町表町上××
電話　(〇一八七五)三—八九六×
勤務先　秋庭製作所営業課(田沢湖町)
(〇一八七四)三—一三五×

堂上は市外局番をまわし、秋庭ちか子の自宅の番号をダイヤルした。

早く連絡をとりたいと気持がせいていたためか、ダイヤルを間違え、電話に出た相手は年老いた女性だった。

もう一度かけなおしたが、今度は呼出し音が鳴るばかりで、相手は出なかった。

こんな時刻まで会社なのかと思いながら、田沢湖町の秋庭製作所に電話を入れた。

三局の一三五×のダイヤルを回し終わると、電話はすぐに通じた。秋庭ちか子の在否を問うと、父親らしい年配の男は、

「ちか子だば、いねんすでえ。仕事が終わったらすぐに、青森さ行ったんす」

「青森に……で、いつ帰る予定ですか?」

「青森から北海道に渡り、稚内まで行くっていう話っこだったんしな。一週間の予定で」

「一週間……」

「マーケットの大売出しで、北海道一周の特等が当たったんす」

堂上は電話を切った。

明日にでも、ちか子から話が聞けると思っていただけに、堂上の落胆は大きかった。

「お帰りなさいませ」

フロントで挨拶した添畑明子の声を、堂上はどこか遠くで聞いていた。

第三章　元村佐十郎

1

十一月十七日。

堂上は、田沢湖駅から12時29分発の急行「たざわ6号」に乗り、盛岡に出た。

十一月十五日から、上越新幹線の開業に合わせて、全国的な規模でのダイヤ改正が行なわれていた。大曲から盛岡までの田沢湖線は、一日に二本しかなかった急行が六本に増え、鈍行の待ち時間も、かなり短縮されたものになっていた。

「たざわ6号」の盛岡到着は、13時15分である。

堂上が盛岡から13時30分発の東北新幹線に乗らなかったのは、元村《もとむら》佐十郎という人物に会う約束をしていたからである。

元村佐十郎は現在、田沢湖第三中学の教師をしていたが、十五年前には、角館第二中学の三年四組の担任教師として同窓生名簿に名をつらねていた。

　盛岡での同窓会にも出席している。

　元村佐十郎には昨夜、ホテルの添畑明子から電話で連絡をとってもらっておいた。

　元村は角館町に一人で住んでいたが、添畑明子が電話をすると、明日は午後から北上市の村崎野《むらさきの》の実家に行っているので、できればそちらで会いたいという返事だった。ただし、実家は駅から遠くわかりにくいということで、村崎野の駅前の「ルオー」という喫茶店で落ち合うことにしたのだ。

　盛岡から上りの東北本線に乗り、北上駅の一つ手前の村崎野の駅に着いたのは、二時四十分ごろだった。

　互いに初対面のはずだったが、堂上が小さな喫茶店の中にはいったとき、片隅のテーブルから小柄な男がにこやかな表情で近づいてきた。

「堂上先生ですね。元村です」

「お忙しいところを恐縮です」

「いいえ。わたしのほうこそ、こんな所まで呼びつけてしまって」

　元村は丁寧に頭を下げた。

「堂上先生とは、五年ほど前に一度、お会いしたことがあります。上京したついでに、先生の大学病院に入院中の美保さんを見舞ったときのことですが」

「そうでしたか」

堂上には、病院の中で元村と会った記憶がなかった。

「病室に回診に来られたときです。美保さんの手術をなさった教授もご一緒で、そのときは別に、言葉は交わしませんでしたが」

四十歳前後の目鼻だちの整った知的な感じの男だった。口許にたくわえた短い髭《ひげ》が、細面《ほそおもて》の顔によく似合っていた。

添畑明子の話によれば、四年前に妻に先立たれて以来、独身を通しているとのことだったが、身なりはこざっぱりとして垢《あか》抜けていた。

「このたびのことは、心からお悔み申しあげます。先週末から月曜にかけ、所用で上京しておりまして、顔もお出しできずに大変失礼いたしました。美保さんのご不幸は教え子から聞きましたが、いまだに信じられない気持です」

元村は言った。態度と同じく、その言辞も落ち着いていた。

「盛岡の同窓会の時も、とても楽しそうでしたし、クラス別の二次会にしても、話題を独占した形でした。あんなに明るく元気だった美保さんが……いったい、どうして……」

元村の言外には、美保が自殺したという意味合いがこめられていた。

「元村さん。中学時代の妻のことを少し話してくれませんか」

堂上はそう言って、話題をそらせた。

「中学時代も茶目っ気があって、明るい性格の生徒でした。成績はいつもクラスで二、三番で、作文と絵にはずば抜けたものを持っていました」

「中学時代に妻が特に親しく——気心を通じ合っていたような生徒はいなかったでしょうか？」

「そうですな。角館に住んでいる秋庭ちか子という生徒と馬が合っていたようですね。彼女はいわば、クラスの退《の》け者的な存在だった生徒ですが、美保さんはなにかと親切にしてあげていたようですね」

「他には？」

「添畑明子、でしょうか。添畑君と美保さんは、多くの点でライバル同士だったんですよ。容貌にしても、勉強にしても、またスポーツにしてもです。だから、仲が良かったというよりライバル意識が二人を結びつけたと言ったほうが正確ですかな。添畑君は美保さんとは違って、勝気な負けん気の強い生徒でしたから、やりこめられていたのは、いつも美保さんでしたがね。話は脱線しますが、この添畑君は当時は女王的な存在でしてね、男子生徒も一目置いていたほどでした。クラス一の、いや学年でも一、二番の秀才だった谷原卓二君ですら、この添畑君には頭が上がらなかったんですからね」

「谷原という生徒と、妻は仲が良かったですか？」

堂上は思わず訊ねた。

谷原卓二の腑《ふ》におちぬ挙動は、いまだに堂上の中でくすぶっていた。

「さあ、谷原君とはどうだったでしょうか。美保さんは添畑君とは違って、あまり男子生徒とつき合っていなかったと思いますよ」

堂上は残りのコーヒーをゆっくりと飲みほすと、

「ところで、元村さん。角館で、昔なにか事件が起きませんでしたか？」

「事件――」

元村はおだやかな表情で問い返した。

「昔と言われても……いつごろのことですか？」

「昭和四十二年。いまから十五年前の十二月のことですが」

「十五年前、ですか」

元村は遠くを見る眼つきで考えていたが、やがて首を横に振った。

「想い出せませんな。事件と言われましたが、どんな内容の事件でしょうか？」

「さあ、そこまではわかりません」

「その十五年前の事件が、どうかしたのですか？」

「妻は最近、その事件のことを一人で調べていたんです」

「美保さんが――」

「元村さんは、長南政道という人をご存知と思いますが」

「長南政道――。角館二中で教職についていた長南先生のことですか？」

「そうです。この夏、癌で亡くなられたそうですが。妻はその長南先生から、今年の五月に、その十五年前の事件の話を聞いたんです」

「長南先生から、ですか」

元村はけげんそうな顔つきで聞いた。

「妻はそのとき電話で、十五年前の十二月の事件は憶えている、とはっきり言っていました。でもこちらにきて、そのことを何人かの人に訊ねましたが、いずれもそんな事件は知らないという答えだったのです。どうも、そのへんのところが解せないのです。もっとも、答えを保留にしている人もいるにはいるんですが」

「誰ですか？」

「秋庭ちか子さんです。いま、北海道に旅行中なんです」

「長南先生や美保さんが知っていて、わたしが知らないというのも妙な話ですな」

「長南先生は四、五年前に角館二中を辞められていますが、辞めた理由をご存知でしょうか?」

「東京の知人の仕事を手伝うとか。長南先生はかねがね、安月給の教員生活に嫌気《いやけ》がさしておったようですから。わたしも当時はそんな考えを持っていましたがね」

元村は声を出して笑った。

それから五、六分して、堂上は伝票を摑んで立ちあがった。

レジで料金を払っていると、傍の電話が鳴った。

元村あての電話だった。

堂上は元村を店に残して、外に出た。

2

「駅までお送りします」

電話を終えて喫茶店から出てくると、元村は堂上と肩を並べて歩き出した。

「何時の列車ですか?」

「四時四十一分の仙台行の鈍行です。北上から新幹線に乗るつもりですが」

「谷原君が見えているようですよ、この村崎野に」

と元村が言った。

「谷原君が——」

「さっきあの店に、添畑君から電話がありましてね」

元村がそう言ったとき、薄暗い駅舎の中から背の高い男が大またに近づいてきた。

谷原卓二だった。

「谷原君。なにか用事でも?」

堂上は訊ねた。

「先生をお待ちしていたんです」

「わたしを?」

「ホテルに電話しましたら、こちらだと聞いたもので、ちょうどよかった。帰ろうと思ってたところだったんです」

「すぐそこの、喫茶店にいたんだよ」

と元村が言った。

「知ってましたけど、お話のじゃまをしては悪いと思って」

「谷原君。わたしになにか急用でも？」

「……いえ。急な用事というわけではありません。病院の帰りに、ふと思いたったものですから」

美保のことでなにか話すつもりになり、わざわざ村崎野の駅まで追いかけてきたのだ、と堂上は思った。

「じゃ、どこか静かなところで——」

「いえ、今度の下りで大曲の実家に帰らなければならないんです」

「何時の列車？」

「四時三十三分の青森行です」

「じゃ、もう何分もないじゃないか」

腕時計で確認して、堂上は言った。

「今夜、実家に病院関係の客を呼んであるんです。ですから——」

「なんとか、時間の都合はつけられないのかね」

「申し訳ありません。明日にでも、こちらからお電話さしあげます」

「そう」

「あ、これ」

谷原は手にしていた茶色の角封筒を堂上に差し出した。

盛岡中央病院のネーム入りの封筒で、こんもりとふくらんでいた。

「珍しくもありませんが、盛岡名物の南部せんべいです。列車の中ででもめし上がってください。それから、美保さんのスナップ写真がはいっています、同窓会で撮った」

「ほう、ありがとう」

16時33分発青森行鈍行列車の発車を告げるマイクが、ホームから流れてきた。

「じゃ、先生。お電話しますから」

谷原は口早に言うと、くるりと踵を返して改札口へ駆け出した。

「あ、谷原君、ちょっと——」

と呼び止めたのは、傍の元村佐十郎だった。

元村が谷原の方へ駆けて行き、なにやら二言三言、言葉をかけると、谷原は黙ってうなずき返していた。

「じゃ、わたしも失礼します」

谷原の姿がホームに消えるのを見送ったあとで、元村は言った。

「お気をつけてお帰りください」

「いろいろとありがとうございました」

堂上は元村に頭を下げ、改札口に向かった。

谷原卓二の乗った列車が、スピードをあげて下りのホームを離れて行った。

堂上は上りホームに立って、遠くに消えて行く列車の最後尾をしばらく見入っていた。

美保の写真や南部せんべいを手渡すために、谷原が村崎野の駅頭で堂上を待っていたとは考えられない。谷原は美保の死について、なにかを話したかったのだ。

堂上が封筒の中身を慌てて取り出したのは、堂上の乗った仙台行の上り列車が動き出した直後のことだった。

もしかしたら、この封筒の中に、真相を書き綴った紙片でもはいっているのではないか、あるいは、谷原が撮影したという写真の中に、なにか秘密が隠されているのではないか、と思いついたからだ。

封筒の中には、紙切れのようなものは見当たらなかったが、谷原の言ったとおりのものがはいっていた。

盛岡名物の南部せんべいの包みと、サービスサイズの美保のスナップ写真が四枚。

それと、四枚のフィルムである。

堂上は、そのフィルムを陽光にかざして、じっと見入った。

3

上野駅に着いた堂上は、そこからタクシーに乗って池之端の自宅にもどった。シャワーを浴び、眼覚し時計をセットして長椅子の上に横になった。

郵便受の新聞を取りに行ったのは、朝の九時過ぎだった。

郵便受に押し込められた新聞を引きずり出していたとき、一通の封書が堂上の足許に落ちた。

堂上富士夫先生、と表に書かれた筆跡に見憶えがなかった。小学生のような稚拙な鉛筆書きの文字である。

封書を拾って裏を見たが、差出人の名前は記されていなかった。

だが、札幌、という消印を見たとき、堂上は反射的に秋庭ちか子からの手紙だと思った。

堂上はその場で封を切った。

堂上先生。いま北海道にきています。

こちらへきて、ようやく気持が落ち着きました。あのときは正常な精神状態ではなかったのです。

お手紙をさし上げましたのは、やっと決心がついたからです。

それは、先生にはすべてお話しようと心を決めたからです。

十五年前の十二月の事件。ようやく忘れかけていたあの事件のことを、久しぶりで同窓会で会った美保さんの口から聞いたときは、ほんとにびっくりしました。

わたしは、あの事件の秘密を美保さんにも言えませんでした。十五年間、胸に秘めていたことです。でも、美保さんは事件の真相をはっきりと見破っていたのです。

十日の正午近く、わたしはホテル田沢湖に行き、美保さんの部屋を訪ねました。

美保さんは部屋にはおられず、テーブルの傍に書き終えた便箋が重ねて置いてありました。

そのすぐ傍に、書きかけの便箋がひらいたままになっていて、文字でぎっしりと埋められていました。

そのときは手紙ではなく、小説の下書きかなにかだと思ったのです。

わたしは興味にかられて、思わずその便箋をのぞき込んだのです。

タンちゃん、といちばん最初に書かれていたその便箋には、信じられないような、恐ろしいことが綴られてあったのです。でもわたしは、そのことが現実ではなく、小説の中の架空のできごとだと、そのときも思っていました。

その二日後、美保さんが水死体で発見されたと聞いたとき、あまりのショックに口もきけないほどでした。あの文章を小説の下書きだと勝手に解釈していた自分のおろかさを、わたしは呪《のろ》い続けました。あのとき、誰かに相談して正しい処置をとっていれば、美保さんはあんな変わりはてた姿にはならなかったかも知れないのです。

堂上先生。

先生にはすべてをお話するつもりですが、とても手紙ではうまく書きつくせません。お会いしてお話したいのです。

その折には、話が運びやすいように立会人を呼んでおきます。

勝手ですが、ご都合のよい折に秋田までお越し願えないでしょうか。

先生にお話するまでは、このことは誰にも喋《しゃべ》りません、もちろん警察にも。

十一月十四日　北海道にて

秋庭ちか子

4

その日の午前十一時。

助教授室の電話が鳴り、堂上が受話器を取ると、交換台が事務的な口調で外線電話を告げた。

「はい、堂上ですが」

「もしもし――」

なにかにせかされているような、早口の女の声が聞こえた。

「谷原です。谷原卓二の妹の、奈那《なな》です」

「ああ、谷原さん――」

「いまさっき、秋田県の大曲署から電話があったんです。兄が――」

と谷原奈那は言って、絶句した。

第四章　谷原卓二

1

死体を最初に発見したのは、落合盛次という大曲市の市役所に勤めている三十五歳の職員である。

十一月十八日の朝、落合盛次は、いつものとおり七時四十五分に自宅を出て、田沢湖線の羽後《うご》四ツ屋駅へ向かって悠然と歩を運んでいた。十分近く歩いたとき、彼は先刻からの尿意がついに我慢できなくなり、道ばたのくぬぎ林の中に駆け込んだ。

この辺は駅には近かったが、人通りのない道で、人家も離れていた。

落合が長い放尿を終わって、傍のカバンに手をのばしたとき、近くの草むらに転がっている黒革の男物の靴が眼にとまったのである。このくぬぎ林にはあちこちにゴミの山が積まれていたが、この男物の靴は上物で、きれいにみがき上げられていた。

落合は不審に思いながら、二、三歩近づいて行ったが、すぐにあっと声をあげて、その場に棒立ちになった。

草むらの中に、あお向けに倒れている男の姿を認めたからだ。

男のやせた頬に二、三条の血痕《すじけっこん》を眼にとめると、落合は慌てて道路に出、駅へ向かって駆け出していた。

落合盛次の十三年間に及ぶ通勤生活の中で、駅まで駆けて行ったのは、これがはじめてだった。

その二十分後に、駅員から通報を受けた秋田県大曲署の係員が到着したが、現場にはすでに黒山の人だかりがしていた。

被害者は三十前後の男で、長身の体にグレイの三つ揃《ぞろ》えの背広をきちんと着ていた。

死因は脳挫傷《のうざしょう》によるもので、被害者の側頭部と前頂部に鈍器で強く殴打されたと思われる創傷があった。

道路ぎわから死体現場までの草むらが踏み倒されていることから、道ばたで殺害され、林の中に引きずり込まれたものと推測された。

所持品は、腕時計をはじめ、金目なものはすべて紛失していたが、内ポケットにあった定期入れから身分証明書が見つかり、被害者の身許はすぐに判明した。

盛岡中央病院の内科に勤務する医師で、谷原卓二、三十一歳。自宅は秋田県大曲市四ッ屋川口××とあり、この現場から百メートルほど行った閑静な住宅街の一画にあった。

死後経過時間は約十二時間。死亡した日時は十一月十七日の夜八時前後と推定されたが、目撃者の証言によって、これはかなり正確なものになった。

羽後四ッ屋駅の前で「新丁屋」という洋品店を営んでいる佐々木という男が、十七日の夜、被害者と言葉を交わしたと係員に申し出てきたのである。

洋品店の主人が、店の前を通る顔なじみの谷原卓二の姿を認め、声をかけたのは十七日の夜八時ちょっと前である。

大曲行の下りの田沢湖線の列車が発車した直後のことで、主人が「いまお帰りですか」と挨拶すると、谷原は短く「ええ」と答えて、急ぎ足で通り過ぎて行ったということだった。

谷原が降りた列車は盛岡発大曲行の鈍行で、羽後四ッ屋駅には七時四十八分に着く。洋品店から現場のくぬぎ林まで、急ぎ足で五分足らずだから、したがって凶行に遇《あ》ったのは、八時ごろと推定される。

大曲署に「谷原卓二殺人事件」の捜査本部が設けられ、山路部長刑事の下に五人の刑事が配属された。

2

田沢湖線に乗る以前の被害者の足取りは、すぐに判明した。

被害者の勤務先の盛岡中央病院に連絡すると、内科医長の山本広正という中年の男が大曲署に出頭してきた。

「谷原君は、病院の近くにある独身寮に住んでいましたが、非番の日はよく、大曲市の羽後四ツ屋の自宅で過ごしておったようです。あの日も翌日が非番で、谷原君は自宅に戻る前に、北上市の村崎野で知人と会ってくると言って二時過ぎに病院を出ました。実は昨夜、谷原君の家で会う約束をしていたんです。病院内の業務のことで谷原君と個人的に相談したかったからですが、約束した時間は、夜の八時でした。わたしは一度、角館の自宅に戻り、車で谷原君の家を訪ねました。家に着いたのは八時過ぎでしたが、家の中は真っ暗だったんです。わたしは三十分ぐらい待ちましたが、北上での用事が長びいたんだろうと思い、家へ戻りました。家から二度ばかり電話を入れたんですが……」

と山本広正は言っていた。

北上市の知人について山本に訊ねると、即座に、

「田沢湖第三中学の先生で、元村佐十郎という人です。谷原君の中学時代の恩師で、うちの病院の内科に二度ばかり入院したことがあるので、わたしも知っていました」

と答えた。

主任の山路が電話帳を繰って、田沢湖三中の元村佐十郎に電話をかけた。

「ええ、たしかに谷原君とは会いましたが、駅前でほんの一、二分挨拶を交わした程度ですよ。それに、谷原君はわたしに用事があったわけではないのです」

元村佐十郎は、物静かな声で応対した。

「と言われますと？」

「わたしを訪ねてきた東京の堂上さんと会うために、村崎野の駅で待っていたんです」

「堂上——」

「東和大学医学部助教授の、堂上富士夫さんです」

聞き憶えのある名前だったが、山路にはすぐには思い出せなかった。

「谷原さんは、その人にどんな用事があったんでしょうか？」

「さあ、わかりません。谷原君はたしか、16時何分かの青森行の鈍行に乗って帰るとか、

大曲の自宅で客と会う約束をしているとかで、ちょっと慌てておったようですが」

山路は電話を終えると、時刻表をひらいて列車を確認した。

谷原卓二が村崎野駅から乗った列車は、仙台発青森行の鈍行で、村崎野を16時33分に発《た》ち、盛岡到着が17時27分である。

谷原はその足で田沢湖線のホームに行き、17時56分発の大曲行の鈍行に乗ったのだ。

十一月十七日の谷原卓二の足どりが確認できると、捜査の重点は現場付近の聞き込み捜査に移された。

金品強奪を目的とした通りすがりの流しの犯行という説が、捜査班の中でも大半を占めていた。

単純そうに見えた事件だったが、谷原奈那が大曲署に出頭した時点から、事件は複雑な様相を呈しはじめたのだった。

谷原奈那が東京から大曲署に駆けつけたのは、十一月十八日の夕方である。

3

谷原奈那は遺体確認を終えると、控室の片隅の椅子にうずくまっていた。

被害者の実妹で、年は二十八歳、東京の大田区のマンションに一人で住んでいた。

奈那と卓二の兄妹は秋田県角館町で生まれたが、奈那が四歳のとき、横浜市に住んでいた父の実兄の家に養女に出されたのだという。

背の高い細身の体つきは兄の卓二と共通していて、眉目の秀でた知的で聡明《そうめい》そうな女性だった。

山路は奈那の気の静まるのを待って、少しずつ事件の概要を説明しだした。

谷原奈那は時おり短い質問をさしはさむ程度で、あとは黙ってうなずきながら聞いていた。

「お金や腕時計まで盗まれていたそうですが――」

山路が説明を終わると、谷原奈那はそう言って、澄んだ眼で山路をみた。

「わたしには、金品欲しさの犯行とは思えないんです」

「なにか、ご存知なんですか？」

「亡くなる三日ほど前に、兄から久しぶりに電話があったんです。そのとき兄はひどく酔っているらしく、呂律《ろれつ》もまわらないほどで、言うだけのことを言ってしまうと一方的に電話を切ってしまったんですが」

「どんな内容の電話だったんですか？」

「美保さんが死んだのは、ぼくの責任だ……あんなことを教えなければよかったんだ……とか。そんなことを繰り返し言っていたんです」

「美保さん……その美保さんというのは？」

「堂上美保さんです。先週、田沢湖で水死体で発見された……」

「ああ」

山路は思わず声を上げた。

十一月十二日の朝、田沢湖畔で女性の水死体が発見された事件は、山路も知っていた。元村佐十郎との電話で、東京の堂上という名前を耳にしたとき、聞き憶えのある名前だなと思ったのは、新聞でその名に眼を通していたからなのだ。

「美保さんが亡くなったことは、新聞などでわたしも知っていました。だから、そんな電話をもらったとき、兄に事情を詳しく聞こうとしたんですが、兄は最後まで答えてくれなかったんです」

「それだけのお話では、どうも事態がよく呑《の》み込めないのですが」

「こちらから兄が死んだという連絡をもらったあと、わたし、堂上先生――美保さんのご主人に電話をしたんです。兄の電話での言葉が気になって仕方なかったからです。堂上先生のお話を聞いて、やっと兄の言葉の意味が、ぼんやりとですが、理解できたんです」

「堂上先生の話というのは？」

「亡くなった堂上美保さんは、ある古い事件に興味を持ち、それを一人で解明しようとしてらしたんです。十一月六日の盛岡での中学時代の同窓会に出席されたのも、半分はそんな目的からだったようです。美保さんはその同窓会の会場で、兄にその事件のことを聞いたのでしょう。兄はなにか事件の秘密に関することを美保さんに話してしまったんだと思います。そのために、美保さんが命を落とすことになり、兄は悔んでいたのだと思います。あんなことを教えなければよかった……という言葉の意味は、それしか考えられません」

「その、ある古い事件というのは、いったい……」

「それは堂上先生もご存知ないそうです。十五年前の十二月、郷里で起こった事件——という以外には、なんにも」

「十五年前、郷里で起こった事件——」

「堂上先生のお話を聞き、美保さんは事故死なんかではなく、誰かに湖に突き落とされたんじゃないかと思うようになったんです。兄が殺されたのも、美保さんの事件と無関係とは思えないのです」

「戸沢君——」

山路は背後の若い刑事を呼んだ。

「田沢湖署の山口警部に連絡を取るんだ。堂上美保事件について、詳しく話を聞き出してくれ」

第二部　密室の過去

第一章　秋庭ちか子

1

谷原奈那が堂上富士夫から電話をもらったのは、大曲市から戻った翌日の朝だった。

「お疲れになったでしょう。大曲でのご葬儀には出席しなければならなかったんですが、大学の仕事が手離せなかったものですから、失礼しました」

いつもの律儀な口調で、堂上は言った。

「とんでもございません。わたしの方こそ、美保さんの件ではなにもお役に立てなくて」

「いいえ。で、谷原君の事件捜査の方はどんな具合ですか。殺された当時のことは、新聞で読んでいますが」

「まだ、これといった進展はないようですが」

「新聞には、物盗《ものと》りの犯行とかにおわせていましたが」

「物盗り説はまだ捨てていないようです。田沢湖署と連絡はとっているようですが、合同捜査までには至っていません」

「そうでしょうね。警察がわたしの話を全面的に受け入れるには、まだデータ不足でしょうから」

「実は、先生。今日にでもわたしの方からご連絡しようと思っていたんです」

「なにか、わかったんですか？」

せき込んだ口調で、堂上は訊《たず》ねた。

「いえ。今度の事件のことで、先生とゆっくりお話したいと思いまして」

「それは、わたしも考えていたところです。実は昨日の午前中も、そのことでお電話したんです。妻のこともそうですが、谷原君のことでお話したいこともあります」

「わたしはいまからでも結構です。先生のご都合さえよろしかったら」

「そうですか。午前中はずっと講義がありますが、午後ならなんとか。ちょっと待ってください……」

手帳でも繰っていたのだろう、しばらくして相手の声が聞こえた。

「二時から時間をつくりますので、すみませんが、こちらへいらしていただけますか」

「はい、わかりました」

堂上の大学の医学部は、国電の信濃町駅の前で、すぐ近くに神宮外苑《がいえん》があった。

「大学の正門の斜め向かいに、『古城』という喫茶店があります。そこでお待ちしています」

と堂上は言った。

2

「やあ、しばらくでした」

と微笑《ほほえ》みながら、堂上が喫茶店に現われたのは約束の時間の五分前だった。

谷原奈那は堂上美保の小説のファンで、美保とはかなり親しい交際があったが、夫の堂上とは、まだ、三度しか会っていなかった。一度は堂上の自宅で、二度目は新宿のホテルで食事を共にしたのだが、いずれも兄の卓二が一緒だった。

最後に会ったのは今年の二月で、運転免許を取った美保にドライブに誘われたときだったが、奈那は途中で車酔いを起こし、助手席にいた堂上とどんな話を交わしたのか、あまり記憶になかった。

気のせいか、あのときより堂上の頬《ほお》はやつれ、どことなく老けこんで見えた。

堂上は短く弔辞を述べたあと、

「いや、驚きましたよ、あなたから電話をもらったときは」

と言って、浅黒い顔をくもらせた。

「わたし、あのときは気が動転していて、前後の見境もなく、先生にお電話してしまったんです。あの三日ほど前にかかってきた兄の電話が、とても気がかりだったものですから」

「わたしと別れた四、五時間あとに、谷原君があんな目に遇《あ》ったなんて、まったく考えてもいませんでしたよ」

堂上は運ばれてきた紅茶とケーキを、奈那にすすめた。

「兄とは、村崎野という駅でお会いになったんだそうですね」

「ええ。妻の死を知らされて名古屋の学会から駆けつけたとき、盛岡駅に谷原君が出迎えにきてくれましてね。車の中ではほとんど話をしなかったんですが、田沢湖のホテルでは同級生の添畑さんをまじえて話をしました。帰京する日、北上市の実家に行っていた担任教師だった元村氏と会ったのですが、谷原君はそのとき、村崎野の駅でわたしを待っていたんです」

「兄はそのとき、先生とどんな話をしたんですか？」

「なにも。なにも話しませんでした」

堂上の額には深い皺《しわ》が刻まれていた。

「谷原君は駅でわたしをずっと待っていたはずなのに、わたしと会うやいなや、16時何分かの青森行の列車に乗らなければ、とか言って慌ててホームへ駆け込んで行ったんです」

「兄は先生に、なにかを告げたかったんですわ。そうでなければ――」

「ええ。そうでなければ、わたしのあとを追ってくるわけがないのです。大のおとなが写真やみやげ物を手渡すだけの目的で、わざわざ盛岡から追いかけてくるはずがないのです」

「写真？」

「同窓会での妻のスナップ写真です。谷原君が撮ったものです。あなたにもお見せしようと思ってここに持ってきていますが」

堂上は背広の内ポケットから封筒を取り出し、中身を奈那の前に置いた。

四枚のサービスサイズのカラー写真だった。

なんの変哲もない、平凡な人物写真である。いずれも堂上美保の上半身に焦点を絞ったもので、ピンクのスーツ姿の美保が同じようなポーズで笑顔を見せていた。

「わたしは谷原君と別れたあと、もしかしたら、この写真に谷原君の言いたかったことが秘められているのではないかとも思って、よくみたんですが、この平凡な、妻以外の人物が誰《だれ》も写っていない写真からでは、そんな意図は汲《く》み取れるはずがありません」

奈那も、堂上の言うとおりだと思った。

「兄はそのとき、この写真以外にはなにも渡さなかったのでしょうか？」

「角封筒を渡されたのですがね、中身は写真と南部せんべいの包みだけでした。なにかをメモした紙切れでもはいっているのではないか、とそのとき期待してみたんですがね」

「そうですか」

奈那はあらためて四枚の写真に眼《め》を落とした。堂上の言うとおり、このたった四枚の写真と南部せんべいとやらを手渡す目的だけで、兄が堂上を村崎野の駅で待ち受けていたとは考えられないのだ。

「兄は電話で言っていました――美保さんが亡くなったのは自分の責任だと。美保さんにあんなことを教えなければよかったとも。兄は村崎野の駅で、先生にそのことについて話したかったんじゃないでしょうか？」

「そうとしか思えませんね」

「もっと早くに、先生に兄の電話のことをお知らせしておけばよかったんですね。それに、兄に折り返し電話して、その言葉の意味をちゃんと聞き質《ただ》しておけばよかったんです。そうすれば――」

「もう過ぎたことです。それに、あなたにはなんの責任もありませんよ。それよりも、谷原さん――」

堂上は口に運びかけたコーヒー茶碗《ちゃわん》を、受皿に戻しながら、

「あのときは詳しくあなたに確認できなかったのですが、谷原君はその電話の中で、なにか具体的なことを言っていませんでしたか?」

「具体的な?……いいえ、別に」

「そうですか。ひどく酔っていたそうですが、なにか、あなたが気になるようなことは?」

奈那はあの夜の兄の電話の内容を、順序だてて思い出してみた。

わずか二、三分の短い、まるで相手を無視して喋《しゃべ》っているような兄の一方的な通話だった。

美保さんが死んだのは、ぼくの責任だ。

あんなことを美保さんに教えなければよかったんだ……。

その二つの言葉を途切れがちに繰り返していただけで、奈那の問にはまったく耳を貸さなかった。その言葉以外には、奈那はなにも聞いていなかった。

「他には、なんにも」

「そうですか。なにかを暗示するような言葉を言っていなかったかと思ったものですから」

堂上は眼を伏せて、なにかを考え込むような面持になった。

「十五年前の十二月の事件――」

奈那は言った。

「いったい、どんな事件だったんでしょうか？」

「わかりません。妻はその事件を知っていました。かつての母校の教師だった長南政道という人物から、妻はその事件について自分の知らないなにかを聞いたんです。妻は推理作家でしたから、持前の推理力を働かせ、その事件を自分で解明しようとしたんです」

「美保さんは、事件の謎《なぞ》を解き明かしていたんでしょうか？」

「わたしは、そう確信しています。事件の糸が解けかかっている――妻は田沢湖からの電話でそう言っていました。事件を解明したからこそ、妻は田沢湖のホテルで便箋《びんせん》三十枚近い長い手紙を書いていたんです」

「手紙――」

「ええ。誰に宛《あ》てた手紙かはわかりませんが、受取人が同窓生名簿に載っている誰かだったことは間違いありません。なぜなら、妻の遺留品の中には、名刺や住所録のたぐいはありませんでしたから。同窓生名簿をみて相手の住所を知ったのでしょう」

「美保さんは田沢湖に何日か滞在していらしたようですが、その間どこかへ出かけられたんでしょうか?」

「予定では、あちこち歩きまわるつもりだったらしいのですが、大半はホテルの部屋で過ごしていたようです。ただ八日に、湖畔のバス停から盛岡行のバスに乗るのを見かけた人がいますが」

「盛岡へ――」

「はたして盛岡へ行ったのかどうかはわかりません。ホテルを出たのは午前十時ごろで、帰ったのは夕方近くだったそうですが」

「美保さんあてに、外から電話はなかったんですか?」

「ホテルの従業員の記憶に頼るしかありませんが、二回外線がはいっていたそうです。最初は八日の朝、次が九日の夕方です。相手はいずれも男性でした」

「美保さんが八日に盛岡行のバスに乗ったのは、朝その電話をもらったからじゃないのかしら」

「かも知れませんね」

「美保さんが手紙を書いたのは、何日だったかわかっているのですか？」

「十日です。十日の午後二時ごろ、妻はフロントで切手を買い、自分でホテルの前のポストに投函《とうかん》していたんです」

「美保さんは八日に電話で呼び出されるかして出かけて行った。そしてそこで、事件解明の決定的ななにかを摑《つか》んだんじゃないでしょうか。そして、そのことを手紙に書いて……」

　飛躍した推理かも知れないが、奈那は頭に浮かんだことを思わず口にしていた。

　堂上は黙って奈那を見つめていたが、

「今度の事件を解くカギは、妻の手紙の中にあります。実はその手紙を、ホテルの妻の部屋で盗み読みしていた人物がいたのです」

　と言った。

「え？」

「谷原さんは、秋庭ちか子という女性をご存知ですね」

「秋庭ちか子……ええ、存じてます。角館町に住んでいて、中学時代に兄と同級生だった」

　奈那は、ふっくらとした丸顔の秋庭ちか子の顔を思い浮かべていた。

堂上美保が入院していたときだから、五年前になる。兄の卓二が大学病院の美保を見舞ったとき、一緒に上京してきたのが秋庭ちか子だった。

土地訛《なまり》が丸出しの誠実な女性で、奈那は兄に紹介されたときから相手に好感を持った。その病院の帰りに、三人で食事をし、夜遅くまで語り合ったことも憶《おぼ》えている。

「その秋庭さんなのです。妻の手紙を盗み読んだのは。もちろん、悪気があってしたことではありませんがね」

堂上は内ポケットから、白い封書を取り出した。

「十八日の朝――秋田から戻った翌日のことですが、郵便受を覗《のぞ》くと、秋庭さんからこんな手紙が来ていたんです」

堂上は中身を奈那の前に置いて、

「秋庭さんとは偶然、田沢湖の湖畔で会ったんですよ。秋庭さんはそのとき、妻の水死体の浮かんだ湖面の方をじっと眺めていたんです。わたしは秋庭さんにも、妻のことをいろいろ訊ね、十五年前の事件についても問い質《ただ》したんですが。秋庭さんはなにか知っている素振りでしたが、その場では答えてくれなかったのです。これは、北海道旅行中に書いた秋庭さんの手紙です。読んでみてください」

奈那はその四枚の便箋を手に取った。幼稚で癖のある文字が、縦に不揃《ふぞろ》いに並んでいた。

読みにくい文字だったが、奈那には苦にならなかった。

一気に読み終え、もう一度最初からゆっくりと読み進んで行った。

「秋庭さんに会って話を聞けば、十五年前の事件がなんであったかもはっきりするはずです」

と堂上が言った。

「秋庭さんと兄は、十五年前の事件になにか関《かか》わっていたんですわね。信じられないような、恐ろしいこと、って書いてありますが、これで美保さんが十五年前の事件を解明していたことが半ば証明されましたわね」

「ええ」

「タンちゃん、って誰のことでしょうか？」

「わかりません。同窓生名簿を見て、妻のクラスだった何人かの人に電話で訊ねてみたんですが。そんなニックネームは聞いたことがないというんです」

「タンちゃんって人が美保さんの手紙を読んでいたとしたら、なぜその手紙を警察なり、あるいは先生なりに差し出さないのでしょうか」

「その点はわたしも解せないのです。もっとも、タンちゃんなる人物が十五年前の事件の犯人だったとしたら、話は別ですがね」

「秋庭さんは、立会人を呼んでおくって書いてますが、これはどういう意味でしょうか？」

「さあ。話が運びやすいようにと書いてありますから、事件の関係者の一人かも知れませんね」

堂上は秋庭ちか子の手紙をポケットに納めると、さりげなく腕時計を見た。

「お時間、大丈夫ですか？」

「これから手術《オペ》なんです。もっとゆっくりお話したかったのですが」

「すみません。お忙しいところを」

「いや、わたしの方でお呼びしたんですから。秋庭さんから話を聞いたら、あちらからお電話しますよ」

「秋田へはいつ？」

「この一両日中には。すぐにでも飛んで行きたかったのですが、あなたのお話を聞いてからのほうがいいと思ったものですから。秋庭さんの話しだいでは、いい機会ですので、少しあちらで調べてみたいと思っています」

「あの、先生――」

奈那は、伝票を摑んで立ち上がりかけた堂上に声をかけた。

「もし、よろしかったら、わたしもご一緒したいんですが」

「あなたが？」

堂上は驚いたように言った。

「ええ、ぜひご一緒させてください」

「しかし……」

「わたしもこの眼で犯人の正体をつきとめたいんです。それに、兄のためになにかしてやりたいんです」

「そうですか……」

堂上の顔には、まだ困惑したような表情が残っていた。

「美保さんを殺した犯人は、わたしにとっても兄の仇《かたき》ですわ」

「わかりました。いや、若い女性のあなたに探偵まがいの真似《まね》をさせるのはどうかと思ったものですからね。ご一緒できれば、わたしも心強いですよ」

堂上は笑顔になって、再び腰を上げた。

「日にちが決まったら、連絡します。お仕事の方は大丈夫ですか？」

「ええ、事前にご連絡いただければ……」

「そうと決まったら、早い方がいいですね。キップはわたしの方で手配しておきます」

と堂上は言った。

3

十一月二十三日。火曜日。

谷原奈那は上野発14時17分の東北新幹線リレー号で大宮におりた。

大宮駅の13番ホームでしばらく待っていると、ボストンバッグをさげた堂上富士夫が、慌てた足どりで階段を駆け昇ってきた。発車二分前だった。

「昨夜、秋庭さんに連絡しておきました。あなたも一緒だと伝えると、とても喜んでいましたよ」

指定席に坐《すわ》ると、堂上はそう言った。

隣り合った席が取れず、堂上は奈那の二つ前方の通路寄りの席に坐っていた。

「やまびこ25号」は、定刻の15時きっかりに大宮駅を発車した。

福島を通過したころから、窓外の田園は黄昏《たそがれ》はじめ、仙台に着くころには真っ暗になっていた。

盛岡着が18時17分。

「もっと早い時刻の列車がとれるとよかったんですがね。仕事のやりくりがつかなかったものでー」

盛岡駅のホームに降りると、堂上はそう言って星空を見あげた。

「駅前の店でレンタカーを予約しておいたんです。あちこち回ることを考えると、バスや田沢湖線に乗るより、車の方が小まわりが利いて便利ですから」

堂上は言った。

車と聞いて、奈那は一瞬ためらったが、せっかくそこまで手配したものを断わるのも気がひけた。奈那は、昔から車に弱かった。

奈那が駅前の広場で十分近く待っていると、背後で車のクラクションが鳴った。

堂上の借りた車はスカイラインの旧式車で、助手席に坐ったとたんに、奈那は軽い嘔吐《おうと》感に襲われていた。むっとする体臭が、車内いっぱいにたちこめていたからだ。

「道路が混《こ》んでさえいなければ、ここから角館まで、一時間ちょっとです」

車が国道46号線にはいると、堂上はそう説明した。奈那は一時間余りもこの車内に閉じ込められているのかと思うと、暗澹《あんたん》たる気分になった。

「早いものですね。妻が亡くなってから、もう十日以上も日がたっているんですから」

と堂上が言った。先刻から寡黙になっている奈那に気を使ってでもいるような口振りだった。

「あの夜、ちょうど今ごろの時刻でした。わたしは谷原君と一緒にこの道を走っていたんです。谷原君は警察車の助手席に坐っていましたが、田沢湖に着くまでひと言も話をしませんでしたよ」

「兄はそのとき、先生に詫《わ》びたい気持でいっぱいだったと思うんです。小さいときに別れたので、昔のことは知りませんが、兄は気の弱い優柔不断なところがありました」

「横浜に養女に行かれたのは、いくつのときでしたか？」

「四歳です。兄と横浜で再会したのは、小学校五年生のときで、兄は坊主頭の中学生でした」

奈那は、あのときのことをいまでも鮮明に記憶にとどめていた。だぶだぶの真新しい学生服を着て、道路の物かげからじっと家の方を見ていた兄。奈那の養母が出迎えに行くと、慌てて逃げ出して行った兄——。

「それから兄は、年に二、三度、父母たちと一緒に横浜の家に遊びに来ました。無口でおとなしくて、妹のわたしに意地悪されて、よく泣きべそをかいていましたわ。両親が死んで、兄が東京の大学の医学部にいたとき、月に一、二度兄の下宿を訪ねていました。兄は大学に残るとばかり思っていましたが、大学を終えると秋田に戻ってしまったんです。あんなに条件のいい医局員の口を断わってしまって……」

「二、三年前、東京の新設病院の内科医長の口を谷原君に紹介したことがありましたが、谷原君は断わってきました。郷里から離れたくなかったのでしょう」

「そうなんです。おっしゃるとおり、兄は郷里を離れたくなかったんです。郷里に、兄の好きな女性《ひと》がいたからです」

「ほう……」

と堂上は、ちらっと奈那の横顔をのぞき込んだ。

「誰だったんですか？」

「先生もご存知のかたですわ」

「わたしが……はて、誰かな」

「田沢湖で、そのかたにお会いになったはずです」

「田沢湖――すると、ホテルの添畑さん？」

「ええ、添畑明子さんです」

「気がつきませんでしたよ、少しも」

「兄は添畑さんをずうっと以前から愛していたんです。悲しき片想《かたおも》いでしたけど」

「谷原君が話されたんですか、あなたに」

「いえ、そんなことを話す兄ではありませんわ。そのことを知ったのは、兄が亡くなって、盛岡市内の独身寮で遺留品を整理しているときでした。兄の手帳を見て……」

「手帳に？」

「兄の机の抽出《ひきだ》しから、使用ずみの手帳が五、六冊出てきたんです。何気なしにページをめくっていたら、仕事上のこととは関係のない短いメモが眼についたんです。明子さん来院とか、明子さんよりＴＥＬとか、車中にて偶然明子さんと会う、とか。兄はあの病院に勤めてから六年間、ずっと手帳にそんなメモを書きつけていたんですわ。九月七日の欄には、どの手帳にも、明子さん誕生日、と書きつけてありました。きっと、そんな手段でしか、愛を表現できなかったんですわ。かわいそうな兄です」

「そうでしたか」

　堂上は、感慨深げにため息をついた。

　車は田沢湖線の鉄路にそって、夜の国道を走っていた。

「もう田沢湖町です。この先の川を渡れば、角館にはいります」

　と堂上が言った。

　右手前方に見えている小高い丘が、角館の名所のひとつである古城山公園だろうか。

　角館で生まれたけれど、高校時代に二度ばかり訪ねたことしかない郷里は、奈那にとってはなじみがなかった。

「秋庭さんのお宅はご存知なんですか？」

「いや。でも、住所を見ると、あの古城山公園の近くなんです。彼女は、電話してくれれば迎えに出ると言ってましたが」

車は川を渡り、二、三十メートル行ったところにある三叉路を右に曲がった。

「地図では、この方向なんですがね」

堂上は人気《ひとけ》のない路上で車を停《と》めた。幹線道路へでも抜ける近道なのか、狭い道路の両側を車が頻繁に行きかっていた。

堂上の車が停止したため、行く手をさえぎられたすぐ後方の車が、いらだたしげにクラクションを鳴らしていた。

「電話してみましょう」
四、五十メートル先に信号機があり、その近くの店先に電話ボックスが見えていた。
「ここで待っていてください」

と言って、堂上は後部座席のボストンバッグの中から、薄い名簿のようなものを取り出した。

「電話なら、わたしがかけてきます。先生は車を動かしてください」

奈那は言った。

乗物酔いによる胸の不快感は、車が街並みにはいるにつれ、ましていた。

この体臭のこもった車内から抜けでられることで、奈那はほっとした気持になっていたのだ。

「そうですか。じゃ、お願いします。この同窓生名簿に電話番号が載っていますから」

奈那は名簿を受け取り、車を降りた。

戸外は肌寒い風が吹いていたが、新鮮な空気を吸ったことで、奈那はいくらか元気を取りもどしていた。

名簿の電話欄の活字は印刷が悪く読みにくかったが、奈那は数字を確かめながら、ゆっくりとダイヤルを回した。

呼出し音が鳴ると、あまり間を置かずに相手が出た。

「はい、もしもし……」

なにかとまどっているような、遠慮がちな女の声がした。

「秋庭さんですね。わたし、東京から来た谷原奈那です。卓二の妹の、奈那です」

「あやあ、奈那さんだすか。どうも、久しぶりだすなあ」

ちか子の弾んだ声が、奈那のすぐ耳許《みみもと》で響いた。

「いま、角館に車で着いたところ。迎えに来てくださいます?」

「いま、どこにいるんすかあ？」

「古城山公園の近くです。46号線の三叉路を右に曲がった、車の多い狭い通りの交差点の近くにいます。あ、すぐ右手にガソリンスタンドがありますわ」

「だったら、すぐ近くでねんすけえ……」

とちか子が言ったあと、言葉が途切れた。

受話器からちか子の小さな声が二言三言、聞こえてきたが、受話器に向かって言っているのではなかった。

「もし、もし……」

不審に思って、奈那が呼びかけると、

「そこで、待っててたんせ。すぐに行ぐんすから」

と、慌てたように秋庭は言って、すぐに電話を切った。

4

堂上が車を駐車できる路地に移し、ガソリンスタンドの前で待っていたが、すでに三十分近い時間が過ぎていた。

奈那は車のわきに立って、道路を見ていたが、秋庭ちか子の姿は現われなかった。

「場所がわからないんじゃないかな」

堂上は何本目かの煙草《たばこ》を路上に捨て、奈那を振り返った。

「そんなはずはないと思います。ガソリンスタンドのことを言ったら、すぐ近くだと答えていましたから」

「もう一度、電話してみましょう」

電話ボックスにはいった堂上は、やがて首を横に振りながら出てきて、家にもいないことを無言で告げた。

その二十分後に、二人は車に戻った。

あちこち聞き歩いて、車が「秋庭」と表札のかかった古びた平屋建ての家の前に止まったのは、九時半ごろだった。

灯《あかり》の消えた秋庭ちか子の家は、吹きすさぶ風の中でひっそりと静まりかえっていた。念のため、奈那がブザーを押したが、玄関に人の現われる気配はなく、ドアにもカギがかかっていた。

「秋庭さんは、あの電話を切るとすぐ、この家を出ていたはずだ。ここからだったら、あのガソリンスタンドまで、十分とはかからない」

背後で、堂上の声が聞こえた。

「気になることがあるんです」

奈那は言った。

「電話をしたとき、家の中に誰かいたような気がするんです」

「……例の、立会人でしょうか」

「ええ……もしかしたら、秋庭さんは──」

「警察に連絡をとりましょう」

と堂上が言った。


「角館グランドホテル」に着くとすぐに、堂上が角館署に電話を入れた。

奈那がベッドに体を横たえたのは、夜中の一時過ぎだった。

秋庭ちか子の消息がつかめないまま、角館の夜が明けた。

角館署から連絡がはいったのは、朝の六時四十五分である。

電話の内容は、秋庭ちか子の死体が古城山公園近くの空地で発見された、というものだった。

第二章　名城貞吉

1

　角館署の窓からは、河幅の広い桧木内川《ひのきない》の流れが見通せ、その川堤の有名な桜並木の一部が見えていた。

　四歳でこの地を離れた谷原奈那だったが、両親と一緒にこの桜並木を歩いた記憶はいまでも鮮明に脳裏に残っていた。兄の卓二のあとを追いかけて転び、膝小僧《ひざこぞう》をすりむいて泣いていた当時のことが、昨日のことのように想い出された。

「死体が発見された場所は、あなたがたもご存知のように古城山公園の入口から三十メートルほど離れた空地の中でした。朝の六時半ごろのことで、発見者は牛乳を配達していた顔見知りの近所の主婦です」

杉木という名の、頭の大きな五十年配の男が言った。この事件の主任警部である。

角館署から「角館グランドホテル」に電話がはいると、その十五分後にパトカーがホテルの前に停《と》まった。二人はパトカーで古城山公園近くの空地に連れて行かれ、草むらに横たわっている秋庭ちか子の死体を確認したのだ。

そしてホテルに足どめをされ、あらためて角館署に呼び出されたのは初動捜査の終わった午前十時ごろだった。

「被害者の頭部には、固い棒状のような物で殴られた傷跡が二か所ほど発見されています。死亡したのは、昨夜の八時から九時にかけて、という検死報告が出ています」

杉木警部の言葉には時おり土地訛があったが、努めて標準語で喋ろうとする気配が感じられた。

「被害者が昨夜、何時ごろ家を出たかはまだはっきりしませんが、短時間の外出であったらしいことは、被害者の服装からして推察できます。普段着の上に、勤め先の製作所のネーム入りのジャンパー、それに木のサンダルをつっかけていたからです」

事務的な、どこか冷やかな口調で言うと、杉木警部は、書類を閉じて眼鏡《めがね》越しに奈那たちを見やった。

「あなたがたのお話をうかがいましょうか。被害者の秋庭ちか子さんに会われるために、昨夜東京からお見えになったとか署の者から聞いていますが」

「そうです」

と堂上が答えた。

「盛岡からレンタカーを使い、角館に着いたのは夜の八時前でした」

「秋庭さんには会われたのですか？」

堂上は黙って、首を振った。

「そのへんの事情を詳しく説明してくださいませんか」

「角館町にはいった所で車を停め、わたしが秋庭さんの家に電話を入れたんです」

堂上に代わって、奈那が言った。

「秋庭さんに迎えに来てもらおうと思ったからです。秋庭さんはすぐに電話に出て、いまいる場所を言いますと、迎えに行くと言って電話を切ったんです」

「あなたがたが待っていた場所は？」

「詳しい地名は知りませんが……」

奈那はそう前置きして、秋庭ちか子に電話をした場所を説明した。

「すると、秋庭さんの家からそれほど離れてはいない場所だったんですね」

杉木は背後の壁にはってある角館町の詳細な地図を見て、そう言った。

「ええ。でも、すぐにいくと言っていた秋庭さんは、いくら待っても現われなかったんです。たしか四、五十分近く待っていたと思います。それから、秋庭さんの自宅を捜し当てたのですが、家の中は灯が消えていて、秋庭さんは留守でした。もしかしたら、ホテルの方に連絡がはいるかも知れないと思い、予約していた『角館グランドホテル』で待っていたんですが」

「秋庭さんに電話したのは、何時ごろでしたか？」

「八時ごろです」

「電話に出たのは、たしかに秋庭さん自身だったんですね？」

「そうです。秋庭さんとは一度しか会っていませんが、声は忘れていません。間違いなく秋庭ちか子さんです」

奈那が電話で自分の名前を言ったとき、「あやあ、奈那さんだすか」と言った秋庭ちか子のはずんだ声は、まだ奈那の耳朶《じだ》に残っている。

「その電話のとき、なにか変わったことに気づかれませんでしたか？」

「あのとき、家に誰かいたような気がするのですが」

「ほう、なぜですか？」

「秋庭さんは話の途中でちょっと言葉を途切らせていたんですが、そのあと、受話器から、秋庭さんの声が遠く聞こえてきたんです。わたしに話しかけた声ではなかったんです」

「つまり、家の中にいた誰かに声をかけていた、とおっしゃるんですね？」

「そんな感じがしたんですが」

「そうですか」

杉木は煙草をくわえると、机の上の堂上の名刺を指先で弄《もてあそ》ぶようにしながら、

「ところで、谷原さん。お二人で、東京からわざわざ角館にいらしたのには何か理由がおありだったはずですが……」

と言った。

「秋庭ちか子さんに会う目的からですわ」

「なんのために、秋庭さんと？」

「十五年前の事件の真相をお聞きするためにです」

「十五年前の事件――」

「秋庭ちか子さんの死は、その十五年前の事件と関係があります。秋庭さんも、わたしの兄も、そして、こちらの堂上先生の奥さんも、十五年前の事件の犯人に殺されたんです」

杉木警部は火をつけたばかりの煙草を灰皿にもみ消すと、刺すような眼で奈那を見つめていた。

2

角館署に「秋庭ちか子殺人事件」の捜査本部が置かれ、大曲署と田沢湖署との合同捜査が開始された。

大曲署からは「谷原卓二殺人事件」の捜査主任、山路部長刑事と戸沢刑事が派遣され、田沢湖署では堂上美保の溺死《できし》事件を担当した山口警部と青山刑事の二人が捜査に加わっていた。

捜査本部長に任命された角館署の杉木警部が、秋庭ちか子事件を詳細に語り、そのあとで、堂上富士夫と谷原奈那の証言を報告した。

次いで田沢湖署の山口警部、大曲署の山路部長刑事の順に所轄の事件が報告された。

事件捜査報告がすんだあとで、十五年前の事件云々《うんぬん》の証言が再検討されたが、堂上らが指摘していたとおり、一連の殺人事件であることに積極的に疑義をはさむ者はいなかった。

わずか二週間ばかりの間に、次々と三人もの死者が出ている。

死者はいずれも、十五年前の角館二中でのクラスメートである。そうなってくれば、堂上らの証言がなくても、一連の事件だと考えないほうがおかしいというものである。

堂上美保の田沢湖での死は、ここではじめて他殺という断が下された。

3

当面の捜査の焦点は、言うまでもなく、「十五年前の十二月の事件」とはなんであったかである。

その事件が起こった場所は、話の前後から推測して、角館周辺であることは、まず間違いない。

十五年前――昭和四十二年十二月に角館署管轄内で起きた事件は、すぐに調べがついていた。

殺人事件が一件。

暴力沙汰《ざた》による傷害事件が一件。

交通事故による死亡事故が一件。

――以上が、事件として記載されているもののすべてだった。

傷害事件は、角館の繁華街にある飲み屋での客同士の殴り合いの喧嘩《けんか》で、仲裁にはいった第三者が逆にまぶたに傷を負わされ入院したという内容のもので、問題にはならなかった。

　酔っぱらってオートバイを運転し、桜の木に激突して頭蓋骨《ずがい》折で即死した工員の交通事故も、捜査の対象にはならない。

　残るのは、一件の殺人事件である。

　事件発生日は、昭和四十二年十二月二十七日。被害者は名城《なしろ》貞吉、当時三十一歳で、角館町で仕出し店を経営していた。

　死体が発見されたのは桜並木のある桧木内川堤で、被害者は古城橋の下の斜面にうつぶせに倒れていた。

　咽喉許《のどもと》に指かなにかで強く締めつけられたような痕跡《こんせき》と、後頭部に角ばった鈍器様のもので強打されたと思われる皮膚裂傷があり、他殺と断定された。

　死亡推定日時は、十二月二十六日午後の四時から六時にかけてである。

　捜査は三か月に及び鋭意続行されたが、加害者は検挙されることもなく、事件発生から十五年、時効成立を間近に控えた迷宮入り事件である。

　当時、この事件を担当したのは四人の専従捜査員だったが、二人が病死、一人が殉職して、残りの江口という刑事は四年前に北海道に転勤になっていた。

「坊さん。この事件だよ、堂上美保が追いかけていたのは」

と田沢湖署の山口警部が、本部長の杉木に言った。

坊さん、とは中学時代からの杉木の綽名《あだな》だったが、鬼警部の杉木を前にしてそう呼べるのは山口をおいては他にいなかった。杉木と山口は同じ中学で学んだ仲だったからだ。

「だがな、山口。そうだとすると、堂上美保はこの事件のことを、なぜ教師とか同級生にばかり聞いて回っていたんだろう」

「学校関係者が犯人、とにらんだからだろうな」

「それだけかな。おれは堂上氏から話を聞いたとき、角館の事件というよりは、学校内で起きた事件という印象を持ったんだがね」

「調べてみりゃわかるさ、学校を」

4

学校関係の捜査を担当したのは青山、戸沢の両刑事だったが、これという収穫は得られなかった。

青山刑事は角館二中を訪ね、十五年前十二月の事件を教師たちに訊ねたが、昔のことでもあり、ほとんどの教師が首を横に振っていた。

角館二中に勤続十八年という禿頭《はげあたま》の校長にも会ったが、校長はこの中学に奉職以来、警察沙汰になるような事件はなにもなかった、と言下に答えていた。

青山は念のために、昭和四十二年当時、角館二中に奉職していた教師の何人かにも当たってみたが、結果は同じだった。

戸沢刑事は昭和四十二年度卒業の同窓生名簿を頼りに、角館町とその近辺に在住する卒業生に当時のことを聞き歩いた結果、事件らしいものについては、なにも聞き出せなかったが、期せずして堂上美保に関することで耳よりな話を耳にとめたのである。

相手は角館町に住む飯塚広子という女性で、盛岡での同窓会にも出席していた。大ホールでの一次会がそろそろ終わりに近づいたころ、飯塚広子はトイレの帰りに控室の窓ぎわのソファに坐って煙草を吸っていた。

そのとき、開いていたバルコニーの窓から、声をひそめるようにして話し込んでいる男女の声を耳にしたのである。姿は植込みの木かげになって見えなかったが、教師の狩野《かのう》友市と堂上美保であることは、声を聞いてわかっていた。

別に聞き耳を立てていたわけではなかったが、話の内容は、断片的に聞こえてくる単語の意味から推《お》しはかって、推理小説に関するものだと、そのときは思っていた。

「密室がどうのとか、ゴム長靴とか、それに、運動部室……そんな美保さんの言葉が聞こえてきたからなんす」

と飯塚は言った。

「んだども、そのうちに狩野先生が大っきい声出して、美保さんを怒鳴りつけたんす……今ごろ、そんたら古いこと調べて、どうする気だ……とか言いさって。とにかく、びっくりするほど、大っきい声だったんす」

飯塚にはバルコニーでなにが起こっていたのか理解できなかったが、なんとなくその場にいづらくなって席をはずした。

戸沢刑事のこの情報に、捜査員のすべてが注目したのは言うまでもなかった。

狩野友市、三十八歳。盛岡市に住み、盛岡市郊外にある中学校に奉職していた。

盛岡市に家族と共に住みついたのは十年ほど前で、それ以前は田沢湖町に住み、角館二中で教鞭《きょうべん》をとっていたのだ。

担当は体育で、スポーツは万能だが、とりわけ鉄棒が並はずれて上手な教師だった。

大学時代、東京オリンピックの体操の強化選手に選ばれていたほどだから、その技量がうかがい知れる。

5

「十五年前のことなんて、なにも知りませんよ」

　盛岡市を訪れた山路と戸沢の前で、狩野友市は笑って言った。

　体操選手だっただけに、筋肉隆々とした骨格のいい男である。

「昭和四十二年、先生は角館二中におられましたね？」

「ええ。大学を出た年で、教師生活一年目でした」

「その年の十二月に、学校でなにか事件が起きませんでしたか？」

「事件？　事件って言われても……」

「たとえば、誰かが殺されるとか」

「……そんな物騒なことはありませんでしたよ。あったとしても、問題生徒の暴力行為ぐらいなものです」

「先生は深尾美保という生徒をご存知ですね？」

「もちろん、知ってます。クラス担任ではありませんでしたが、一年間体育を教えました。当時は陸上部にはいっていて、わたしがその部長をしていたこともあり、彼女のことはよく憶えてます。まさか、推理作家になるなんて、当時は思ってもいませんでしたがね」

「盛岡の同窓会で、美保さんと会われましたね？」

「ええ、十四年ぶりに」

「美保さんと話を交わされましたね？」

「もちろん」

「美保さんと二人だけで、バルコニーで話をしていたそうですが」

戸沢が言うと、狩野友市は一瞬、視線をそらせ、あいまいなうなずき方をした。

「バルコニーで、どんな話をしていたんですか？」

「昔話です。それも、とりとめもないことを。それから、彼女の小説のことを」

「密室、とかについてですか？」

「……ええ、そうです」

「それから、ゴム長靴、運動部室、についても話されましたね？」

ゴム長靴、という言葉を耳にしたとたん、陽《ひ》やけした狩野の顔にある変化が走った。

「狩野先生。美保さんが話していた密室とかゴム長靴とかいう言葉は、推理小説ではなくて、十五年前十二月に起こった実際の事件のことだったんでしょう？」

「そんな――」

「美保さんは先生に、十五年前の事件のことでなにか追及していたはずです。先生はそのとき、そんな古いことを調べてどうする気だ、とか美保さんを怒鳴りつけていますね」

「……知りませんな、そんなことは」

「十五年前の十二月の事件のことを先生はなにか知っておられる。話してもらえませんかね」

「なにも、なにも話すことなんてありません」

狩野友市は言った。なにか考え込むような表情で、視線をじっと宙に止めていた。

6

山路と戸沢が盛岡から角館署に戻ると、杉木警部の机の前に五十年配のやせた貧相な男が坐っていた。

札幌署の江口刑事で、十五年前、角館町の桧木内川堤で死体で発見された名城貞吉事件の捜査員の一人だった。

「名城貞吉は、やせた背の高い男で、ちょっとした二枚目でした。彼は当時、角館の武家屋敷町の近くで小さな仕出し店を開いていましたが、その一学期ほど前までは、中学校の教師をしていたんです。この近辺の中学校をあちこちタライ回しにされておったようですが、最後に奉職したのが角館二中だったんです」

「角館二中――」

杉木は、思わず問い返した。

「箸《はし》にも棒にもかからぬ最低の教師だったようですな。彼が教師という職業を選んだこと自体が、わたしには納得できないのです。競輪狂いで、大酒飲みで、学校はしょっちゅう休んでいたようです。生徒には些細《ささい》なことで平気で暴力を振るう。女生徒には、みだらな振舞いはするわで、学校ではもとより父兄の間でも鼻つまみ者だったんです」

「角館二中を辞めたのも、そんな事情からなんですね？」

「辞めたんではなくて、追い出されたんです。角館二中を辞めた当座は、どこにも再就職できず、奥さんの収入で食いつないでおったようです。この奥さんというのは角館の小学校の事務員でしてね、典型的な角館美人だったんです。なんで名城なんかと一緒になったのか、これまた不思議のひとつでしてね」

小さく笑って、江口は書類に眼を落とした。

「名城貞吉の死体が桧木内川堤で発見されたのは、昭和四十二年の十二月二十七日です。他殺と断定され捜査が開始されましたが、当初は簡単にケリのつく事件と思われたものが、これという決め手が摑めずに、難航したのです。容疑者は何人か挙げられましたが、いずれもアリバイが証明されていたんです。そして、最後にわれわれが眼をつけたのが、和久《わく》井《い》憲三《けんぞう》という男だったのです」

江口はひと息つくように言葉を休めていたが、

「被害者の名城貞吉は、殺される三、四十分前まで自宅で誰かと酒を飲み、激しい口論をしていたという事実が、事件発生後まもなく近所の人の証言で明らかにされていました。和久井憲三は、当日被害者宅で酒を飲み、つまらぬいさかいを起こしていたことは、きわめてあっさりと自供していたんです。ですが、犯行はがんとして否認していました。和久井は被害者と一緒に四時半ごろ家を出、古城橋の手前で被害者と別れ、川原町の行きつけの飲み屋で飲みなおしていた、と繰り返すばかりでした。その飲み屋にいたことは証明されましたが、橋の手前で相手を殺していなかったという証拠はどこにもなかったのです」

江口はふと、複雑な表情を浮かべた。

「正直申しあげて、この事件はあまり想い出したくない事件でしてね。後味が悪かったんですよ。というのは、容疑者の和久井憲三が自宅で首つり自殺してしまったのです。事件発生から三か月ほどたった三月下旬のことでした。和久井は小心なため、容疑をかけられたことでノイローゼ気味になっていたんです」

江口は立ちあがると、窓ぎわに寄りながら、

「和久井憲三は、事件発生後一週間ぐらいして、名古屋市のビル建築現場に出稼ぎに行っていたんです。角館に戻ってきたのは、自殺する四日ほど前で、したがって、彼に関する捜査では、わたしも何度か名古屋まで足を運んでおったのです。彼が自殺したとき、地方新聞の片隅に、ノイローゼによる厭世《えんせい》自殺、とかいう小さな記事が載りましたが、本当の自殺の理由は、われわれ捜査員以外には誰も知らなかったはずなのです。名城貞吉殺しの罪に問われ、そのために自殺したという事実が明るみに出たのは、彼が死んだ三か月ほどあとのことでした。その同じ地方新聞が、どこから情報を摑んだのか、そのことを大きく記事にしていたんです」

短い沈黙のあとで、江口は話を続けた。

「和久井憲三は七、八年前に妻に先立たれ、以来再婚もしないで、男手ひとつで一人息子を育てていたんですが、当時息子は中学三年生でした——角館二中の。名前は、和久井俊一です」

「和久井俊一……」

杉木はそうつぶやきながら、机の片隅にあった同窓生名簿を手に取った。

「すると、和久井俊一は堂上美保、谷原卓二、秋庭ちか子たちと同じクラスだったんです

ね」

和久井俊一の名は三年四組の欄の男子生徒の最後にあり、そのすぐ下に殺された秋庭ちか子の名が並んでいた。

氏名　和久井俊一
住所　千葉県勝浦市東浜町×××　信和荘
電話　不詳
勤務先　不詳

「父親が自殺したのは、中学の卒業式の前日だったのです。和久井俊一は学業成績も秀れていましたが、スポーツの得意な生徒でした。陸上部の部員で、百メートルでは県下の中学校記録とタイの記録を持っていた、将来有望なランナーだったのです。陸上競技の強い、大曲市の県立高校にもパスしていたのですが、進学は諦《あきら》めざるを得なかったのです。和久井俊一はその後、関西の親戚《しんせき》に引き取られ、その土地家屋は親戚の手で売却されました」

堂上美保が追いかけていた十五年前の事件は、この名城貞吉事件に間違いない。

堂上美保は和久井俊一というクラスメートの父親が無実だったというなんらかの確証を

掴み、真犯人を告発しようとしていたのであろう。

そして、谷原卓二と秋庭ちか子は、この名城貞吉事件になんらかの形で関わっていたのだ。

肝臓癌《がん》で他界した角館二中の元教師、長南政道にしてもそうだ。そして、同じく角館二中で体育の教師をしていた狩野友市にしても……。

「山路君――」

杉木は傍の山路に声をかけた。

「狩野友市をもう一度洗ってくれ。名城貞吉が殺された場所は、桧木内川堤なんかじゃなく、角館二中だったのかも知れない」

第三章　狩野友市

1

国道4号線を盛岡市の郊外で左折し、106号線を五、六十メートル走ったとき、大型トラックの運転手は、はるか前方の対向車線に小型の赤い乗用車を眼にとめた。

運転手の右足が反射的にブレーキ板を踏んでいたのは、その乗用車の運転が異様なまでに不安定だったからだ。

黄色いセンターラインをオーバーしたかと思うと、今度は路肩すれすれに走っている。

ひどい蛇行運転だった。

——居眠り運転だな。

運転手は相手に注意を与える意味で、クラクションを立て続けに鳴らした。

赤い乗用車が三、四十メートルの距離に接近したときだった。

運転手は思わず短い叫び声を発した。

乗用車の車体半分がセンターラインを乗り越えていたからだ。

夢中でブレーキを踏みしめ、ハンドルを左に切ろうとした瞬間、上半身に激しい衝撃を受け、運転手の意識は遠のいた。

十二月五日、日曜日、午後二時二十三分のことだった。

2

盛岡市郊外の106号線の正面衝突事故の原因は、乗用車の運転者の飲酒運転によるものだった。

トラックの運転者は胸部と顔面に打撲傷を受けたが、幸いに軽傷で救急車の中で意識を回復していた。

乗用車の運転者は、全身打撲と内臓破裂による即死で、車は前部座席を無残なまでに押しつぶされ、県道の傍に横転していた。

死亡した運転者は、盛岡市笹森に住む狩野友市で、年は三十八歳である。

3

山路部長刑事が盛岡市笹森の狩野友市の家を訪ねたのは、告別式の翌日である。

玄関に出てきたのは細面の三十五、六歳の女性で、故人の妻の保子と名のった。

山路は焼香をすませると、小ぢんまりとした応接室で狩野の妻と向かい合って坐った。

「狩野さんは事故に遇われた日、かなりお酒をめしあがっていたようですね」

と山路は切り出した。

「いつも学校の休みのときは、そうでした。結婚当初は一滴も飲めなかった人なのに」

「狩野さんはあの日、どちらへ出かける予定だったのですか？」

「さあ、わかりません」

「あれだけお酒を飲んでいて車を運転したんですから、なにかさし迫った用事があったと思うんですが」

「わたしがあれほど止めたのに、主人は言うことをきかなかったんです。どうしても会って話をするんだ、と繰り返し言って……」

「誰と会うつもりだったのですか？」

保子は神経質そうに眉根《まゆね》を寄せ、首を振った。

「相手の名前は言いませんでした。でも、あのとき、どんなことをしてでも主人を引きとめるべきだったんです……」

「狩野さんが車で出かけられる前に、狩野さんあてにどこからか電話はありませんでしたか?」

「一度だけありました」

「どこからですか?」

「顔見知りの自動車のセールスマンからでした。わたしが書斎にいる主人に取り次ぎましたが、主人は洋酒の瓶を傍に置いて、なにやら独り言をつぶやきながら、考え込んでいたんです。いえ、そのときだけじゃなく、この二、三日主人の様子はいつもと違っていました。いらいらしたり、急に考え込んだりして……それも、昔のことをしきりに考えているようでした」

「昔のこと? 狩野さんがそう言われたんですか?」

「いいえ。主人は自分の考えていることを、わたしに話すような人じゃありませんでした。わたしが自分でそう感じただけです……あんな十何年も昔の物をしきりに読んでいたりしたものですから」

「昔の物、といいますと？」

「宿直日誌です」

「宿直日誌？」

「角館二中に主人が勤めていたころの宿直日誌です。なぜ、あんなものを――」

「奥さん」

山路は相手の言葉をさえぎっていた。

「その宿直日誌を見せてくれませんか。どこにあるんですか？」

「主人の部屋です」

そう言って二階に昇り、再び応接室に戻った保子は、手に古びた白い厚表紙の綴《と》じ込みをかかえていた。

表には毛筆で、「宿直日誌」と豪宕《ごうとう》な文字が大書され、下の方に、「昭和四十二年度　角館第二中学校」と横書きの文字があった。

山路は最初からページをめくって行ったが、ふと最後の方のページに雑誌かなにかの切れ端がはさんであるのを眼にとめ、そのページをひらいた。

右側の欄には、宿直者の氏名が書き込まれてある以外、なんの記述もなかった。

しおりをはさんだ目的は、左側の欄にあったと考えて当然であろう。

山路は眼を近づけ、ゆっくりとそのページの文字を追って行った。

年月日　昭和四十二年十二月二十六日（月）
天候　くもり、のち雪
宿直員氏名　北田健一
報告事項　異常なし。
　冬休みに入って二度目の大雪。
　冷えこみ厳し。
登校者氏名　山岸達男教頭（午前十時）
　長南政道先生（午前十一時）
　狩野友市先生（午後一時）
　元村佐十郎先生（午後七時）
来校生徒氏名　谷原卓二（三年四組）
　添畑明子（同）
　秋庭ちか子（同）
　右記三名に体育館の卓球台使用を許可。

「奥さん。この宿直日誌、しばらくあずからせてください」

と山路は言って、再び紙面に眼を落とした。

日誌の日付は、昭和四十二年十二月二十六日——名城貞吉が殺された日と符合している。日誌に記された氏名の中で、山路が記憶にないのは宿直員の教師、北田健一と教頭の山岸達男の二人だけだった。

残る六人の名前は、これまでにしばしば耳にしてきたものだ。

4

「狩野友市が飲酒運転までして会いに行こうとしていた相手は、誰だったんでしょうね」

山路が杉木警部に言った。

「わからん。が、狩野友市が十五年前の宿直日誌から、なにかを摑んで、それを相手に確認しようとしていたことは確かだろうな」

と杉木が言った。

「狩野友市は、同窓会で堂上美保に十五年前の事件のことで追及された。堂上美保の話を聞き、狩野は自分なりに事件の真相をかぎ出そうとしていたんだ」

山口が言うと、杉木が、

「名城貞吉は、やはり角館二中で殺されたんだ。長南政道、狩野友市、それに当時三年生だった谷原卓二、秋庭ちか子はその事件の現場に居合わせていたんだよ」

「名城貞吉の死亡推定時刻は、午後の四時から六時だったね。この日誌によると、元村佐十郎は夜七時に登校しているから、一応除外してもいいが、残りの三人……」

と山口はチョークを手に黒板の前に立つと、三人の名前を書いた。

山岸達男（教頭）
北田健一（宿直員）
添畑明子（三年四組）

「この三人の中に、名城貞吉殺しの犯人がいるということになるな」

と山口が言った。

「その教頭の山岸達男なんですが」

傍から、手帳をのぞき込みながら言ったのは青山刑事だった。

「角館二中には昭和四十九年まで在職しています。その後、仙北郡六郷町の小学校に校長として異動しましたが、四年前に山陰地方に旅行中、バスの転落事故で死亡しているんです」

「死んだ——。で、北田健一は？」

「現在、横浜市に住んでいます。北田健一は事故死した狩野友市と同期に、角館二中に奉職していますが、昭和四十三年六月に退職し、横浜へ移転しました」

「四十三年六月……いやにはんぱな時期に退職したもんだね」

「退職理由は、住居移転のためだったそうですが」

「坊さん」

山口が杉木に声をかけた。

「横浜へ行ってくるよ。北田健一が死なないうちにね」

5

山口警部は横浜市磯子区東町にある明和中学校に行き、校長室の隣りにある事務所の小窓から顔を突っ込み、来意を告げた。

北田健一は授業中とのことで、山口は屋上に上がって煙草《たばこ》をくゆらせていた。

終業のベルがなり、五、六分もすると、背後の出入口に靴音が聞こえた。

「北田です。田沢湖署の山口さんですね？」

四十ぐらいの眼鏡をかけた中背の男が、微笑を浮かべながら近づいてきた。

「ご用事は、わかっているつもりです。いつか、こんな日がくると前から思っていました。いや、十五年間、この日がくるのを待っていたと言ったほうがいいかも知れません」

と北田健一は言った。

「名城貞吉殺しの犯人を、ご存知なんですね？」

「わたしは、たしかに名城貞吉が憎かった。殺してやろうと何度も思ったことがあります」

北田は空を見あげるようにして、

「あんなことをするべきじゃなかったんです。そのために、なんの罪もない人間が自ら命を絶ち、あまつさえ前途有為な少年の一生をめちゃめちゃにしてしまったんですから」

「和久井父子のことですね？」

「警部さん――」

北田健一の言葉は頭上を飛ぶ低空飛行の爆音でかき消されたが、その眼に光っている涙は、はっきりと見てとれた。

6

山口警部は横浜市の明和中学校を出ると、角館署に電話を入れ、北田健一の話を簡単に報告した。

時計を見ると、一時二十分だった。

帰りは大宮発15時15分の東北新幹線を予定していたので、それまでどうやって時間を潰《つぶ》そうかと迷ったが、すぐに心は決まった。

山口は東和大学の医学部に電話をかけて、助教授の堂上富士夫を呼び出した。

「堂上です」

聞き憶えのある落ち着いた声が受話器から聞こえてきた。

「田沢湖署の山口です。憶えていらっしゃいますか？」

「……ああ、山口警部」

「いま横浜にいるんです。お知らせしたいことがあるんですが、お忙しいんでしょうねえ」

「どんなご用事でしょうか」

「十五年前の十二月の事件――。そのことでちょっとお話が」

「わかったんですか、その事件のことが」

堂上は急にせき込んだ口調になった。

「事件のあらましは、角館二中にいた北田健一という教師から聞き出しました」

「じゃ、犯人も、犯人もわかったんですね？」

「電話ではなんですから、どこかでお会いしたいのですが」

「けっこうです。場所を指定してください、すぐにまいります。あ、それから、谷原奈那さん――亡くなられた谷原君の妹さんですが、彼女にも連絡をとってみます」

と堂上は言った。

第四章　北田健一

1

昭和四十二年十二月二十六日。午後五時。

角館第二中学校の古びた木造二階建ての校舎には、大粒の雪が降りつけていた。二十日から冬休みにはいって二度目の大雪。

職員室にはそのとき、北田健一を含めて四人の教師が各自の机に坐っていた。

宿直に当たっていた北田健一は、職員室を出ると、かじかんだ手に息を吹きかけながら、校舎内の見回りを始めた。

一階と二階を見終わり、体育館に通じている屋根つきの渡り廊下をつたわって、その入口にさしかかったときだった。

入口の所に、こちらを見て立っている二人の生徒を眼にとめたのである。

「なんだ、きみたち。まだ帰らなかったのか」

立っていたのは、お揃《そろ》いのクリーム色のバスケット部のスポーツウェアを着た谷原卓二と秋庭ちか子だった。

体育館の卓球台を使わせてくれと言って、谷原、秋庭という二人の生徒が職員室にはいってきたのは、たしか午後一時ごろである。

「早く帰りなさい。今夜は積もりそうだから」

「いま、帰《け》えるとこです。だども、オーバー取りに二階の生徒会室さ行ったら、カギッコかかってて開けられなかったんす」

と谷原が言った。

「カギが?」

北田はちょっと不審に思いながら、灯のもれている生徒会室のドアを見あげた。

この部屋が生徒会の集会用に使用されるようになったのはつい最近で、それ以前は運動部関係の用具置場になっていた。

以前からカギなど使用されていなかったし、職員室にある校舎内のカギ束の中にも、この部屋のカギはない。

「おかしいな」

北田は階段を昇り、ベニヤ造りのドアの前に立ち、把手《とって》を回した。

谷原の言うとおり、ドアは内側から施錠されていた。

「さっき、階段を昇ろうとしたとき、この部屋ん中から、おかしげな音が聞こえてきたんす」

背後で、谷原が言った。

「おかしげな音？」

「んだす。なんだか、人がぶっ倒れるような、どすん、ていう音がしたんす」

と傍から秋庭が言った。

「先生、聞こえねえすげ。人の声がするみてえだが」

「人の声？」

北田が谷原の傍からドアに耳を近づけたとき、部屋の中から、苦しそうな呻《うめ》き声がかすかに洩《も》れてきたのだ。

「どうしたんだ……ドアをあけなさい」

北田は、こぶしでドアを激しく叩《たた》いた。部屋の中で、誰か急病で苦しんでいるのではないかと思ったからだ。

「カギッコはねえんすげ、先生」

谷原が言った。

「ない。ドアを壊すしか手はないな」

北田は小柄だが、学生時代は柔道部に籍を置いていただけに膂力《りょりょく》に秀《すぐ》れていた。

ドアに三、四度体当たりを食わせると、安手のベニヤ板は、めりめりっと音を立ててさかれた。壊れたドアの隙間《すきま》から部屋にはいった北田は、眼鏡をなおし、眼を細めながら三十帖《じょう》ほどの部屋をひとわたり眺めまわした。

北田の視線が壁ぎわに積みあげられた折りたたみ式の机の方に移った瞬間、思わず声を飲み込んでいた。

赤い皮ジャンパー姿の男が、白眼をむき出しにして仰向《あおむ》けに倒れていたからだ。

「名城先生……名城先生でねんすげえ」

すぐ背後で、秋庭ちか子の声がした。

彼女の言うとおり、男は一学期前までこの学校に勤務していた名城貞吉だった。

「名城さん、どうしたんです……しっかりして……」

北田が傍にしゃがんで名城の体を抱き起こそうとしたとき、積みあげてあった机の上から、音たてて椅子が滑り落ちた。

北田はぎくっとし、思わず声を出した。

「誰だ。誰かいるのか」

だが、確かめるまでもなかったのだ。机や椅子の間に人が隠れひそんでいたとしたら、こちらから丸見えのはずである。

ベランダの窓のカーテンを勢いよくあけはなったのは、秋庭ちか子だった。

窓に向かって立っている谷原卓二の背後から、透明ガラスを通して、小さなベランダのすべてが見通せたが、そこにも人影はなかった。

窓の外にはぼた雪が降りしきり、ベランダの手すりにうずたかく積もった雪が、窓明りにきらきらと反射していた。

北田はあらためて、名城貞吉の顔をのぞき込んだ。

すでに顔色が青白く変色し、北田の呼びかけにもなんの反応も示さなかった。

「教頭先生を呼んでくる。きみたちは、ここで待っているんだ」

北田はそう言うなり、部屋を飛び出して行った。

北田が体育館に戻ってくると、階段の昇り口の所で、バスケット部のスポーツウェアを着た女生徒が、秋庭ちか子に抱きかかえられるようにして立っていた。

秋庭らと一緒に卓球をしていた添畑明子とかいう女生徒だった。

北田のあとから、山岸達男、長南政道、狩野友市の三人が体育館に駆け込んできた。

傍の添畑明子を認めると、教頭の山岸は、

「なんだ添畑。怖いのか。きみらしくもないぞ」

と声をかけた。

添畑明子はそのとき、まっ青な顔をして、おびえたようにがたがたと震えていたのだった。

階段を昇り、部屋にはいると、三人は一様に立ちすくんで死体を見おろしていた。

「北田君。説明してくれないか」

やがて、山岸が言った。

「校内見回りで、体育館に来ましたら、三年の谷原、秋庭の二人の生徒が入口の前に立っていたんです。オーバーを取りに来たが、生徒会室のドアが開かないと言っていました。ドアは谷原の言うとおり、中からカギがかかっていました。わたしが体をぶつけてドアを突き破ったのは、中から人の呻き声を聞いたからです。中にはいると、名城さんが倒れていたんです」

「部屋には、そのとき名城君以外には誰もいなかったんだね？」

「ええ。これだけの部屋ですから、確認するまでもなかったのですが」

北田はベランダの方に歩み寄って、

「ベランダのカーテンはしまっていましたが、秋庭が開け、わたしも確認しました。ベランダに人がいたら、見逃すはずがありません」

北田は窓ガラスのカギが締められてあるのを確認したあと、カーテンを閉じた。

「名城君は、例によって酒を飲んでいたらしいね」

山岸はそう言いながら、名城の物言わぬ体のあちこちに手を触れていた。

「頭のうしろに傷がある。倒れたとき、なにか固い物にでも打ちつけたんだろう」

「教頭。警察へ電話してきます」

そう言って、狩野友市が部屋を出ようとすると、

「待ちたまえ、狩野君」

と山岸が厳しい語調で呼び止めていた。

「名城君の死は、事故によるものだ。それは疑いもない事実だよ。北田君が部屋の中で呻き声を聞いたとき、ドアには内側からカギがかけられていた。部屋は三面が壁で囲まれ、窓は一つだけだ。その窓のカーテンを開けて見たが、ベランダにも人影はなかった。仮に、名城君が殺されたのだとしたら、探偵小説じゃないが、犯人はどうやってこの部屋から逃げおおせたかだ。逃げ道は、このベランダ以外にはなかったはずだ。だが、ここから飛び

降りるなんて、とても人間わざじゃできないことだ。紐《ひも》にでもつたわってなら、それも可能だろうが、そうだとしたらベランダの手すりの雪の一部分なりがけずり取られているはずだよ。ベランダの手すりには、紐をわたしたような形跡はどこにも見当たらなかった――つまり、他殺説は成立しないってことだ」

「事故死にしろ、他殺にしろ、名城さんが死んだことには変わりありません。そんな判断は警察がすべきことです」

狩野友市は、いらだちをその顔に現わしていた。

「狩野君。遠まわしな言い方はやめて、ずばりと言わせてもらうよ。わたしは名城君の死を警察には通報しないつもりだ」

「なんですって、じゃ……」

「名城君がこの学校の校舎内で死んだことを警察に知られたくないのだ。死人を悪くいうことになるが、この際許してもらおう。名城君は、ごろつき同様の札付き教師だった。われわれ教師や生徒から鼻つまみ者にされたあげく、この学校から追い出されたのだ。そのことを根に持ち、名城君はわれわれを恨みに思っていたことは知っているはずだ。そんな名城君が、この学校の中で死体で見つかったなんてことが世間に知れたら、いったいどんな事態が起こると思うかね。警察や世間が、われわれに疑いの眼を向けることは、言わずとも知れたことだ。警察の介入が学校側にどんな混乱を巻き起こすか、わたしにはよくわかっているんだ」

「しかし……」

北田が言いかけようとすると、傍の長南政道が、

「北田君。あなたは狩野君と同様に名城君を誰よりも憎んでいたはずでしたね。二人は名城君の追い出しを策した旗頭でもあった。だから、名城君がいちばん恨んでいたのは、あなたがたなんです。警察が簡単に事故死と認めるとは限りませんよ。名城君が死んだとき、学校内に居合わせていたんですから、あなたがたが不利な立場に立たされるのは避けられませんよ」

と例によって、教頭におもねる言い方をした。

狩野友市はじっと山岸を見つめていたが、

「じゃ、どうしようって言うんですか？」

「死体をこの場から移してもらう。名城君は他の場所で事故死したことにするんだ。車の運転は北田君にお願いしよう」

山岸は有無を言わせぬ語調で言い、北田を見た。

北田は山岸に逆らうことのできない自分をよく知っていた。仮に山岸に反論し、意を通

したとしても、その後に振りかかる災いを思うと気がひるんでしまうのだ。

名城という虫けらのごとき人間が死んでも、どうということはないが、世間から白い眼で見られ、警察に痛くもない腹をさぐられるのは耐えられなかった。

「例の三人の生徒はどうします？」

と長南が訊ねた。

「わたしから、よく言ってきかせる。狩野君、三人をわたしの部屋へ連れてきてくれ。なに、心配はいらんよ。三人のことはわたしに任せてくれ」

と山岸は言った。

2

体育館の入口に北田が車をつけたのは、六時ごろである。

三人がかりで死体を車の後部座席に横たえ終わると、長南が入口に引き返して、脱ぎ捨ててあった名城のゴム長靴を持ってきた。

「狩野君。手伝ってくれ」

長南に言われて、狩野は死体の足にゴム長靴をはかせようとしたが、名城が分厚い毛糸の靴下を着用していたせいか、スムーズにおさまらなかった。

「めんどうだ。毛糸の靴下を脱がせよう」

いらだたしげに、長南が言った。

「でも、そんなことしたら……」

「大丈夫だ。下にもう一足はいているよ」

長南は毛糸の靴下を脱がせた足に長靴をはかせると、北田に車をスタートさせた。

「どこへ行ったらいいんですか？」

北田が訊ねると、

「下手な場所に捨てると、この雪の積もり具合からみて、死後運搬の事実がばれるおそれがある。橋の下がいいだろう。桧木内川へやってくれ」

北田は言われるままに、国道46号線に車を乗り入れ、古城橋を渡り切った所で左折した。

降りしきる雪のためか、周囲に人の気配はなかった。

川堤の雪の斜面を死体を抱きかかえるようにして滑り降り、橋下の窪地《くぼち》に名城貞吉を横たえた。

帰りの道で長南と狩野をおろし、学校にもどると、すでに帰宅したのか、山岸の姿は見えなかった。

北田が疲れきった体をストーブの前の椅子《いす》に横たえていると、職員室のドアがあき、雪をすっぽりかぶった小柄な元村佐十郎が姿を見せた。

「えらく降ってるね」

元村はストーブの前に両手をかざしながら、白い息を吐いた。

「こんな日の出張は楽じゃない。湯沢は吹雪《ふぶ》いていたよ」

元村佐十郎が湯沢市で開かれた英語講習会に出席していたことは、北田も知っていた。

「どうしたんだね、顔色が悪いようだが」

元村は北田の横顔をのぞき込むようにした。

「カゼかも知れません。少し寒気がして」

北田は名城貞吉の一件を元村に話したい衝動を感じた。

元村は大学時代の先輩で、この学校の職員の中で北田が誰よりも信頼している人物だった。

だが北田は、そんな衝動を必死に押し殺していた。

正義感の強い元村のことだ。事実を知れば、そのことを即刻警察に通報しないとも限らない。

「じゃ、わたしはこれで」

元村は机の上の整理を終えると、北田に手を振って職員室を出て行った。
北田は机に戻り、宿直日誌をひらいた。

報告事項　異常なし。
　冬休みに入って二度目の大雪。
　冷えこみ厳し。

最後にそう書き綴って、北田は投げ出すようにペンを置いた。
そのたった三行の文字を綴るのに、一時間近くもかかっていた。

第五章　和久井憲三

1

「ホテル田沢湖」のロビーで待っていると、ほどなくして添畑明子が姿を見せた。

「お待たせしました」

黄色地に大輪の花模様を浮かしたあでやかな和服を着て、白い顔には入念に化粧がほどこされていた。

山口警部は明子の美しさに思わず見とれて、挨拶《あいさつ》を交わすのを忘れていたほどだった。

「さきほど、元村先生からお電話がありました。学校の用事が早くすんだそうで、間もなくここへ向かわれるとのことですが」

「そうですか。実は元村さんにもお話があって、けさがた連絡したのですが。すると、学校を訪ねる手間が省けたわけですな」

「元村先生とわたしに、事件のことでなにか？」

「ええ、ちょっと確認したいことがありましてね」

和服を着たホテルの従業員が、お茶と和菓子を山口の前に置いた。

紅葉はとっくに過ぎていたが、ロビーの窓越しに見える夕刻の湖岸の彩《いろどり》は、眼《め》にしみるように鮮やかだった。前方に雄大な駒《こま》ケ岳《たけ》がくっきりとそびえ、頂上にひびのように這《は》っている新雪が青空に白く反射していた。

山口がお茶を飲んでいると、ブルーのコートを着た小柄な男が添畑明子に眼顔で挨拶しながら近づいてきた。

「元村先生です」

明子が紹介すると、元村はコートを脱ぎ、丁寧に一礼した。四十前後の知的な感じの男で、口許《くちもと》に短い髭《ひげ》をはやしていた。

「田沢湖署の山口です。お呼びたてして申し訳ありません」

「いいえ。それで、わたしになにか今度の事件のことで……」

「十五年前の事件のことで、確認したいことがありましてね」

「十五年前……」

元村佐十郎は口髭に手をやりながら、

「以前、堂上富士夫さんという人からも、そんなことを訊《たず》ねられたことがあります。そのときは昔のことで、想《おも》い出せなかったのですが……」

「その堂上さんが訊ねていた十五年前の事件が、やっとわかったんです。元村さんは名城貞吉という人物をご存知ですね」

「ええ。いまそのことを申しあげようとしていたところだったんです。堂上さんと別れてしばらくして、その事件のことを思い出したんです。名城さんが死んだのは、十五年前の十二月でした」

添畑明子の白い顔がうっすらと赤らむのを、山口は眼にとめていた。

「元村さんは、十五年前の十二月二十六日の夜のことを憶《おぼ》えていますか？」

「十二月二十六日……そう急に言われましても……」

「名城貞吉が殺された夜のことです」

「ああ……たしか、角館の桧木内川の古城橋の下で……」

「いえ、名城貞吉が殺されたのは古城橋の下ではなかったのです」

「……と言われますと？」

「そのことは、添畑さん、あなたもご存知のはずですが」

「添畑君が？」

元村は訝《いぶか》しげな顔をそのまま明子に向けた。

添畑明子は眼を伏せて、唇を小さく震わせていた。

「警部さん。最初から詳しく話してください。名城さんはどこで殺されたんですか？　また、そのことをなぜ添畑君が知っているんですか？」

元村の柔和な眼は、落ち着かなげにまたたいていた。

「十五年前——昭和四十二年十二月二十六日、冬休み中のことでした。角館第二中学の体育館で、三人の生徒——谷原卓二、秋庭ちか子、それに添畑さんが卓球をしていたんです。職員室にいたのは、教頭の山岸達男、長南政道、狩野友市、それに北田健一の四人の教師でした。北田は宿直に当たっていて、午後五時ごろ、校舎内の見回りをしていました。外には、雪が降っていました」

山口は時おり手帳の文字を追いながら、かなり詳細に事件の内容を語って行った。

生徒会室の中に倒れていたのが、名城貞吉だと告げると、元村は驚いて声をあげた。

「まさか、彼が……」

「事実です。名城貞吉は角館二中の生徒会室の中で死んだんです。そのことは、添畑さんもよくご存知のことです」

元村はじっと明子の横顔を見入っていたが、明子は眼を閉じたまま黙っていた。

「北田健一はそのとき、部屋の中を確認しましたが、名城貞吉以外の人影は見つけ出せませんでした。ベランダのカーテンを開けたのは、秋庭ちか子ですが、そのベランダにも誰《だれ》もいませんでした。北田は二人の生徒をそこに残し、職員室に駆け込み、そのことを告げました。北田が教師たちと体育館に戻りますと、階段の所で秋庭ちか子に抱きかかえられるようにして、添畑さんが立っていました——真っ青な顔をし、がたがた震えながら」

「添畑君……きみは……」

と元村が言った。

「教頭の山岸達男は、この事件を素直に警察に通報したら、学校に災いがかかると判断しました。名城貞吉の死体を古城橋の下に捨てたのは、長南政道、北田健一、狩野友市の三人でした。七時ごろ、雪をかぶって職員室にはいってきたのは、湯沢市の英語講習会に出席していた——」

「わたしです。そのことは、つい先刻想い出していました。時間は記憶していませんが、雪が降っていたことは憶えています。わたしが職員室にはいって行くと、宿直の北田君がストーブの前に坐《すわ》っていたんです。どんな話をしたのかは忘れましたが」

「北田はそのとき、名城貞吉のことをあなたに打ち明けようと思ったが、思いなおしたと語っていましたが」

「そうですか。なぜそのとき、北田君はすべてを話してくれなかったのだろう……それに、添畑君。きみもなぜ、そのことを今まで黙っていたのかね」

「一つには、教頭の山岸に固く口どめされていたこともあります。山岸が、どんなおどし文句を並べたかは知りませんが」

「……しかし、そのために同じクラスの――」

「和久井俊一の父親、和久井憲三に容疑の眼が向けられ、それを気に病んだ彼は首つり自殺をしました。一人息子の俊一は、入学の決まっていた大曲市の県立高校を諦《あきら》め、関西の親戚《しんせき》に引き取られました」

「知っています。和久井俊一はわたしの担任するクラスにおったのです。短距離の図抜けて速い子でした。明るいさっぱりした性格で、目鼻だちのきりっとした美少年でしたので、女生徒に大変な人気がありましてね」

「クラスメートの父親が殺人事件の容疑者にされていたことが、もっと早い時点でわかっていれば、添畑さんもきっと事実を話していたでしょう。父親はその当時、名古屋に出稼ぎに行っており、彼に容疑がかけられていたことを誰も知らなかったために、そんな不幸な結果を招いてしまったんです」

添畑明子の閉じた眼から、幾条《いくすじ》もの涙が流れ落ちるのを山口は見た。明子はなにかを必死に耐えようとするかのように、膝《ひざ》の上で、細い両手をきつく合わせていた。

「添畑さん。少しお訊ねしたいのですが」

少し時間をおいてから、山口は声をかけた。

「あの日、体育館で卓球をしているとき、体育館のわきの出入口から二階へあがって行った人を見かけませんでしたか？」

添畑明子は涙ぐんだ眼で、山口を見つめていたが、やがて小さく、

「いいえ、誰も……」

と言った。

「北田健一が生徒会室のドアを壊しているとき、添畑さんはたしかその場にはいませんでしたね？」

「ええ」

「そのときは、どちらに？」

「一階の更衣室で下着を取り替えていたと思いますが」

「一階におられるとき、上の階でなにか人声や物音なんかを耳にしませんでしたか？」

「聞いた記憶はありませんが」

「北田健一が職員室に駆けて行ったあとで、二階へ行かれたんですね？」

「ええ。谷原さんと秋庭さんが部屋の前に立って、中をのぞいていました」

「北田健一が出て行ったあとで、誰かが二階から降りてきませんでしたか？」

「誰も」

明子はゆっくりと首を振り、短く答えた。

「元村さん」

なにかを考え込んでいたようすの元村は、急に呼びかけられたので、驚いたように顔をあげた。

「名城貞吉は、角館二中を辞めたあとも、よく学校へ出入りしていたんですか？」

「たまに顔を見せていたようです。彼は給食関係の仕事をやっていましたから、その関係で」

「誰とよく会っていましたか」

「わたしかも知れません」

元村は顔をくもらせながら言った。

「当時わたしは、給食関係を担当していたものですから。一時期、名城君の店を使ったことがありますが、二、三か月ぐらいの短い間で、それ以後は断わっていました。彼が学校へ出入りするのを、校長や教頭がいい顔で見ていなかったからです」

「名城貞吉はあまり評判のいい男ではなかったようですが、当時、特に深く彼を恨んでいたような人物に心当たりはなかったですか？」

「さあ……」

元村はあいまいな返事を返した。

そのとき、フロントの従業員が添畑明子に近づいてくると、その耳許でなにか囁《ささや》いた。

明子が一礼して席を離れたのをしおに、山口は腰をあげた。

「ところで、元村さん」

山口はあることを思い出して、元村の方を振り返った。

「中学時代、タンちゃん、と呼ばれていた生徒をご存知ありませんか？」

「タンちゃん――」

「あるいは教師かも知れないのですが」

「タンちゃん……聞いたことがないようですな。あの当時、担任だったクラスの生徒の綽《あだ》名《な》は、いまでも憶えていますが、うちのクラスには、そんな綽名の生徒は……」

「タン……英語だとすると、舌の意味ですかね」

「舌――」

「飛びっきり舌の長い生徒だったんですかね。あるいは、ちょっとしたことで、すぐ舌を出す癖があったとか……」

「舌を出す癖……」

元村はしばらく考えていたが、わかりませんな、と言って首を振った。

2

「いまさら繰り返すのもなんだが、確認の意味で言っておきたい」

捜査会議の席上で、杉木警部はそう前置きした。

「堂上富士夫の妻、美保は、母校の教師だった長南政道から十五年前の名城貞吉事件の真相を聞いた。今回の一連の事件は、ここに端を発していたともいえる。堂上美保は推理作家なるがゆえに、推理はお手のものだ。あの閉ざされた生徒会室で、なにがどのようにして行なわれたかをみごとに推理していたんだ。そして犯人にある程度の目星をつけていた彼女は、盛岡の同窓会でそのことを確認しようとした。彼女はそのときはまだ、それとは知らずに名城貞吉殺しの犯人と言葉を交わしていたかも知れない。彼女は無防備のまま、事件に深入りしすぎた。彼女に秘密を握られてしまった犯人は、彼女を生かしておくことはできなかったんだ。犯人は堂上美保を田沢湖畔に呼び出し、泳げない彼女を湖中に突き落としたんだ。次に盛岡中央病院の医師、谷原卓二の事件だが」

杉木は茶をひと口飲むと、

「谷原卓二は十五年前、生徒会室の事件を目撃した一人だ。彼はどの程度かは推測できないが、その事件の真相の一部を知っていたと思える。そして、そのことを堂上美保に話した。美保が水死体で発見されたとき、彼はすぐに誰の仕業《しわざ》か察しがついていたと思う。堂上富士夫を村崎野の駅まで追いかけて行ったのは、こんなことは子どもでも理解できることだが、写真やみやげ物なんかを手渡すためじゃない。事件の真相——美保が誰に殺されたかを告げるためだったんだ。犯人にとって、谷原卓二は眼の離せない危険な存在だった。堂上美保同様に生かしておくことはできなかったんだ。それとまったく同じことが、秋庭ちか子にも言える」

「秋庭ちか子は偶然にも、ホテルで堂上美保の手紙の一部を読んでしまった」

と山口警部が代わって言った。

「その手紙は誰に宛《あ》てたものか、推測はできないが、堂上美保はその中に、犯人の名をあげ、その犯行を告発していたんだ。秋庭ちか子が言っていた、恐ろしいこと、とはそのことだ。秋庭ちか子は、美保の手紙の内容を、東京の堂上富士夫に打ち明けようとしていた

——だから、殺されてしまったんだ」

「十五年前の名城貞吉事件の真相さえ摑めれば、犯人像はおのずと浮かびあがってくる。現時点での捜査の焦点は、言うまでもなく、あの密閉された生徒会室の解明にある」

　と杉木が言った。

「しかし、主任」

　と言ったのは、大曲署の山路である。

「あの角館二中の体育館は、五年前にとり壊され、今じゃ鉄筋の豪華なものに変わっています。現場が存在しないことには……」

「青写真は手にはいった。いまのところ、これを頼りにするしかないな」

　杉木は黒板に向かい、青写真の平面図を大きく書き写した。

「見てのとおり、造りはきわめて単純だ」

　山口は黒板の前に歩み寄りながら、

「繰り返すことになるが、北田健一がドアを叩《たた》き壊して部屋にはいったとき、名城貞吉が倒れていた以外、ネコの子一匹いなかった。この片隅に折りたたみ式のテーブルなどが置かれてあったが、その物かげに隠れて人眼を避けることは不可能だったと北田は言っている」

「ベランダに面した窓ガラスのカーテンを開けたのは、秋庭ちか子でしたね」

と青山刑事は言った。

「そうだ」

「秋庭ちか子はベランダに出て、確認したんですか?」

「その必要はなかったんだ。透明なガラスだったから、開けることもしなかった。北田健一は彼女がカーテンを開けたとき、振り返ってベランダを見たが、部屋の中と同様に人影はなかったと言っている。こんな小さなベランダだ、一目見ればわかることだよ」

「ドアからでないとしたら、犯人の逃亡経路はベランダ以外には考えられませんね」

「しかし、その夜は雪が降っていたんだ。ベランダから万が一飛び降りたのだとしたら、ベランダの手すりに積もった雪にまったく触れずにというわけにもゆくまい。北田は手すりに積もった雪になんら異常はなかったと言っている」

「ベランダから紐《ひも》づたいに降りたという想定も、同様な理由から成立しないってわけですね」

「考えられることは、一つしかないよ」

と杉木が言った。

「犯人は事件発見時にまだその部屋の中にいた、ということしかね」

（現場平面図）

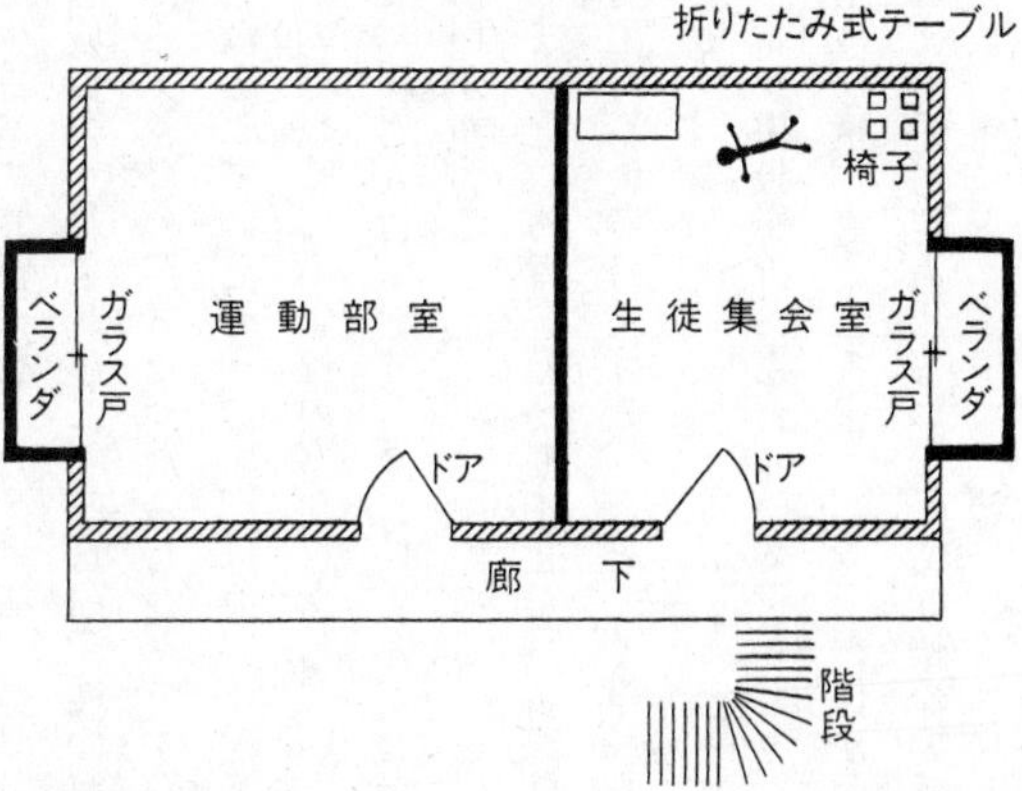

「だったら、北田か生徒たちの眼に止まっていたでしょう。ノミやシラミじゃなく人間一人なんですから」

青山が当然の反論をした。

「名城貞吉は、なぜあの部屋へ行っていたんでしょうか？」

話が途切れたあと、山路が山口に訊ねた。

「誰かと、あの部屋で会う約束をしていたことだけはたしかだ。大雪の降る夜、なんの目的もなしに、のこのこ出かけて行くはずもないから」

「すると、約束をした相手は学校関係者と考えていいですね」

「うん。それも職員室などで大っぴらには会って言えない話の内容だったとも考えられるな」

「これは、十五年前、名城貞吉の家のあった近所の人から聞き込んだ話なんですが」

と大曲署の戸沢が言った。

「名城貞吉が殺される二、三日前、彼の家ですごい夫婦喧嘩《げんか》があったそうです。原因はどうやら奥さんの浮気だったらしいんですが、名城貞吉は相手の男をタダじゃおかないとわめき散らしていたそうです。以前、札幌署の江口刑事も言っていましたが、その奥さんというのは当時、小学校の事務員をしていて、気だてのやさしい美人だったとか」

「その奥さんは、いまどこにいるんだね」

山口が訊ねると、

「いまのところは、わかりません。名城貞吉が死んだあと、家を売り払ってアパート住まいをしていたそうですが、ほどなく学校を辞め、その後の消息がまだつかめないのです」

「さあ、本題にもどろう」

杉木が黒板をぽおんと叩いて、

「もう一度、考えてみよう。堂上美保が解決できたものを、大の男がこれだけのガン首をそろえ、手も足も出ないなんて、情ない話じゃないか」

第六章　浪風理太郎

1

脳外科の教授、浪風理太郎《なみかぜりたろう》が帰り支度をしていると、教授室のドアにノックの音が聞こえた。

浪風はチョッキのボタンをかけながら、「どうぞ」と声をかけた。

部屋にはいってきたのは、助教授の堂上富士夫だった。

「さっき、若松君から聞いたのですが……」

と堂上は言った。

「ああ、その件できみの部屋に電話したんだが、留守だったものだから。例の三〇五号室の患者の手術《オペ》だがね、すまんが、またきみに頼もうと思って。あさってから一週間ほど、九州に出かけることになってね」

「はあ」

「データは、若松君に渡してある。よろしく頼むよ」

「わかりました」

「ま、掛けたまえ」

浪風は、なにか話したげな相手の素振りを見て、堂上を窓ぎわのソファに案内した。

「近ごろ、元気がないようだね。医局の若い連中も心配していたよ。ま、あんな不幸のあったあとじゃ、無理もないがね。いい奥さんだった」

「……実は、その妻のことなんですが」

堂上は言った。堂上にしては珍しく、気弱な表情になっていた。

「奥さんのこと?」

「……もっと早くに申しあげるべきだったんですが」

「なんだね。遠慮なく話したまえ」

「五年前の、妻の手術のことなんです」

「奥さんの手術――」

想像もしていなかった堂上の言葉に、浪風はちょっと驚いて、相手を見つめた。

「妻が亡くなったいまとなっては、確認する手だてはありませんが……」

「確認……なにを確認するのかね？」

「妻の五年前の疾患です」

「……すると、きみは」

「あの病気が、再発していたんじゃないかと思われるんです」

「しかし、きみ……きみに、なぜそんなことがわかるのかね」

浪風は、思わず言葉を荒だてた。

「最後に聞いた妻の電話での言葉です。頭痛と、耳鳴りを訴えていたんです」

「ただ、それだけのことで――」

「妻は体が疲れていたところへ、久しぶりに酒を飲んだせいだと言っていましたし、わたしも深くは追及しなかったのですが、いまにして思うと――」

「考え過ぎだよ、きみの」

「秋田へ行き、同窓会での妻のようすを聞いてみたんですが、単なる酒の酔いだとは思えないふしもあるんです。それにですね――」

「やめたまえ、堂上君」

浪風は語気を強めて言うと、ソファから立ちあがった。

「五年前の手術が、失敗だったと言うのかね、きみは」

「そう思えてならないのです」

「失敗だったことを証明する、なんのデータもなしにかね」

「しかし、教授――」

「忘れることだね、そのことは」

浪風はソファを離れると、カバンとコートを手にしてドアの前に立った。

「念を押すまでもないことだが、いまの話はここだけのことにしてもらいたい。それぐらいのことは、きみにもよくわかっているはずだがね」

堂上は窓を見つめたまま、返事をしなかった。

2

教授室から自分の部屋に戻った堂上は、机に腰かけて、向かい側にそびえ建つ外科病棟をぼんやりと眺めていた。

美保とはじめて会ったのは五年前の春先のことで、この大学の外科病棟で浪風教授から紹介されたのだった。

美保はそのとき、浪風が受け持っていた手術患者の一人で、手術を一週間後にひかえていた。

浪風の下した診断は、海綿静脈洞周辺の硬膜動静脈奇形だった。

美保は入院前から耳鳴りを訴えていたが、そのときには頭痛と眼窩《がんか》痛が加わっており、この疾患特有の眼球突出が見られていた。手術は急を要したのである。

女流推理作家と、浪風から聞いていたので、とげとげした高慢ちきな女を想像していた堂上だった。

だが、ベッドから堂上に言葉少なに挨拶した美保を見た瞬間、堂上は自分の思い違いを知らされたのである。

美保は明るく素直で、そんな職業からは考えられないほど飾り気のないやさしい女だった。

手術後、二、三度言葉を交わすうちに、堂上の中に美保の存在が大きなスペースを占めるようになった。

美保が退院して三か月ほどしたとき、銀座のデパートで美保のサイン会が催された。

「お名前は？」

著書を手にして堂上が美保の前に立つと、サインペンを弄《もてあそ》びながら、美保はそう言って笑った。

「堂上富士夫」

「堂上富士夫。東和大学医学部脳外科助教授。脳血管手術にかけては、浪風教授を凌《しの》ぐくらいの第一人者。目下独身、年齢――」

「三十九歳」

「うそ、うそ。四十一」

美保は声をあげて笑うと、堂上富士夫様と本の扉の右上にサインし、左下にただ、美保、とだけ綴《つづ》った。

「変なサインだね。姓は？」

「堂上。堂上美保」

「きみ……」

「悪くない名前ね」

そのときの美保の複雑な表情を、堂上はいまでも憶えていた。

3

自宅に帰った堂上は着替えをすませ、通いの家政婦が用意した食卓の前に坐った。

食卓の傍に、いつものように新聞と郵便物が置かれていた。

ウイスキーの水割りを口にしながら、郵便物をあらためていた手が、ふと宙に止まった。

美保の手紙のことを、また想い出していたからだ。

美保が亡くなる前の日に書いた、便箋《びんせん》二十八枚にも及ぶ例の手紙。

タンちゃん――。

受取人のタンちゃんとは、いったい何者なのか。

タンちゃんなる人物は、十五年前の名城貞吉殺しの犯人だったのか。

タンちゃんなる人物が犯人でないとしたら、その手紙の内容を警察なりに通報していてしかるべきである。

美保があの手紙を投函《とうかん》したのは、十一月十日で、美保が同窓生名簿を見て、封書の住所を書いていたのは、疑いのない事実だ。

だが、自分の名簿が手許にありながら、なにゆえに米山年男のものを借用する必要があったのだろうか。

堂上があれこれと思いめぐらせているとき、電話が鳴った。

電話は、谷原奈那からだった。

「夜分にすいません」

奈那は言った。

「なあに、かまいませんよ」

「ちょっと思いついたことがあったものですから」

「どんなことです？」

「先日、田沢湖署の山口警部からお話をうかがって以来、あの事件のことを考えていたんです」

「あの密室の謎が解けたんですか？」

堂上はにわかに興味を覚え、そう言って相手の返答を待った。

「いいえ、まだそこまでは。でも、なんだか、もう少しで解けそうな気がしないでもないんです」

「あなたなら、きっと解けますよ」

お世辞ではなく、堂上は言った。

「妻もぼやいていたことがあります。奈那さんみたいな読者がいると、やりにくいとか。妻が工夫した伏線やらトリックを簡単に見破っていたそうですね。その点、わたしは落第ですよ。妻の作品はどうにもむずかしくて……だから、満足に読み終えたのは一、二冊ですよ」

それは事実だった。

熱心でない読者だった原因の一つは、美保が自分の作品を堂上に読まれるのを嫌がっていたことにもよる。自宅のソファで拾い読みしている堂上を見つけると、美保はなにかの理由をつけて、本を取りあげていたのだ。

「美保さんから以前聞いたことなんですが、美保さんはプロットづくりに多くの時間を費やしていたそうで。たとえば六十枚の短篇《たんぺん》を書く場合でも、プロットの書きつけが二、三十枚にはなるとか」

「そうですか」

「だから、美保さんは長南とかいう以前の角館二中の教師だった人から、名城貞吉事件のかくれた事実を聞かされたとき、その事件を解き明かそうとして、小説を執筆するときと同じようにメモをとっていたと思うんです」

「なるほど」

「そのメモが見つかれば、それを参考にして、もう一度推理を組み立ててみようと思って」

「わかりました。妻の書斎を捜してみますよ。遺品はそのままにしてありますから」

「ごめんどうなお願いですが……」

「なに言ってるんですか。妻のメモからあの密室事件が解決できるとしたら、妻へのなによりの供養になることです。必ずメモは捜し出してみせます」

と堂上は言った。

4

大学の斜め向かいにある喫茶店「古城」のドアをあけると、谷原奈那はすでにきていて、中腰の姿勢で堂上に挨拶した。

「ゆうべ、さっそく妻の書斎の中を捜してみましたよ」

と言って、堂上は傍に立っているウエイトレスに紅茶を注文した。

「あなたが言われたように、妻はやたらとメモやらプロットを書きつけていましたよ」

「あの事件に関するメモが見つかったんですね」

「最初はいくら捜しても、それらしい物はなかったのですが、机の抽出《ひきだ》しの中にありました」

堂上は内ポケットから三つ折にした原稿用紙を取り出した。

「この三枚だけでしたがね。なにかお役に立ちますか？」

「拝見します」

奈那は三枚の原稿用紙を、ゆっくりと時間をかけ、眼を通して行った。

堂上は昨夜、その人名や簡単なメモからだけではあの事件をどう推理してよいのか見当もつかなかった。

奈那は原稿用紙をテーブルに置くと、伏目になってじっと考え込む表情になった。

堂上はいちばん上の原稿用紙を手に取った。

走り書きとはいえ、悪筆な堂上など及びもつかないきれいな文字である。

山岸達男——職員室

長南政道——職員室

狩野友市——職員室

北田健一——校舎内見回り

谷原卓二――体育館
秋庭ちか子――体育館
添畑明子――？

「これは別に問題はないでしょう。事件発生時の各人の所在場所を確認するためにメモしたものですから」

堂上は言った。

「山岸、長南、狩野の三名については、北田健一にその所在は確認され、その北田については、谷原君と秋庭ちか子が確認している。ただ添畑明子は、その時点では誰の眼にも止まっていなかったんですね」

「ええ。北田健一が職員室に急を告げに走り、三人の教師をひき連れて戻ってきたとき、はじめてその所在がわかったんです」

「添畑明子は、そのときどこにいたんでしたっけ……」

堂上が田沢湖署の山口警部の言葉を想い出そうとしていると、

「山口警部はそのことについては、たしかなにも話していなかったはずです。でも話の前後から想像して、一階の更衣室にでもいたんじゃないかと、そのときは思っていましたが」

　堂上はその原稿用紙を傍に置き、次のメモに眼を向けた。
○震えていた添畑
○添畑、秋庭らの服装
○ベランダの窓ガラスのカギ
「ベランダの窓ガラスのカギ、というのは、あのとき窓が施錠されていたかどうか——という意味ですね」

　と堂上が言った。

「そうだと思います」

「北田健一が倒れている名城貞吉を抱き起こそうとしたとき、部屋の片隅の椅子《いす》が滑り落ちる音を聞いた。北田はびっくりして、誰かいるのかと思って確認した。そのとき秋庭ちか子が窓のカーテンを開けはなった。北田はベランダを見たが、そこには人影はなかった。ベランダは暗かったが、すべてが丸見えで、人がかくれるような遮蔽物《しゃへい》はなにもなかった。北田はそのとき、窓のカギを確認していましたか？」

「確認したのは、たしかそのあとだったはずです。教頭たちを連れて戻ってきたとき、北田健一はベランダの方に歩み寄って、窓のカギが内側から施錠されているのと、ベランダの手すりに積もった雪になんの異状もなかったことを確かめていたはずです」

「しかし、その窓が、秋庭ちか子がカーテンをあけたとき、施錠されていたという確証はないわけですね」

「そうです」

奈那は、わが意を得たという面持で深くうなずいた。

「次の、添畑、秋庭らの服装ですが」

「兄と添畑、秋庭の三人はバスケット部に籍を置いていました。あのときは、三人ともクリーム色のお揃《そろ》いのバスケット部のスポーツウェアを着込んでいたんです」

「そうでしたね。別にこの点は問題はないでしょう。次の、震えていた添畑、ですが」

「北田健一たちが体育館に戻ってきたとき、添畑明子は秋庭ちか子に抱かれるようにして、階段の所で、ガタガタ震えていました」

「死体を見て、おそろしくなったからですかね」

「そうでしょうか？」

「じゃ……」

「添畑明子は気丈な子どもだったはずです。そのとき、教頭の山岸達男も、しっかり者の添畑明子がこわさで震えているのを見て、なんだ怖いのか、きみらしくもない、と声をかけていましたわ」

「恐怖心からではなかったとしたら、寒さに震えていたとしか考えられませんが」

「そうです。先生のおっしゃるとおり、添畑明子はあのとき、寒くてたまらず、ぶるぶる震えていたんですわ」

「しかし、なぜ、彼女だけが。寒いという条件はみんな共通していたはずですがね」

「いいえ、添畑明子だけは違っていたんです」

「なぜ？」

堂上は理解できずに相手の返事を促したが、奈那はそれには答えずに三枚目の原稿用紙を取りあげた。

○ゴム長靴（毛糸の靴下）
○運動部室のカギは？
○棺のない死体（ロースン）

その原稿用紙には、そんな三行の記述しかなかった。

「この三つのメモに関しては、あの事件とどう関連しているのか、わたしにはまるで見当がつかないんですが」

「名城貞吉の死体を車に運び入れたあとで、狩野と長南が死体にゴム長靴をはかせています。はかせにくかったので、毛糸の靴下を脱がせたのですが、このメモが事件とどう結びつくのか、いまのところは、わたしにもわかりません。運動部室のカギ、についても同様です」

「棺のない死体……」

「クレイトン・ロースンという外国の推理作家の長篇の題名です」

「で、その内容は？」

推理小説には門外漢の堂上にしてみたら、それは当然な質問だった。

「密室をテーマにしたものです。犯行時、犯人が室内にいたトリック例として、よく話題にされる古典的な作品です」

「犯行時、犯人が室内にいた……」

堂上は、おうむ返しにつぶやいていた。

すると美保は、名城貞吉の密室事件のトリックを、それと同じものと推理していたのだろうか。

「じゃ……」

「入口のドアは内側からカギがかけられ、ベランダから加害者が逃亡した形跡がなかったのですから、加害者はそのとき室内にいたと考えても不思議ではありません」

「しかし、谷原さん。あの部屋には、ネコやネズミならともかくとして、人間が隠れられるような場所はどこにもなかったはずですよ」

「そうでしょうか」

「それに、かりに犯人がうまく隠れおおせたとしても、いつ、どうやってあの部屋から抜け出したんです？」

「北田健一が職員室に駆け込んで行ったすきに、入口のドアから部屋を出たんです」

「谷原君や秋庭ちか子の目の前を通ってですか？」

「そうです」

「そんな、ばかな……」

「兄と秋庭ちか子は知っていたんです、あの人がベランダに立っていたことを」

　と奈那は言った。

「ベランダに？」

「そうです。隠れる場所は、あのベランダしかなかったのです」

「しかし、あのベランダには……」

「兄と秋庭ちか子は窓に近づき、秋庭ちか子がカーテンをいっぱいに開きました。そのとき、窓に映ったのは夜景ばかりではなかったはずです。兄と秋庭ちか子の姿も、窓ガラスには映し出されていたんです」

「………」

堂上は奈那の推理に追いつこうと、神経を一点に集中した。

夜のベランダ。

窓ガラスに映し出された男女の姿。

その答えは、すぐに返ってきた。

「錯覚だ――」

堂上は、思わず高く声をあげた。

堂上はそのとき、十五年前の名城貞吉事件の全貌《ぜんぼう》を手に取るように理解することができたのだ。

第七章　添畑明子

1

添畑明子が警察の車で角館署に連行されたのは、十二月十日のことである。たそがれどきの角館の町には、身を切るような冷たい北風が舞っていた。

「ホテル田沢湖」のロビーで連行を求められた明子は、ただ黙ってうなずいただけで、車の中でもかたくなに沈黙を守っていた。

角館署の取調べ室にはいると、明子は鮮やかなコバルトブルーのコートを脱ぎ、杉木と山口の前に静かに腰をおろした。

添畑明子の洋服姿を見るのは初めてだが、クリーム色のスーツが細身の体によく似合い、和服とは違った若やいだ雰囲気をつくっていた。

「お呼びだてしたのは、十五年前の名城貞吉事件についてお訊ねしたいことがあったからです」

と杉木が言った。

添畑明子はかすかに眉《まゆ》を動かしただけで、黙って杉木を見ていた。

「あの事件のあった夜のことを、詳しく話してくださいませんかね」

明子はちらっと山口の方を見やり、

「そのことでしたら、先日も山口警部さんにお話したはずですが」

と言った。

「ええ。ですが、今日はもっと詳しく、じかにあなたの口からお聞きしたいと思いましてね」

「詳しくと言われても、なにしろ十五年も前のことですから」

「よおく想い出して答えてください。十五年前の十二月二十六日、午後二時ごろからあの冬二度目の大雪が降ってきたことは憶えていますか?」

「……ええ。午後から降りはじめ、大雪になりました。その翌朝も降り続いていたように思いますが」

「あの日、あなたは角館二中の体育館で卓球をやっておられましたね。学校に行かれたのは、何時ごろでした？」

「時間は憶えていません。雪の降る前でしたけど」

「職員室には行かれましたか？」

「いいえ。体育館の使用をことわりに行ったのは、たしか谷原さんと秋庭さんの二人だったと思います」

「あなたは、北田先生をよくご存知でしたか？」

明子は一瞬、けげんな顔をしたが、

「もちろん、知っています。同じ学校の先生ですから」

「いや、特別に親しく話をされたりしたことがあったかどうかという意味です」

「言葉を交わしたことはなかったと思います。北田先生はその年に赴任されたばかりで、しかも一年の担任だったはずですから」

「そうですか。すると、北田先生はあなたの顔や名前もご存知なかったと考えていいですね」

「だと思いますが」

「体育館で何時ごろまで卓球をやっておられたんですか？」

「詳しい時刻はわかりません。三、四時間はラケットを振っていたと思いますが」

「卓球をやめたあと、あなたはどちらへ行かれましたか？」

「一階の女子更衣室です」

「更衣室では、秋庭ちか子さんと一緒だったんですか？」

「いいえ、わたし一人でした。そのことは、山口警部にも申しあげたはずですが」

「あなたが着替えをすませ、二階へ昇って行くと、生徒会室の壊れたドアの前に、谷原卓二と秋庭ちか子が立っていたんですね？」

「そうです。部屋の中を覗《のぞ》くと、名城先生が死んでいました」

「死んでいた、とどうしてわかったんですか？」

「……二人から話を聞いたからです」

「驚かれましたか？」

添畑明子は反抗するような眼つきになったが、すぐにもとにもどった。

「当たりまえですわ。人一人が死んでいたんですもの」

「北田先生や教頭たちが体育館に駆けつけたとき、あなたは秋庭ちか子に抱きかかえられていたそうですが」

「……憶えていませんが、そうだったかも知れません」

「がたがた震えておられたそうですね？」

「憶えていません。そうだとしたら、やはり怖かったからだと思います」

「怖さからではなく、寒かったからじゃないですか？」

と杉木が言った。

添畑明子の白い顔に、一瞬変化が走った。

「雪の降る夜、長いこと外にいたら、誰でも寒さに震えますよ」

「……わたしが、外にいたと？」

「ええ。ずっと、ベランダに立っていらしたんでしょう？　あの寒い凍《い》てつくようなベランダに――」

明子は杉木を見つめたまま、黙りこくっていた。

沈黙が続いた。

「添畑さん。あなたは嘘《うそ》を言っておられる」

と傍から山口が言った。

「あなたは、卓球を終えると、一階の更衣室ではなく、なにかの用事があって、二階の生徒会室に行かれたんです。そしてそこで、偶然にも名城貞吉と会ったんです。彼はそのとき酒を飲んでいた。平素から酒癖の悪い名城のことです、人気《ひとけ》のない部屋であなたを眼にした名城が、いやらしい気持を起こしていたとしても不思議ではないでしょう。名城はあなたに襲いかかって行った――せん」

「……そんな、そんなことはありませんでした。わたしは生徒会室なんかへは行っていません」

明子は、さえぎるように口をはさんだ。

「あなたは名城から逃がれようと必死に抵抗した。そして、なにかのはずみに相手を突き倒してしまったんです。名城は後頭部をなにかに強く打ちつけ、気絶した」

「……違います」

「あなたが部屋から逃げ出そうとしたとき、谷原卓二さんと秋庭ちか子さんが階段をあがってきたんです。逃げ道をふさがれたあなたは、ドアをしめて、二人が立去るのを待っていた。二人は去りましたが、運悪く、北田先生がやってきた。北田先生は部屋の中の異変に気づき、体でドアを打ち破ろうとしました。慌てたあなたは、寒いベランダに出て、カーテンと窓ガラスを閉じ、そこに身をひそめていたんです」

「――――」

「ドアが壊されて、三人が部屋の中にはいってきた。カーテンが開けられるのは、時間の問題でした。そうなれば、狭いベランダは部屋から丸見えになる。そして、秋庭ちか子さんの手によって、カーテンは開けられたのです」

添畑明子は黒い眼を大きく見ひらいて、山口を見ていた。

「窓ガラスをはさんで、短い時間、あなたと秋庭ちか子は向かい合うような形で、互いに言葉もなく顔を見合わせていました。部屋の中の北田先生の眼に、あなたの姿が映らないはずがありません。しかし、北田先生はベランダにはネコの子一匹認めなかったと証言しているのです。なぜでしょうか？」

「事実、ベランダには誰もいなかったからですわ」

「違います。錯覚です。北田先生は、あなたの姿を、窓ガラスに映し出された秋庭ちか子さんだと錯覚していたんです」

「――――」

「北田先生が窓ガラスに見たのは、秋庭ちか子さんの映像ではなく、あなたの姿そのものだったのです。あなたと秋庭ちか子さんはそのとき、同じスポーツウェアを着ていたし、それに同じおカッパ頭です。しかも、あなたとはほとんど面識のなかった北田先生の眼には、ベランダに立っているあなたの姿が部屋の中の秋庭ちか子さんの映像としか映らなかったのです。あなたの全身を眼に入れていながら、ベランダのあなたには気づかなかったのです。でも、当然のことながら、秋庭ちか子さんと、その傍にいた谷原卓二さんはそのことを知っていました」

「——」

「北田先生が部屋を出るとすぐ、あなたはベランダから部屋にはいり、窓ガラスにカギをかけ、一階の更衣室にいたような顔をして、職員室から駆けつけた教師たちを出迎えていたんです。ですが、体の異常だけはかくすことができませんでした。寒さにさらされていたことは、全身の震えが証明しています。添畑さん、これまでの話の中で、なにか間違っていることはありませんか？」

「すべてが、でたらめです。わたしは名城貞吉を殺してなんていませんし、ベランダにもいませんでした」

明子は言った。

「これまでのことは、堂上美保さんが推理されたことです。彼女の書き残したメモから、ご主人と谷原奈那さんの二人が推理し、閉ざされた部屋の秘密をあばいてくれたんです。十五年前の十二月二十六日の夜、あなたは名城貞吉を殺したんです」

と山口が言った。

「そのことを知っていながら、秋庭ちか子さんと谷原卓二さんの二人は、十五年間の間、秘密を守り通し、あなたをかばってきたのです。仮に、あのとき教頭の山岸達男に口止めされていなかったとしても、二人はその真相を誰にも喋《しゃべ》らなかったと思います。秋庭ちか子さんは中学時代からあなたに恩義を感じていました。あなたは、倒産しかけた秋庭さんの父親の事業に救済の手をさしのべてくれた大恩人の娘さんだったし、谷原さんは、あなたに思慕の情を寄せていたからです。中学時代から今日に至るまでずっと――」

「谷原さんが……」

明子は驚いた顔つきで、山口になにか問いたげな眼を向けた。

「あなたも、そのことは知っていたはずですがね」

明子はしかし、静かに首を横に振った。

2

「堂上美保さんを溺死《できし》させたのも、添畑さん、あなたです。そして、あなたの罪をかばい続けてきた谷原さんと秋庭さんを殺害したのも、あなただったんです」

と杉木が言った。

「堂上美保さんは、あの密室のカラクリを見破り、犯人があなたであることを突き止めていました。同窓会で、そのことを彼女はあなたに告げていたはずです。同窓会のあと、あなたが田沢湖のホテルには戻らず、角館の実家で過ごしたのも、ホテルで美保さんと顔を合わせるのが怖かったからです。あなたは、当然のことながら、秘密を知られた美保さんをそのままにはしておけなかった。十一月十一日の晩、美保さんを湖畔に誘い出し、事故死に見せかけて殺してしまったんです。美保さんが泳げないことを、あなたはご存知でした」

添畑明子は疲れたように眼を閉じて、なんの反論もしなかった。

「谷原卓二さんは美保さんの執拗《しつよう》な追及に抗しきれなくなり、事件の真相の一部でも美保さんに洩《も》らしていたと思われます。十一月八日にホテルの美保さんあてに電話をしたのは、おそらく谷原さんでしょう。美保さんがその日、湖畔の白浜のバスターミナルから盛岡行のバスに乗ったのは、谷原さんを訪ねて盛岡中央病院へ向かうためだったと考えてもおかしくありません。谷原さんは美保さんの死に、ひどく責任を感じていたのです。それは、事件の真相を洩らしたために、あなたの手にかかり命を落とす羽目になったと後悔していたからです。あなたは、あの日……」

と言って、杉木は指先を舐《な》めて、手帳のページを繰った。

「十一月十七日の日です。あなたは、谷原さんが盛岡の病院から堂上氏を追いかけて、北上市にいた元村佐十郎さんを訪ねることを知っていた。それは、堂上氏がホテルを発《た》ったあとで、谷原さんから堂上氏の在否を問う電話がはいっていたからです。谷原さんがなんの目的で堂上氏のあとを追って行ったのか、もちろん、あなたはご存知だった。もうこれ以上、谷原さんを野放しにはできないと思った。田沢湖線の羽後四ツ屋駅に先まわりしたあなたは、19時48分着の列車からおりてきた谷原さんのあとをつけ、人気のないくぬぎ林のあたりで、背後から後頭部を殴りつけて、息の根を止めてしまった。谷原さんは死に、残るのは秋庭ちか子さん一人となった……」

杉木はまた指先を舐めてから、忙《せわ》しく手帳をめくった。

「秋庭さんはあなたへの忠節を守り通してきたが、美保さんの死を目《ま》のあたりにして、その決意が揺らぎ始めていた。秋庭さんは十一月十日の正午近く、『ホテル田沢湖』に赴いた折、美保さんの部屋を訪ね、偶然にもテーブルの上の手紙を読んでしまった。読んだのはごく一部分だが、信じられないような、恐ろしい内容だった。やがて、すべてを話そうと決心した秋庭さんは、そのことを堂上氏に手紙で知らせていた。その手紙の中に、秋庭さんは堂上氏と会うときには、話が運びやすいように立会人を呼んでおくと書いている。秋庭さんが自宅から谷原奈那さんと電話で話していたとき、通話が一時中断したのは、そのとき家にいたあなたに、なにか話しかけていたからだ。あなたは堂上氏たちを迎えに行くために家を出た秋庭さんを追いかけ、背後から頭を殴りつけて殺してしまったんだ」

杉木は席を立つと、自分の茶碗《ちゃわん》に新しい茶をそそいだ。

「十五年前の名城貞吉事件の真相を知っている者は、これで全部、あなたの前から消えた。もう誰からも告発されることはないと思っていたあなたが、美保さんの残したメモから再び罪を問われることになるなんて、想像もしていなかったでしょうね」

と山口が言った。

黙って聞いていた添畑明子が、ゆっくりと顔をあげ、杉木と山口を交互に見た。

「わたしは、誰も殺してなんかおりません。でも、これまでのお話、とてもおもしろく拝聴いたしました」

明子は平静な態度で、物静かに言った。

「否認なさるんですね」

「当然です。やってもいない人殺しを認めるわけにはゆきませんもの」

「これだけの情況証拠があっても？」

「情況証拠だけで、人を犯人扱いにしていいものでしょうか。それに、あの情況証拠とやらも、あまりにも独断的すぎますわ」

「独断的？」

「わたしを犯人に仕立てあげるために、事件をそちらの都合のいいように勝手に解釈している、という意味です」

「たとえば？」

「美保さんのことにしても、考え方が単純すぎますわ」

「どう単純なんですか？」

「美保さんの死を、頭から他殺だと決め込んでいますわ」

「じゃ、あなたは美保さんの死を、事故死、あるいは自殺だと考えておられるんですか？」

「事故死はともかくとして、自殺なら考えられると思いますわ」

「なにゆえに、美保さんが自殺を？」

明子はなにか言いかけようとした言葉を、静かに飲み込んでいた。

「ところで、添畑さん」

杉木が苛《いら》だちを押えながら言った。

「あなたは、十一月十一日の夜、どこにおられましたか？」

「そんなこと、急に言われても……」

「なにも、十五年前のことを訊ねているわけじゃない。先月の十一日の夜のことです」

明子は反抗するように口を結んでいたが、再度杉木に強要されると、仕方ないといった面持で供述を始めた。

杉木は書き終わった手帳を音たてて閉じると、

「ところで、あなたは中学時代、タンちゃんと綽名されていませんでしたか？」

と訊ねた。

「……タンちゃん？　いいえ。ミルク姫――わたしはいつもそう呼ばれていましたわ」

「ミルク姫――」

「牛乳が好きだったこともありますが、本当の意味は違うんです。中学生として当たり前のことをなにも知らない『未熟なお姫さま』という皮肉がこめられていたんです」

添畑明子の頬に、かすかな笑みが浮かび、すぐに消えた。

3

角館署と、応援を仰いだ県警本部の捜査員たちによって、添畑明子のアリバイ調査が開始された。

堂上美保が溺死した十一月十一日の夜、添畑明子は「ホテル田沢湖」にいた。盛岡での同窓会の翌日、明子はホテルには戻らず、角館の実家に行き、そこで十日の日まで過ごしていた。

田沢湖に戻ったのは十一日の午後である。

添畑明子は十一日の夜、十時ごろ奥の自室に引きさがり、テレビを観たり読書などして時を過ごし、就寝したのはいつものとおり十二時近くだったと証言している。

フロントには夜間勤務の従業員がいたが、明子が自分の部屋にずっといたという確証は得られなかった。

外に出ようと思えば、正面玄関を使用しなくても、明子の部屋の裏手にも通用口はあった。

十一月十一日夜の明子のアリバイ調査は、決め手がないままに終わっていた。

谷原卓二の死亡推定日時は、十一月十七日の夜八時過ぎである。

添畑明子はその日、ホテルで業務にたずさわっていた。堂上富士夫がホテルを出たのは十一時過ぎで、明子は玄関先でタクシーに乗る堂上を見送っている。

堂上は帰途、村崎野駅におりて元村佐十郎と会う約束をしていたが、そのことを明子は知っていた。

谷原卓二から明子にあて、堂上の在否を尋ねる電話がはいったのは午後二時ごろで、その電話のあと、明子は支配人室で郵便物の整理をしていたが、やがて具合でも悪くなったのか、青白い顔をして奥の部屋に引きさがったと、フロントの係が証言していた。

だが明子は夜の六時過ぎごろに部屋から出てくると、田沢湖町まで買物に行くとフロントに言い残して愛車に乗って出かけたのだ。

ホテルに戻ったのは夜の十時近くで、明子が愛車を駐車場にしまっているところを、ホテルの従業員の一人が目撃していた。

秋庭ちか子が殺害されたのは、十一月二十三日の夜八時から九時ごろと推定されている。

添畑明子はその前日の夕刻から、角館町の実家に帰っていた。店の従業員や出入り商人などからの聞き込みでは、明子は夕食後離れの部屋にいて、家から出るのを見ていたものはいなかった。

以上が添畑明子の供述をもとにして、捜査員たちが調べたアリバイ報告だったが、三件のうち、絶対的にアリバイが立証できるものは一つもなかった。

それどころか、谷原卓二事件に関しては、調べればすぐに底の割れるような虚偽の供述をしていたのである。

仕事をしている時に気分が悪くなり、夕方から深更まで奥の部屋で伏せっていたはずの明子が、車を駆って外出していたのだ。

4

山口警部が角館町の自宅に元村佐十郎を訪ねたのは、十二月十三日の午後である。

珍しく暖かな日で、山口はトレンチコートを片手にぶらさげ、桧木内川の川堤を歩いていた。

元村佐十郎の自宅は桧木内川ぞいの、田園風景の展《ひら》けた一画にあり、広い敷地の周囲に樹木が樹《た》ちそびえていた。

表木戸をくぐると、芝生の上で三、四歳の幼児とたわむれている元村の小柄な姿が眼に止まった。

大きな秋田犬が、鎖を解かれて、芝生に寝そべっていた。

「やあ、警部さん」

山口を認めると、元村は口髭をたくわえた柔和な顔に微笑を浮かべた。

「かわいいですな。お子さんですね」

「ええ。村崎野の実家にあずけてあるんですが、学校が休みのときは、母が連れてくるものですから」

元村は可愛《かわい》くてたまらないという表情で幼児を抱きあげると、そのリンゴのような頬《ほお》に顔をすり寄せていた。

「さ、中へどうぞ」

元村は家の方に声をかけ、歩きかけるのを山口は呼び止めて、

「ここでけっこうですよ。せっかくお子さんとお楽しみのところをじゃましては悪いですから」

「そうですか」

元村は縁台を芝生の上に置くと、山口にすすめた。

「なにか、事件のことで？」

元村の頬をしきりに撫《な》でまわしている幼児をやさしくたしなめながら、元村は山口の傍に腰をおろした。

「ええ」

「なにか進展は見られましたか？」

「ええ、まあ。十五年前の例の密室、なんとか解決がつきましてね」

「ほう」

元村は眼顔で山口を促すようにしたが、山口はその件は後まわしにして、

「実は今日おじゃましたのは、十一月十七日の村崎野でのことをちょっとお訊ねしたいと思いましてね」

「村崎野でのこと？」

「あの日、元村さんは東京の堂上さんと駅前の喫茶店でお会いになっていらっしゃいましたね」

「ああ、あのことですか。たしか午後三時半ごろだったと思います、『ルオー』という店で」

「堂上さんからお聞きしたのですが、その喫茶店で話しているとき、元村さんに電話がかかってきたそうですが……」

　元村はちょっと考え込んでいたが、

「ええ、ありました。店を出ようと腰をあげたときでしたよ」

「誰からの電話だったんですか？　もしお差しつかえなければ聞かせてくれませんか」

「添畑君からでした」

「添畑――」

　元村は幼児を傍に坐らせると、煙草《たばこ》を取り出し、山口にもすすめた。

「喫茶店にまでかけて寄こしたというのは、よほど急な用件だったんでしょうね」

「いや、添畑君は別にわたしに用事があったわけじゃないんですよ」

「と言われると？」

「わたしが電話に出ると、彼女は、谷原さんがそこに行っていないか、と聞いたんです。堂上さんに用事があって、盛岡の病院からそちらに回っているはずだが、と言っていました」

「谷原さんは、駅前で待っていたはずですが」

「そうです」

「で、添畑さんは谷原さんにどんな用事があったんですか？」

「いや、詳しいことはなにも言っていませんでした。谷原君はまだ見えていないと彼女に告げますと、もし谷原君の姿を見かけたら、ホテルに連絡するように伝えてくれ、と言って電話が切れたんです」

「ホテルに連絡するように、と添畑さんは言われたんですね？」

「ええ」

「谷原さんは、その場で電話をかけたんですか？」

「いいえ。大曲署の刑事さんにも先日電話で申しあげたんですが、谷原君はそのとき、帰りの列車の時間を気にしていて、堂上さんともろくに話も交わさずに、慌ててホームに駆け込んで行きましたから、電話をしていたとしたら、盛岡に着いてからだったでしょうね」

と元村は言った。

これまでの元村佐十郎の話は、山口が推測していたとおりの内容だった。

添畑明子は、谷原卓二の動向が気がかりだったのだ。

谷原が堂上のあとを追って村崎野に行くことは予測されたが、明子はそれを確認せずにはいられなかったのだ。

谷原が喫茶店にいなかったことを、到着が遅れたとでも判断した明子は、元村佐十郎に言伝《ことづて》を頼んだ。そうすれば、喫茶店に着いたらすぐ、谷原が明子に連絡することは分かっていた。

明子は、谷原と堂上が言葉を交わすのを事前に阻止したかったのだ。

明子の想像に反し、谷原は喫茶店には現われなかったが、盛岡駅のホームかどこかでホテルの明子に電話を入れていたことは、まず間違いはない。

つまり、添畑明子はその後の谷原の行動を、そのときキャッチすることができたのだ。

谷原が盛岡発17時56分の田沢湖線の列車に乗り、羽後四ツ屋駅に19時48分に着くことを――。

「あのう、警部さん」

元村の声で、山口の考えは中断された。

「添畑君が今度の事件のことで、なにか……」

「まだ、はっきりそうと決まったわけではありませんが……」

「なにか容疑がかかっているんですね、添畑君に……」

「事件の参考人です」

山口は、問われるままにそう答えた。

この場で山口が黙っていたとしても、いずれは元村の耳にもはいることだった。

「参考人……なぜまた、添畑君がそんな……いったい誰を殺したと言うんですか?」

「十五年前の名城貞吉事件の、メドがつきそうなんです」

「名城貞吉……じゃ、添畑君は――」

「彼女はあのとき、カギのかけられた部屋の中にいたと思われるのです」

「部屋の中にいた? 彼女はたしか、一階の更衣室にいたと言っていたはずですが……」

「嘘ですな。彼女がいたのは、あの部屋のベランダです。彼女は人の足音にびっくりし、ドアにカギをかけベランダに逃げ込んでいたんです」

「ベランダ……しかし、北田先生はあのとき……」

「錯覚していたとしか考えられません。ベランダに立っていた添畑明子を、秋庭ちか子の窓ガラスに映った姿だと勘違いしていたんですよ」

「……添畑君が、ベランダに……」

傍の幼児のむずかりをあやしていたため、元村の表情は読めなかったが、細く震えるようなつぶやきを洩らしていた。

「じゃ、添畑君が名城貞吉を殺した……」

「彼女は否認していますが」

「……当然です。添畑君がそんなおそろしいことを……わたしは添畑君を信じています」

と元村は言った。

幼児は眠くなったのか、元村の腕の中でしきりに手足をばたつかせ、ぐずり続けていた。

山口は幼児のおカッパ頭を撫でながら、元村に礼を言って腰をあげた。

「せっかくいらしたのに、お茶も差しあげませんで」

「いや、とんでもない。お楽しみのところをおじゃましてしまって」

山口が門の外に足を踏み出したとき、

「あの、警部さん」

と、背後から元村に呼び止められた。

「例の、タンちゃんとかいう人物の一件なんですが、該当者は見つかりましたか？」

「いや、まだです。先生が担任されたクラスの人にも当たってみたんですが」

「そのタンちゃんという人物が、今度の事件となにか関係があるんですか？」

「堂上美保さんが亡くなる前の日に、そのタンちゃんあてに手紙を書いていたんです」

「手紙を……」

「それも、便箋三十枚近い、長い手紙なんです」

「すると、美保さんとよほど親しい間柄の人だったと思われますね」

元村は言って、思案顔になった。

5

徳山静子と名乗る女性から、角館署に電話がかかってきたのは、その翌朝だった。

相手は、中学時代に堂上美保と同級だったものだと告げ、

「先日、刑事さんから聞かれたことで、思い出したことがあったものですから」

と言った。

「どんなことですか？」

電話に出た山口が、そう訊ねると、

「タンちゃん、のことなんですが」

「なにか、わかったんですね？」

「タン――英語では、舌という意味ですが、その舌に関して、ちょっと……。あまり、はっきりした記憶ではないのですが」

「舌を出す癖のある生徒がいたんですね？」

「ええ。和久井さんが、よく……」

小さく、つぶやくように相手は言った。

「和久井――。その生徒の綽名が、タンちゃんだったんですか？」

「いいえ、綽名は知りません。でも、ちょっとしたことで、よく舌を出す癖のある生徒だったことは、うっすらと憶えているんです」

「和久井。和久井俊一ですね？」

相手に確認するまでもなく、それは山口にとっても忘れられない生徒の名前だった。

和久井俊一――。

十五年前、彼の父親は名城貞吉殺しの容疑を受け、それを気に病んで自宅で首つり自殺をした。父親の急逝で、高校入学も諦め、関西の親戚に引き取られて行った和久井俊一

――。

堂上美保の手紙は、和久井俊一に宛てたものだったのだ。美保は名城貞吉事件の真相を究明し、父親の容疑が十五年目にして晴らされたことを手紙で和久井俊一に知らせていたのだ。

――和久井俊一は、堂上美保の手紙を読んだのだろうか。

と山口は考えた。

――読んでいたとしたら、和久井俊一は、なぜいままで沈黙を守っているのだろうか。

6

徳山静子からの電話を切るとすぐに、山口は角館二中の同窓生名簿をひらいた。

和久井俊一の名前は、三年四組の欄の男子生徒の最後尾にあった。

山口は署の交換台に住所を伝えて、和久井の電話番号を調べさせた。

五分ほど待っていると、電話が鳴り、先方の信和荘を呼び出していると交換台が告げた。

呼出し音が切れると、

「はい、信和荘ですが」

と、中年のかん高い女の声が聞こえた。

「管理人さんですね？」

「そうですが」

「恐縮ですが、和久井さんを呼んでくださいませんか」

「和久井さん……」

「ええ。和久井俊一さんです」

「なら、いませんよ」

「いない？　どちらかへ外出でもされたんですか？」

「いえ、引っ越して行ったんですよ」

「引っ越し？　いつのことですか？」

「先々月。十月の終わりごろでしたよ」

「十月の終わりごろ……で、移転先はおわかりですか？」

短い時間、相手の声は途切れていたが、

「あんたも、ローンかなにかの集金ですか？　正直言って、ここのとこ、そんな電話が多くて往生してるんですがね」

と迷惑そうな声で言った。

「いえ、和久井さんの友人です。しばらく彼に連絡してなかったものですから」

「そうですか。あの人に友だちがいたなんて初耳ですがね」

「で、和久井さんはいまどこに？」

「知らないんですよ。どこへ移るのか、なにも言わずに出て行ってしまって。お友だちの前でなんですが、とにかく変わってる人だったから」

「移転先も告げずに……」

「悪い人じゃないんだけど、ろくに挨拶もしないし、とにかく陰気くさい人でした」

「彼は結婚していましたか？」

「独身でしたよ。体格はりっぱだし、顔だって若いときの上原謙そっくりだったでしょう、あんな暗い感じでなきゃ、さぞかし女の子にもてたろうにと思いましてね」

「彼はどこに勤めていたんですか？」

「決まった職なんて、なかったんですよ。港で荷揚げをやったり、遊園地の掃除夫だったりで。でも、どこも一年とは続かなかったんですよ。よく仕事を休んでましたからね」

「どこか体でも悪かったんですか？」

「とんでもない。まあ、なまけ病《やまい》っていうんでしょうね。仕事に出ないときは、三日でも四日でも部屋を真っ暗にして、頭から蒲団《ふとん》をかぶって寝ていたんですから。よく仕事先の人が呼びにきてましたけど、ドアを開けようともしなかったんですよ。それにね……」

「ところで、管理人さん」

山口は相手の饒舌《じょうぜつ》をさえぎって、

「和久井さんあてに、なにか郵便物が届いていませんでしたか？」

と訊ねた。

「郵便物……」

「着いていたとすれば、先月の十二日か、十三日ごろですが」

「ああ、あれ。思い出したわ」

と女は言って
「えらく、分厚い封書でしょう？」

「そうです」

「返しましたよ、郵便配達の人に。請求書なんかと一緒にね。局の人の話じゃ、移転先不明とかいう付箋《ふせん》をつけて差出人に回送するって言ってましたけど」

「そうですか」

「その手紙がどうかしたんですか？」

「いや、別に。で、その封書の差出人の住所なんか、憶えておられますか？」

「知りませんよ、そんなことまで。別に裏をしげしげ眺めたわけじゃありませんからね」

女は、語気を強めていた。

山口は受話器を置いた。

堂上美保が和久井俊一に宛てて長文の手紙を書いていたことは、これでまぎれもない事実と分かった。

和久井はその手紙が届く二週間ほど前に、移転先も告げずに信和荘から姿を消している。

その手紙は管理人によって、郵便局員の手に渡された。

しかし、受取人移転先不明の付箋がつけられたはずのその手紙は、いったいどこに回送されたのか。

堂上美保が東京の自宅の住所を裏面に書いていなかったことは、自宅にその手紙が回送されていないことからして明らかである。

堂上美保は、裏面に住所氏名を記入しなかったのだろうか。

あるいは、ただ氏名だけを書き入れていたのだろうか。

封筒――。

山口は思わず、はっとして傍の杉木を見た。

封筒だ。

堂上美保は、自宅からわざわざ封筒を持って同窓会に出席したわけではない。旅行先で誰かに長文の手紙を書こうとしていたのなら、最初から便箋や封筒を用意していたはずだ。

彼女が使用した便箋は「ホテル田沢湖」の売店で売っていた、いわばみやげ用の品だった。

したがって、封筒も手近なところから手に入れていたはずなのだ。

「坊さん。和久井俊一あての手紙は、添畑明子が持っているよ」

と山口は言った。

第三部

死者の手紙

第一章　和久井俊一

1

わたしのこと憶《おぼ》えていますか。

秋田の角館二中時代、あなたと同じクラスだった深尾美保。マメちゃんです。あなたはわたしのこと、そう呼んでいましたわね。わたしがその当時、オチビさんだったから。

タンちゃん。

これはわたしが付けた、そして、わたししか知らないあなたの綽名《あだな》。

あなたと最後に会ったのは、卒業式の日でした。式が終わって下校のとき、桧木内川の桜並木の傍で、あなたの帰りを待っていたときのこと憶えているかしら。

わたしが大曲市の下宿先の住所を書いたメモをあなたに渡すと、あなたは黙ってそれをポケットにしまい、ひとことも口をきかずに、古城橋を渡って姿を消してしまったわね。

わたしはあのとき、古城橋のたもとで、あなたのうしろ姿をいつまでも見送っていたわ。あなたともう二度と会えないかも知れないと思うと、とても淋《さび》しくて、思わず目頭が熱くなってきたの。

わたしは大曲の高校を終えると、東京の大学に進み、五年前に結婚しました。中学を卒業して以来、あなたの噂《うわさ》は一度も耳にしたことがないけれど、いまどうしているのかしら。

十四年前の三月、あなたのお父さんが自殺しなければ、あなたはわたしと同じ大曲市の高校に進み、得意な陸上競技にさらにみがきをかけ、やがては日本の一流スプリンターとして活躍していたはずです。

あなたの夢を、その将来を無残にも奪い取ってしまった、あの名城貞吉事件を、あなたは呪《のろ》っても呪いきれなかったと思います。

あなたのお父さんが名城貞吉殺しの容疑者として取調べを受けていたなんて、わたしにはまったく信じられないことでした。自殺した原因を、新聞が報じていたとおり、ノイローゼによる厭世《えんせい》とばかり思い込んでいましたから、その三か月後の記事を偶然眼《め》にとめたときは、自分の眼を疑っていたほどでした。

でも、和久井さん。

あなたのお父さんは、無実です。

そのことをあなたに知ってもらうために、こうして手紙を書いているのです。今となっては、あまりに遅すぎたことですが、名城貞吉を殺したのは、お父さんの和久井憲三氏ではなかったのです。

この事件の真相をわたしが知ったのは、今年の五月でした。当時、角館二中で教《きょう》鞭《べん》を取っていた長南政道の口から、その話を聞いたとき、わたしはショックで、しばらくは口もきけませんでした。

名城貞吉が殺されたのは、体育館の二階の生徒会室の中だった、と長南が言ったからです――。

十五年前、昭和四十二年十二月二十六日。冬休み中のことで、三人の生徒――谷原卓二、添畑明子、秋庭ちか子――が、角館二中の体育館で卓球に興じていました。職員室にいたのは、教頭の山岸達男、長南政道、狩野友市、北田健一の四人の教師でした。

北田健一は宿直で、その夕方五時ごろ、校内の巡回を行なっていました。教室を見回り、体育館への渡り廊下を渡って、入口にきたときでした。谷原と秋庭が入口のところに立っていたのです。二人は、衣服を取りに生徒会室に行ったのですが、ドアにカギがかかっている、と北田に申し立てたのです。

北田がそのドアを打ち破ったのは、中から人の呻《うめ》き声を聞いたからで、部屋の中に倒れていたのは、一学期前までこの学校に勤めていた名城貞吉だったのです。

北田はそのとき、部屋の中を確認しましたが、名城貞吉以外にはネコの子一匹見つけ出せませんでした。ベランダの窓ガラスのカーテンをいっぱいに開けたのは秋庭ちか子でしたが、そのベランダにも、誰《だれ》もいませんでした。

北田は二人の生徒をそこに残し、職員室に駆け込み、そのことを告げました。北田が教師たちと体育館に戻りますと、階段の所で添畑明子が、がたがた震えながら、秋庭ちか子に抱きかかえられるようにして立っていたのです。

教頭の山岸達男は、この事件を素直に警察に通報したりしたら、学校に災いがかかると判断したのです。名城貞吉の死体にゴム長靴をはかせ、雪の降る中を車で運び出し、古城橋の下に捨てたのは北田、長南、狩野の三人でした。

長南と狩野を途中でおろし、北田が車で学校に戻ったとき、職員室には山岸の姿はなく、三人の生徒も下校していました。

七時ごろ、雪をかぶって職員室にはいってきたのは、湯沢市の英語講習会に出席していた元村佐十郎先生でした。

北田は元村先生が帰ったあと、宿直日誌に、「異常なし。冬休みにはいって二度目の大雪。冷えこみ厳し」と書き綴《つづ》っていたのです。

和久井さん。

名城貞吉は古城橋の下などではなく、角館二中の生徒会室の中で殺されたのです。

犯行時間は午後五時ごろ。

そのころ川原町の飲み屋にいたあなたのお父さん、和久井憲三氏は無実です。

長南政道からこの話を聞かされたとき、わたしは教頭のエゴイズムと、それに抗しきれなかった三人の教師の腑抜《ふぬ》けさかげんに本当に呆《あき》れてしまいました。どんな理由があったにせよ、死体遺棄の罪は許せないと思いました。

同じ現場に居合わせた三人の生徒――谷原卓二、添畑明子、秋庭ちか子たちも、死体遺棄の事実を口を閉ざして語ろうとはしませんでした。

和久井憲三氏に殺人の容疑がかけられていたことを、もっと早い時期に知っていたら、三人は口をそろえて、その事実を公表していたであろうことは、わたしも疑いを持ちません。同じクラスで、親しくしていた仲間の父親が、殺人の罪を着せられようとしている事態をまのあたりにしたら、教頭に口止めされていたことなど、まったく障害にはならなかったはずだからです。

和久井憲三氏の自殺の真相が新聞に報道されたのは、事件発生から半年近くたった六月のことでした。彼ら三人はその間、事件の真相について、かたくなに口を閉ざし続けてきたのです。

わたしが最初に疑問をもったのは、そのことでした。

谷原卓二も添畑明子も、強い正義感を持っていた人物です。教頭のおどし文句に、やすやすと屈し、意を曲げていたとは、ちょっと考えられないのです。

三人は単なる目撃者ではなく、事件になんらかの関係を持っていたのではないか、とわたしは疑わざるを得なかったのです。

名城貞吉を殺したのは、誰か。

犯人はどうやってあの密閉された部屋を出入りしたのか。

わたしは、名城貞吉事件を自分の手で解明しようと決心したのです。

……………

………

2

十二月十六日。

早番に当たっていた奈良原和江は、五時に寝床を離れ、洗顔をすませて事務室にはいった。

今日ホテルを発《た》つ予定の宿泊客の名簿をチェックし、時計が五時半になるのを見定めてから、奈良原は受話器を取りあげた。

支配人の添畑明子の部屋の番号をプッシュし、相手が出るのを待った。

添畑明子は今日、青森の親戚《しんせき》の法要に出席することになっており、五時半に電話で起こしてくれるようにと頼まれていたのだ。

明子は、平素から早起きだったので、すぐに受話器を取りあげるものと思っていた奈良原は、いつまでも鳴り続けているコール音を聞きながら、小首をかしげた。

一度受話器を置いて、五分後に再びコールしたが、やはり応答はなかった。

奈良原は明子の部屋を覗《のぞ》いてみようと思い、事務室を出た。

フロントのわきの長い廊下を突っ切り、湖に面した明子の部屋の前に立つと、奈良原はドアを軽くノックした。

部屋の中は静まりかえり、人の気配は感じられなかった。

「支配人さん、支配人さん」

奈良原は声をかけながら、ドアの把手《とって》を握った。

ドアは軽い軋《きし》み音を残して、内側にひらいたのである。

「支配人さん。お目ざめですか……」

奈良原は、そっと障子を開けた。

十帖《じゅうじょう》の和室には、蛍光灯が明るくともっていて、湖に面したガラス窓が半分ほど開いていた。

庭先にでも出ているのかと思い、奈良原は開いた窓から戸外を見回した。

明子の姿はなく、奈良原がふと眼にとめたのは、低い生垣の傍に転がっている明子の赤いサンダルだった。

奈良原は胸騒ぎを覚え、素足のまま庭におりると、生垣に駆け寄って行った。

生垣の下は、断崖《だんがい》になっている。

生垣から身を乗り出し、湖岸に眼を落とした奈良原は、思わず、あっと叫び声をあげた。眼下三、四十メートルの平たい岩場の上に、和服姿の明子があお向けに倒れていたからだ。

奈良原和江はその場を離れると、自分でも意味のわからないことを叫びながら、廊下を駆け出して行った。

3

名城貞吉はあの部屋の中で、首を締められ突き倒されて殺されたのです。

名城貞吉はあの夜、なんの用事があってあの部屋へ出向いていたのか——。大雪の降る中を、わざわざ学校の生徒会室に行ったのには、それなりの理由があったはずです。

名城貞吉は誰かとあの部屋で会う約束をしていた、と考えてみました。会う相手はその夜、学校に姿を見せていた誰かだったと考えても不思議ではありません。あの夜、職員室にいたのは、教頭の山岸達男、長南政道、狩野友市、それに宿直の北田健一の四人です。

しかし、犯行時刻の五時前後、この四人にはすべてアリバイがあったのです。山岸、長南、狩野の三人はその時間、職員室の机に坐《すわ》っていましたし、北田は校内を巡回していたからです。

体育館にいた三人の生徒ですが、谷原卓二と秋庭ちか子の二人は、北田によってそのアリバイは証明されています。

犯行時間帯に、誰の目にも触れていなかったのは、添畑明子ただ一人だったのです。谷原と秋庭の二人は、二階の階段を昇りかけようとしたとき、生徒会室の中で、何かが倒れるような物音を聞いたと言っています。

そうなれば、谷原たちが部屋の前にきてドアを開けようとしたとき、犯人はまだその部屋の中にいたと考えられるのです。

わたしは、添畑明子はそのとき、生徒会室の中にいた、と考えてみました。

ですが、部屋のドアを打ち破って中にはいった北田は、添畑明子も含めて部屋の中に誰の人影も見ませんでした。部屋にいたはずの人物が、忽然《こつぜん》と消えてしまったのです。

部屋にいた人物が逃げ込んだ場所は、ただ一つしか考えられません。ベランダです。

秋庭ちか子がベランダの窓ガラスのカーテンをいっぱいにあけたとき、北田はそのベランダに立っている人物をはっきりと眼にとめていなければならなかったはずです。なんの遮蔽物《しゃへい》もない、狭いベランダにいた人物を、北田が見逃すはずがないのです。

北田は錯覚していたのです。

ベランダに立っていた人物をはっきりと眼にしていながら、それを窓ガラスに映し出された秋庭ちか子の姿だと——。

北田に眼の錯覚を呼び起こしたベランダの人物は、秋庭ちか子と容姿や服装が酷似していたはずです。同じオカッパ頭、同じスポーツウェアを身につけた人物だったのです。

該当者は、添畑明子以外には考えられません。部屋のドアにカギをかけ、ベランダに身を隠していたのは、添畑明子だったのです。

添畑明子が秋庭ちか子に抱きかかえられ、ぶるぶる震えていたのは、寒いベランダに身をさらしていたからに他なりません。

添畑明子がベランダにいたことは、もちろん秋庭も谷原も知っていました。

二人が名城貞吉が生徒会室で殺された事実を最後まで語らなかったのは、添畑明子のその秘密を守ってあげるためだったのです。

四日前の十一月六日、盛岡で行なわれた同窓会にわたしは出席しました。その会場には、谷原卓二、添畑明子、秋庭ちか子の三人も姿を見せていました。

わたしは機会をとらえ、三人に名城貞吉が殺された場所は母校の生徒会室の中だったのではないか、と遠まわしに話を持ちかけてみたんです。

添畑明子はさすがにびっくりしていましたが、そんな話は聞いたことがないと言って、すぐに話題を変えてしまったのです。

谷原卓二は穴のあくほどわたしの顔を見つめていましたが、そんな話を誰から聞いたのか、と逆に質問してきたのです。長南政道からだと答えると、彼はひきつったような顔を無理に笑わせて、推理小説狂いの長南先生が、勝手に創作した話じゃないのか、と苦しそうに弁明をしていました。

秋庭ちか子は、口に出しては肯定も否定もしませんでした。あまりのショックに、どう対応していいか戸惑っていたと言ったほうが正確かも知れません。

わたしが更に問いつめますと、眼に涙をため、「和久井さんは気の毒なことをした。和久井さんにはほんとうにすまないと思っている」と言い残して、その場から逃げ去ってしまったのです。

…………

……………

4

ホテルの従業員から田沢湖署に電話がはいったのは、朝の六時十分前だった。

田沢湖署から角館署の特別捜査本部に連絡され、その一時間後に山口警部ら五人の捜査員が現場に到着した。

夜来の雨はやみ、駒《こま》ケ岳《たけ》の中腹にかかった鉛色の雲の隙間《すきま》から、時おり陽光がこぼれ落ちていた。

添畑明子の死体は、顔面を血で染め、湖岸の平たい岩場に倒れていた。

「即死ですな。頭を打っています」

検視官は言って、頭上のホテルの建物を見上げた。

死後経過時間は、八時間から九時間と検死医は報告した。

「死亡推定時刻は、昨夜の十時から十一時ごろか」

山口はそう言って遺体から離れると、明神堂の傍の坂道をのぼって、ホテルにはいった。

ロビーにたむろしていた四、五人の従業員の中から、山口は女の従業員を手招きした。

「奈良原さんといいましたね?」

女は黙ってうなずいた。四十五、六歳の、どことなく艶《いろ》っぽい女で、目や口許《くちもと》に男心をくすぐるような色気があった。

「あなたが最初に死体を見つけられたんですね」

「はい。ほんとにびっくりしました」

「部屋に行かれたのは、何時ごろ?」

「五時四十五分ごろだったと思います。支配人さんから、けさは五時半に電話で起こしてくれるように頼まれていたんです。その時間に一度電話したんですが、通じなかったので……」

「昨夜、添畑さんが部屋に行かれたのは何時ごろでしたか?」

奈良原は考え込んでいたが、背後の従業員の一人を振り返った。

「たしか九時ごろでした」

と背の高い男が答えた。

「夕食がすむと、事務室で書類の整理をしていましたが、小一時間もすると、あすが早いからと言ってお部屋へ行かれたんです。支配人さんはけさ早く、青森の親戚の法事に行かれる予定だったんです」

「添畑さんは昨夜、誰かと会う約束でもしていませんでしたか?」

「さあ、聞いていませんが」

「昨夜、添畑さんを訪ねてきた人はいませんでしたか?」

「わたしは取次いだ憶えはありませんが……」

背の高い男は、傍の二人の従業員に視線を移した。

二人の若い従業員は、ほとんど同時に首を横に振って、訪問客を取次いだことはないと異口同音に言った。

「添畑さんは昨夜、どんな様子でしたか?」

山口は奈良原和江に訊《たず》ねた。

「は?」

「ふだんと、どこか変わったようなところは見られませんでしたか?」

「この四、五日、支配人さんはなんだか元気がなく、それにようすもおかしかったです」

「と言われると?」

「いつもなにか考えごとをしていたみたいで。事務室にいるときでも、書類から眼をあげて、じっと窓の方を見ていたり、食事のときでも、箸《はし》を休めてなにか考え込んでいたりして……あれは、二日前だったかしら……」

　奈良原は、ちょっと語調を変えて、

「用事でお部屋に行ったとき、支配人さんは珍しくお酒を飲んでいてかなり酔っておられました。わたしの話もうわの空って感じで、窓からじっと湖を眺めながら、なにもかもいやになった……美保さんじゃないけど、死にたくなったわ……そんなことを、つぶやいていましたけど。でも、まさか、支配人さんが――」

「美保さんじゃないけど……」

　山口がつぶやきかけたとき、廊下から青山刑事が姿を見せた。

「遺書らしいものはなにも」

　と首を振りながら言った。

「その代わり、これが見つかりましたよ」

　青山は手にしていた白い封筒を、山口の眼の前にかざした。

「やはり、あったか」

「寝室の三面鏡の小抽出《ひきだ》しの中に。警部の推察どおりでしたね」

　分厚くふくらんだ封書の表には、受取人移転先不明と印刷された付箋《ふせん》が貼《は》られたままになっていた。

千葉県勝浦市東浜町×××信和荘内と宛名《あてな》が記され、中央に、和久井俊一様、ときれいな草書体の文字が書かれてあった。

「堂上美保は、やはりこのホテル専用の封筒を使っていたんですよ」

裏面の活字に見入っている山口に、青山はことさらにそんな説明をした。

秋田県田沢湖潟尻　ホテル田沢湖と活字の並んだ左わきに、堂上美保と署名が書き込まれてあった。

「青山君。坊さんに——杉木警部に連絡してくれ。東京の堂上氏にも、このことは知らせておいたほうがいいかも知れんな」

手の中で封書の重量をおしはかりながら、山口はそう言った。

想像していたよりも重量感はなかったが、そのときは別段気にもかけずに封書を青山に返した。

第二章　米山年男

1

二人が連れだって角館署に姿を見せたのは、その翌日の夕刻近くだった。

「やあ、わざわざおいでいただいて恐縮です」

杉木警部は、堂上富士夫と谷原奈那の二人に挨拶《あいさつ》し、お茶をすすめた。

「自殺ですか、添畑明子は――」

堂上が待ちかねたように訊ねた。

「遺書らしいものは発見されていません。でも、かなり追いつめられていたことはたしかです」

傍の山口警部が杉木に代わって答えた。

「名城貞吉事件のことは、彼女、認めたんですか?」

「否認していました。堂上、谷原、秋庭の事件についても同様です。彼女は、最後には、美保さんの死は自殺だと、言い出しましてね」

「妻が、自殺したと――」

「もちろん、苦しまぎれでしょう。それに、今度の事件での彼女のアリバイはきわめて曖《あい》昧《まい》でしてね」

「妻の手紙が発見されたそうですが」

「添畑明子の洋間の三面鏡の小抽出しにしまってありました。電話でも申しあげましたが、同級生の和久井俊一に宛てたものです」

「その手紙のことは、わたしも考えてみたことがあります。でも、誰に宛てたものかは見当がつきませんでした。タンちゃんとは、和久井俊一の綽名だったんですね」

「手紙は受取人移転先不明の付箋がついて、ホテル田沢湖に回送されていたんです。添畑明子は他人あての手紙を勝手に隠匿していたんです。もっとも、そうせざるを得なかったんでしょうがね」

「これです。ごらんになってください」

杉木が堂上の前に付箋のついた封筒を差し出した。

堂上はそれを手に取り、じっと表の宛名に見入っていたが、

「妻の筆跡です。間違いありません」

と言って、封筒を逆さにして便箋を取り出した。

傍の谷原奈那も堂上に身をすり寄せるようにして、便箋の文字を追っていた。


わたしのこと憶えていますか。

秋田の角館二中時代、あなたと同じクラスだった深尾美保。マメちゃんです。あなたはわたしのこと、そう呼んでいましたわね。わたしがその当時、オチビさんだったから。

タンちゃん。

これはわたしが付けた、そして、わたししか知らないあなたの綽名。

…………

…………

…………

秋庭ちか子がベランダの窓ガラスのカーテンをいっぱいにあけたとき、北田はその

ベランダに立っている人物をはっきりと眼にとめていなければならなかったはずです。

なんの遮蔽物もない、狭いベランダにいた人物を、北田が見逃すはずがないのです。

北田は錯覚していたのです。

ベランダに立っていた人物をはっきりと眼にしていながら、それを、窓ガラスに映し出された秋庭ちか子の姿だと――。

…………

…………

…………

和久井さん。

名城貞吉を殺したのは、あなたのお父さんではありません。

和久井憲三氏の容疑は晴れたのです。このことを一刻も早く、警察に話してください。そうすれば、十五年前の名城貞吉事件は時効寸前にして解決するのです。

長いことペンを取っていたので、疲れました。

もうこれ以上、くだくだしく書くのはやめて、ペンを置きます。

和久井さん。どうかお幸せに――。

さようなら

十一月十日

田沢湖畔にて　堂上美保

和久井俊一様

2

堂上は最後の一枚を読み終わると、それを谷原奈那の前に置き、眼鏡越しにじっと杉木の顔を見た。

「妻の手紙は、これで全部ですか？」

と堂上は聞いた。

「そうです。この封筒にはいっていた全文です」

「しかし……」

「なにか？」

堂上は疑わしそうな眼で、杉木と山口を交互に見た。

「ちょっと、おかしいんですよ。納得がゆかないんです」

「なにがですか？」

「手紙の内容です」

「わたしも、同感ですわ」

と谷原奈那が言って、

「当然書いていなくてはならないことが、抜けているんです」

「名城貞吉事件については、かなり詳細に書き込んでありますがね」

「それはわかります。でも、兄はあの事件のことでなにか重大なことを美保さんに語っていたはずですわ。先日も申しあげましたが、兄は美保さんが亡くなった二、三日後、わたしに電話をかけてきて、美保さんが死んだのは自分の責任だと泣き声で言っていたんです。あんなことを教えなければよかったんだと言って……。そのことの記述がないのは、やはり変ですわ」

「そのとおりです」

堂上が同調した。

「先日、盛岡の国道で交通事故で亡くなった狩野友市という教師とも、妻はあの同窓会で話をしていたはずです。たしか、ホテルのバルコニーだったと思いますが、狩野友市は、そんな昔のことを調べてどうする気だ、と妻をどなりつけたとか。手紙にはそんなことは少しも触れていません」

山口は黙って話を聞いていたが、堂上と奈那が指摘する疑問を、山口もこの手紙を読んだとき気づいていた。かなり省略した書き方であることはたしかだった。

「小説を書き綴っていたわけじゃありませんよ。必要がないと思われる事項は、はしょって書いたのかも知れません」

杉木が言った。

「いずれにせよ、十五年前の事件を推理し、真犯人を割り出したということには変わりないじゃありませんか」

「警部さん」

奈那が言った。

「この手紙には、真犯人を割り出したとは書いてありませんわ」

「そんなことはないでしょう。ベランダに添畑明子が立っていた、と書いてあるじゃありませんか」

「でも、添畑明子が犯人だ、という記述は一行もありませんわ。彼女があのときベランダにいたというだけで、犯人とは書いてありません」

「そう書いてなくとも、この手紙を読めば、添畑明子が犯人であることは明白でしょう」

「最後の方の文章を読んだでしょう。和久井憲三氏の容疑は晴れた、一刻も早く警察に話すように。そうすれば事件は時効寸前にして解決する――そう書いてありますよ。犯人を割り出したからこそ、事件が解決するんですよ」

「そうでしょうか」

杉木は興奮した口許に煙草《たばこ》をくわえたが、すぐに唇から離すと、

「どうもわからんな。あなたがたは、いったいなにが言いたいんですか？　あの密室を解いてくれたのは、他ならぬあなたがた二人ですよ」

「警部さん」

杉木とは対照的に、もの静かな口調で堂上が呼びかけた。

「妻はたしかに、あの密室を解き明かしました。でもそれは、盛岡の同窓会に出席する前のことだったんです。妻の書き残した例のメモを見れば、そのことはよくわかります。妻は同窓会に行く前に、添畑明子がベランダにいたことを推理していたんです」

「つまり、堂上さん」

山口が言葉をはさんだ。

「美保さんの推理は、密室解明だけでは終わっていなかった、と言いたいんですね？」

「そうです」

「美保さんが田沢湖に着いた日、大学にいる堂上さんに電話で、事件の糸が解けかかっている……とか言われたのは、すると、密室のことではなかったと考えられますね」

「そのとおりです。妻はそのとき、密室の謎《なぞ》は解いていたんですから」

会話が途切れ、少したってから谷原奈那が言った。

「この手紙を読んで、わたしがまず釈然としなかったのは、秋庭ちか子さんの手紙の内容と大きな食い違いがあることです」

それは、山口も疑問に思い、指摘したかった事柄でもあった。

「秋庭さんはあのホテルの部屋で、この手紙の一部を偶然にも読んでしまったのですが、堂上先生にあてた手紙には、『信じられないような、恐ろしいこと』が綴ってあったと書いています」

「ええ。知っています」

「この美保さんの手紙の中に、秋庭さんの言うような、『信じられないような、恐ろしいこと』なんて書いてあるでしょうか？」

奈那は首を左右に振って、

「そんな記述は、どこにも見当たりませんわ。添畑明子がベランダに立っていたことは、秋庭さんにとっては、信じられないことでも、恐ろしいことでもなかったはずです」

「わかりました。で、結論を聞かせてくれませんか」

短兵急に、杉木が言った。

「つまり、この手紙は美保さんが書いたものではないとか――」

「妻の筆跡です。鑑定にまわすまでもなく、妻が書いたものです」

「警部さん」

と奈那が山口に向きなおった。

「美保さんがこの手紙を書くのに、たしか三十枚近い便箋を使っていた、とかおっしゃってましたね」

「ええ。ホテルの売店から買われたものですが、残りはわずか二枚でした」

奈那は手紙を数え終わると、

「全部で十四枚。かなり足りませんわ」

と言った。

「足りない？」

杉木が怪訝《けげん》そうに眉《まゆ》をひそめた。

「けど、文脈はちゃんと通じていますよ。途中も、変なところでちょんぎれてもいないし」

「この手紙には通し番号が記入されていません。だから文章の区切りのいいところから、何枚かを抜き取ったんです」

「抜き取った……添畑明子がなぜそんなことを――」

「彼女ではありません。その内容を他人に読まれては具合の悪い人……そうとしか考えられません」

「………」

杉木は言葉もなく、奈那を見つめていた。

「秋庭さんが偶然読んだのは、その何枚かのうちのある一枚だったはずです。その一枚には、信じられないような、恐ろしいことが書いてあったんです」

「すると、その何枚かを抜き取ったのは……」

「名城貞吉殺しの真犯人――だったと思います」

と奈那が言った。

「谷原さん。すると、添畑明子は、自ら身を投げて死んだんじゃないとお考えなんですね？」

と山口が言った。

「そうです。名城貞吉殺しの犯人に――美保さんや秋庭さん、それに兄を殺した犯人に庭先から突き落とされたんです」

「谷原さん」

杉木は立ちあがると、苛《いら》だった足どりで部屋の中を目的もなく歩き出した。

「大胆な推理ですな。じゃ、いったい名城貞吉は誰に殺されたんですか？　あなたはご存知なんですか？」

「警部さん」

諫《いさ》めるような口調で、堂上が言葉をはさんだ。

「妻のこの手紙にも書いてありましたが、名城貞吉が雪の降りしきる中を、わざわざ学校の生徒会室に出かけて行ったのは、その部屋で誰かと会う約束をしていたからです。単なる飲み友だちとあんな場所で会うはずがありません。相手は、学校関係者の誰かだったと思います」

「しかし、四人の教師にはちゃんとしたアリバイがあったんですよ」

「その四人だけに絞る必要はないと思います。外から会いにきていたとも考えられますよ」

「うん……」

「妻のメモから、谷原さんと一緒にあの密室を考えたんですが、そのメモの中に、どうしても説明のつかない項目があったんですよ」

「どんなことですか?」

山口が訊ねた。

「ゴム長靴……運動部室のカギは? この二つです」

「ゴム長靴……運動部室。たしか盛岡の同窓会のバルコニーで、美保さんが教師の狩野友市に洩《も》らしていた言葉の中にも、そんな単語が出ていましたね」

「狩野友市はそんな妻の話から、あの事件をあれこれと推理し、真犯人を突き止めていたと思うんです。彼が酒酔い運転をしてまで会いに行こうとしていた人物は、添畑明子ではなかったはずです」

と堂上は言った。

3

山口は角館グランドホテルまで車を運転し、堂上と奈那を送りとどけた。

山口が署に戻ると、杉木がソファに深々と坐《すわ》り、深刻そうな表情で煙草をくわえていた。

「考えごとかね」

山口が声をかけると、

「なあ、山口。和久井俊一のことなんだがね」

「和久井——」

「彼、いまどこにいるんだろうな」

「移転先不明だよ。でも、どうして？」

「気にならんかね、彼のことが」

「そりゃ、気にしてるさ。名城貞吉の事件さえ起こらなかったら、堂上美保の手紙の文句じゃないけど、日本陸上界有数のスプリンターとして活躍していただろうからね」

「そんな意味じゃないんだ」

「じゃ、なんだね？」

「和久井俊一にも動機があるってことさ」

「え——」

「別に驚くことはないだろう。彼の父親はあらぬ容疑をかけられ、首つり自殺したんだ。あの事件の関係者が、事件の真相を語っていてくれたら、そんな羽目にはならずにすんだんだからね」

「和久井俊一の仕業だって言いたいのかい？」

「考えられなくはないよ」

「坊さん、そりゃ無理な想像だよ」

「なぜ？」

「考えてもみろよ。和久井は堂上美保の手紙を読んでいなかったんだよ。事件の真相を知らない彼がどうして――」

「知っていたかも知れんぜ。退職教師の長南政道が堂上美保にだけ真相をばらしていたとはかぎらんからな」

「しかし、いくら口の軽い長南政道だからといって、いわば事件の被害者に面と向かってそんなことを喋《しゃべ》るかね」

「それはどうとも言えないね」

「じゃ、堂上美保を殺したのも和久井ということになるぜ」

「復讐《ふくしゅう》のためにだったら、そうしたろうな。堂上美保は事件の真相を知っていた。谷原卓二、秋庭ちか子、添畑明子と事件関係者が次々と消されて行ったら、当然、美保は和久井に疑いを持つだろうからね」

「しかし……」

「添畑明子が犯人《ホシ》じゃないとしたら、おれにはこれしか考えられんよ。とにかく、和久井の居所をさぐってくれ。結果がどうあれ、彼と一度会ってみたいんだ」

「まあ、居所を確認する必要はあるだろうね」

「同窓会のクラスの幹事にでも問い合わせてみたらどうかな。和久井はもしかしたら、移転先を幹事に連絡しているかも知れないし」

と杉木が言った。

三年四組の幹事は、米山年男だった。

堂上美保の事件のさい、ホテル田沢湖で話を交わしたこともあり、山口は米山年男の白髪の顔を憶えていた。

山口は受話器を取りあげ、名簿を見ながら、埼玉県所沢市の市外局番を回した。

米山年男は、直接電話口に出た。

「田沢湖署の山口です。憶えておられますか」

と告げると、

「ああ、警部さん。ええ、よく憶えてますよ」

すでにかなり晩酌がはいっていたのか、少し怪しげな呂律《ろれつ》だった。

「で、あの事件のことでなにか？」

「あなたと同じクラスだった、和久井俊一という人の住所を教えてもらいたいのですが。

同窓生名簿の住所には、現在住んでいないんですよ。新しい住所をご存知かと思いまして」

「さあ。わたしの方にはなんの連絡もありませんが」

「そうですか」

「三年四組の名簿はわたしがまとめたんですがね、和久井君の所在だけが最後までわからなかったんです。中学を卒業して以来、一度も会ったことがないし、他の同級生に訊ねてみても、彼の消息を知っている者は誰もいなかったんです。それで仕方なく、住所不明として同窓会本部に連絡したんですがね」

「すると、名簿に書いてある千葉の住所は……」

「あれは同窓会の二か月ほど前でしたかね、元村先生から電話をもらいましてね」

「元村先生――」

「三年のときクラス担任だった元村佐十郎先生です。元村先生から和久井君の住所を教えてもらったんですよ」

「ほう……」

「元村先生は二年ほど前の夏、千葉の海岸で過ごされたことがあり、そのとき新聞の千葉版で偶然にも和久井君の記事を読んだんだそうです」

「どんな記事だったんですか？」

「内房線のどこかの駅で、誤ってホームから転がり落ちた小さな子どもを、和久井君が線路に飛び降りて助けたという記事だったそうです。その新聞に和久井君の顔写真と住所が載っていたんです」

「そうでしたか」

「そのことは同窓会の席では話されませんでしたが、新聞を見て、元村先生は和久井君のアパートを訪ねて行ったそうです。和久井君は具合が悪く伏せっていたようですが、中学時代のおもかげはまったくなかったそうです。ただ、舌を出すくせだけは昔のままだった、とかで元村先生も電話で笑っておられましたが」

「――――」

「そんなわけで、元村先生から聞いた住所を同窓会本部に連絡し、名簿は印刷にかかる寸前のときでしたが、無理して住所欄を埋めてもらったんです」

「なるほど、分かりました」

山口は、まだ話し足りなげな米山年男に礼を言って、電話を切った。

米山の言葉の一部が、まだ山口の耳許に聞こえていた。

――舌を出すくせだけは昔のままだった。

元村佐十郎は、米山にそう言っていたのだ。

「ホテル田沢湖」のロビーで、山口が「タンちゃん」なる人物について元村に質問したとき、元村は知らないと答えていた。

だが、英語では舌の意味云々《うんぬん》と山口がつぶやいたとき、元村は当然、和久井俊一のことを頭に思い描いていたはずなのだ。

元村はそのとき、タンちゃんが和久井俊一と知りながら、それ以来ずっと口をつぐんでいたことになる。

「坊さん」

山口は杉木を振り返って言った。

「元村佐十郎は、堂上美保がタンちゃんに宛てて手紙を投函《とうかん》していたことを知っていた」

「うん、そうだが……」

「その手紙が付箋つきで回送され、添畑明子が持っていたことを、元村が知っていたとしたら……。坊さん。あんたの言うとおり、千葉県の和久井のアパートを調べるのも無駄じゃないかも知れんね」

と山口は言った。

4

「和久井俊一は亡くなりましたよ」

千葉から戻った山路部長刑事は、部屋にはいるなりそう言った。

「亡くなった――」

杉木は呆然《ぼうぜん》とした表情で、山路の丸い顔を見つめていた。

「いつだね？」

「四日前です。自殺でした」

「自殺――」

思いもかけない山路の言葉に、山口は思わず椅子《いす》から腰を浮かした。

「和久井俊一は、勝浦市にある市立病院の精神科に通院していたんです。そのことを、彼の勤め先の主任から聞き、その病院を訪ねてみたんです。担当の医師は、職務柄、詳しくは話してくれませんでしたが、察するにかなり重い鬱病《うつびょう》だったようです」

「鬱病……」

「和久井俊一が勝浦市に住みついたのは四年前だそうで、それ以前は大阪にいたらしいのですが、病状はそのときからしく、大阪でも入院を繰り返していたようです。勝浦市の病院でも再三入院をすすめたのですが、本人は聞き入れなかったと言っています」

「アパートの管理人の話では、和久井がちょくちょく勤めを休んで、暗い部屋で蒲団《ふとん》をかぶって寝ていたと言っていたそうだが、彼にはそんな病気があったのか……」

杉木が感慨ぶかげに言った。

「あのアパートを引きはらったのも、勤め先に居づらくなったからです。勤め先の主任が館山《たてやま》市に新しい働き口とアパートを世話してやったのですが、先日の日曜日に訪ねて行くと、アパートの前に救急車が停《とま》っていて、和久井の死体が運び込まれるところだったそうです」

「アパートの部屋で自殺したのかい？」

「いえ。四階建てのアパートの屋上から飛び降りたんです。自殺については疑いがありません。夕刻のことで、屋上の金網を乗り越えて飛び降りたのを、買物帰りのアパートの主婦が目撃しています。主婦は、和久井が金網をよじのぼるのを眼にとめ、大声をあげて止めようとしたのですが、和久井は首を二、三度左右に振っただけで、水泳のダイビングのように頭から飛び降りて行ったということです」

「遺書は？」

「それらしい物は、アパートからは発見されていません。市立病院の担当医は、希死念慮、という専門用語を使っていましたが、あの種の精神病には死にたいという願望が常につきまとっていて、和久井俊一の場合はそれが周期的に発現していたらしいのです」

「自殺か。どこまで不幸に追いかけまわされていたんですかね、和久井という男は――」

青山刑事が重い口調で言った。

「せめて、父親の容疑が晴れたことだけでも知らせてやりたかったですね。そうすれば、彼の人生も変わっていたかも知れませんね」

「その手紙に関してですが」

と山路は言葉を続けた。

「アパートの管理人の話では、四、五日ほど前に和久井俊一あてに電話がかかってきたそうです。その電話の内容は、その前日にかかってきた電話とまったく同じものだったのです」

「山口君がかけたのと同じ内容の電話？」

と杉木が言った。

「ええ。和久井俊一の在否を訊ね、移転先を確認したり、彼あての郵便物についてもしつこく聞いていたそうです」

「誰だね？」

「友人とだけ告げていたそうで、管理人の想像では、四十歳ぐらいの落ち着いた口調の男だったとか」

「元村佐十郎かも知れんね。静かな落ち着いた話しぶりをする男だよ、元村は」

山口が言った。

第三章　山口照雄

1

元村佐十郎について捜査が開始され、その二日間にわたる捜査内容が夜の捜査会議で報告検討された。

十五年も前のことだけに、捜査は難渋したが、それなりの成果はあった。

「十五年前――昭和四十二年十二月二十六日の元村の行動ですが」

と青山刑事が報告した。

「角館二中で、その当時の書類を調べてみたのですが、湯沢市で行なわれた英語講習会に関するものはなにも見当たりませんでした。でも、幸いなことに、その講習会に元村と一緒に出席していたという女教師から話を聞くことができました」

その教師は、金沢久子、四十二歳。田沢湖一中の英語の主任教師で、眼の澄んだ見るからに聡明《そうめい》そうな女性である。彼女が十五年も昔のことをかなり刻明に記憶していたのは、その翌日が彼女の結婚式だったことにもよる。

英語講習会は、東京の大学から講師を招き、湯沢市の湯沢三中の体育館で行なわれた。始まったのは午前十時ごろで、昼食をはさみ、午後三時ごろには閉会していたという。その日は朝から曇っていたが、午後になって白いものが落ち出し、講習会場を出るころには大粒の雪に変わっていた。

金沢久子と元村は帰る方向が同じだったので、一緒に大曲に出、そこから田沢湖線に乗った。

二人とも大雪になるとは思ってもいなかったので、長靴をはいていなかったため、角館駅からの徒歩はこけつまろびつの連続だった。

ようやく元村の家の前までくると、元村は金沢に長靴とカサを貸して、彼女を自宅まで送って行った。

そして元村は、人と会う約束があるからと言い残して、雪の中を帰って行ったという。

その時刻は記憶していないが、家人が台所で夕食の支度をしていたことから考えて、四時か五時ごろだったと思う、と金沢久子は述べている。

「北田健一が書いた宿直日誌によれば、元村佐十郎が学校に姿を見せたのは、七時となっているね。金沢久子と五時に別れたとしても、学校まで二時間は遅すぎるな」

と杉木が言った。

「被害者の名城貞吉と元村の交遊関係ですが」

と戸沢刑事が発言した。

「自分の口からも言っていたと思いますが、元村は当時、給食関係の仕事を担当していたんです。学校をクビになり、細々ながら仕出し店を経営していた名城貞吉は、臆面《おくめん》もなく学校に出入りし、元村に商売上の話を持ちかけていたようです。元村は相手の意を迎えて一度はその店から給食を運ばせていましたが、校長や教頭から注意されたらしく、名城をいきなり出入り差し止めにしたんです。名城はそのことを深く根に持ち、街で酒を飲んだりしたとき、元村をくそみそになじっていたようです。家でも、よく元村の名を大声でよばわり、奥さんが止めると殴る蹴《け》るの暴行を働き、そのことは近所でも評判だったようです。近所の噂ですが、名城は奥さんと元村の関係を疑っていたということです。奥さんはその当時、小学校の事務員をしていましたが、現在は横手市でピンクサロンまがいのバーを経営しています」

諸星京子、四十五歳。

目鼻立ちは整っているが、どことなくきつい容貌で、病人のような不健康な肌をしていた。

小学校の事務員をしていたころは、明るい人好きのする性格で、ぽちゃっとした丸顔の美人だったと聞いているが、十五年の歳月が、彼女をまるで別人のように変えたようだ。

亭主のことを想《おも》い出すと、反吐《へど》が出そうになる、と諸星京子は言い捨てていた。

十五年前の十二月二十六日のことに話を向けると、

「あんときは、警察には黙ってたんだけどさ」

と前置きして、

「亭主はあの朝、わたしに、中学校さ行って話つけてくる、って言ってたよ」

と語った。

中学校で誰と会おうとしていたのか、と問うと、彼女は赤い唇を歪《ゆが》めて笑い、

「亭主と会ってくれる人なんて、あの近辺の中学校には一人もいないはずよ。出まかせに決まってるよ」

なぜ、そのことを今まで黙っていたのか、と問いつめると、

「中学校で、店の資金を都合してくるんだ、なんて夢みたいなこと言ってたからね。そん

な嘘《うそ》八百を警察に言う必要もないと思ってさ」

と答え、再び唇を歪めて笑った。

「元村と名城の妻京子は、当時、名城貞吉の推察どおりの仲だったと思われます」

と戸沢が説明を加えた。

「そのことに水を向けますと、諸星京子は、わたしが惚《ほ》れてたことだけは、たしかだよ、とだけ言って、あとは黙り込んでしまいましたが」

「元村と名城は、やはりあの生徒会室で会う約束をしていたんだな」

杉木が言った。

「名城貞吉は妻とのことで元村をおどし、幾ばくかの金でもせびり取ろうとしたんだろう」

杉木は、裏づけ捜査がスムーズに運び、元村佐十郎と名城貞吉の接点が摑めたことで、上機嫌だった。

2

「添畑明子はなにか用事があって、一人で二階の生徒会室へ行った。夕方の五時近くのことだ」

黒板に描かれた平面図の前に立ち、山口が言った。

「明子が部屋を出ようとしてドアを開けたとき、階段を昇ってくる名城貞吉の姿を眼にとめた。明子は名城が生徒会室にはいってくるものと直感し、ベランダに身をひそめていたのだ。名城は案の定、部屋にはいってきた。名城が待っていると、ほどなく元村佐十郎が姿を現わしたのだ」

「元村佐十郎が先にきていた、という想定もなりたつと思うが」

と杉木が言った。

「そうだとしたら、添畑明子はなにも寒いベランダになど身を隠す必要はなかったはずだよ。元村は少し遅れてやってきたんだ。元村と名城との間にどんな話が交わされたかは知らんが、二人は言い争いになり、元村が酔っている名城の首を絞めつけた。名城は苦しがって暴れ、足でも滑らせて転倒し、後頭部を打ちつけて人事不省に陥った。谷原と秋庭の二人が階段の下で聞いたという物音は、これだったんだよ。ドアは内側からカギがかかっていて、あかなかった。無論、元村のやったことだ」

「すると、北田がドアを壊したときも、元村は部屋にいたことになるが」

杉木が再び疑義をはさんだ。

「いや。元村はその前に部屋から抜け出していたんだ。谷原と秋庭が職員室の教師に異変を告げようとして、階段を下りて行ったときだ。元村はこの機会を捉《とら》えて部屋を抜け出ていたんだよ」

「しかし、すぐに宿直員の北田健一が体育館にきていたはずだが。北田は体育館を出ようとする二人と入口のところで鉢合わせしていたはずだよ。元村が戸外に逃げることは不可能だ」

「外には逃げ出していないさ。そのとき、元村が身を隠す場所は、隣りの運動部室しかなかったんだ。元村は谷原たちが北田と一階の入口あたりで話をしているすきに、生徒会室を忍び出ていたんだ。生徒会室のドアが壊されるのは、時間の問題だった。その部屋にとどまっているより、隣りの運動部室の方がはるかに安全だったからね」

「すると、部屋のカギを再びかけたのは……」

「添畑明子さ。部屋を抜け出そうとしていたのは、彼女だって同じさ。だが、隣りの運動部室には元村がいたし、かと言って階段を下りて行くわけにもゆかず、やむなく元どおりカギをかけ、ベランダに戻っていたんだよ」

「元村が外に逃げたのは、北田がドアを壊し、谷原たちが部屋の中にはいった直後だったんだな」

「そうだ。その機会をおいては、他に考えられない。堂上美保のメモの文句——運動部室のカギは？　というのは、これで説明がつくと思う」

「と言うと？」

「その夜、運動部室の部屋のカギは施錠されていたかどうかという意味さ。同窓会の夜、ホテルのバルコニーで美保が狩野友市に訊ねていたのも、このことだよ。狩野友市は陸上部の部長だった。彼はその部屋のカギを保管していたと思うし、その夜、カギがかけてあったのかどうか、美保は確認していたんだよ」

「ついでに、ゴム長靴の説明も頼むよ」

と杉木が言った。

「坊さん。少しは自分でも考えてみろよ。話がここまで割れてしまえば、ゴム長靴については、簡単に説明がつけられるはずだよ」

「もったいつけずに、話してみろよ」

「あの夜、体育館の入口の土間には、ゴム長靴が二足脱いであったんだ」

「二足？　どうして分かるんだ？」

「谷原たち三人が学校に出かけたのは、まだ雪の降っていないときだ。雪が降り、それが大雪になると予想していたならともかく、彼ら三人は長靴をはいて行かなかったと思う。

名城貞吉が学校へ向かったのは、雪の降りしきる最中だった。元村は一度自宅に寄っているんだから、当然ゴム長靴にはき替えていたはずだ。あの入口の土間には、だから、元村と名城の二人のゴム長靴が脱いであったということだよ」

「うん」

「運動部室を忍び足で抜け出した元村は、当然ながら人眼につかず、その場を立ち去ることで頭がいっぱいだった。大いに慌てていて当然だよ。彼はそのために、自分のゴム長靴と名城のそれとをはき違えてしまったんだ。ゴム長靴なんて大抵は似たり寄ったりのものだ。薄暗い土間で、しかも二足並んで脱いであったとしたら、人殺しのあとでなくったって間違えることはある」

「うん。ありそうなことだ」

「名城貞吉は、やせていたが、背は高い男だったと聞いている。一方の元村は、知ってのとおりの小柄だ。狩野友市と長南政道が車の後部座席で名城の死体にゴム長靴をはかせようとしたとき、サイズがいやに小さく、はかせにくかったとこぼしていたのは、それがサイズの小さい元村のゴム長靴だったからだよ。堂上美保はそのことに気づき、狩野友市にその確認をとろうとしていたんだと思う」

「なるほど……」

「元村が七時ごろ職員室に顔を出したのは、はき違えた自分のゴム長靴を回収しようとした目的もあったろうが、もちろんそれ以上に事件のその後の成行きが気がかりだったからさ。元村が職員室にはいって行くと、北田健一が一人でストーブの前に坐っていた。元村の顔を見るなり、生徒会室の死体の一件を切り出してくるはずの北田が、なにもなかったかのように応対しているので、元村は狼狽《ろうばい》したと思う。翌日、桜並木の古城橋の下で死体が発見されたのを知り、元村ははじめて合点が行ったんだ。それが教頭の山岸達男の差し金であろうことは、元村も気づいていたと思うね」

「元村は、あのとき添畑明子がベランダにいて、一部始終を耳に入れていたのを知っていたんだろうか？」

「知らなかったんだ。添畑明子があの日登校していたことは、宿直日誌を繰ればわかることだが、元村は明子は事件が起こったとき、更衣室にいたものと信じ込んでいたと思う。先日、明子がベランダにいたと告げたら、とても信じられないといった顔をしていた。いまにして思えば、言葉つきも尋常じゃなかったよ。驚くと同時に、狼狽ぶりをこちらに悟られまいと必死になっていたんだね」

「堂上美保を溺死《できし》させたのも、元村か。しかし、えらく廻《まわ》り道をしたもんだな」

「堂上美保は元村を犯人《ホシ》とにらみ、同窓会でも彼にそれなりの話をしていたと思う。十一月八日の月曜日、美保が湖畔の白浜から盛岡行のバスに乗ったのは、元村に呼び出されたからだろう。盛岡行のバスは元村が勤めている田沢湖三中の近くを通っている。元村は美保の話をあらためて聞き、なんとかしなければと必死だったろう。なにしろ、時効成立を眼の前にしていただけにね」

「谷原卓二は、犯人の決め手となるような、なにか重大なことを堂上美保に話していたはずだね」

「そう。谷原卓二はおそらく、あの体育館で元村の姿を目撃していたんじゃないかな。運動部室に駆け込むところか、あるいは運動部室を出て階段をおりて行くところか。いずれにしろ、決定的な証拠を摑んでいたんだろう。その事実を、堂上美保に話していたんだ。美保が元村と会ったとき、その谷原から得た情報を突きつけ、元村に迫って行ったとも考えられるよ。谷原はだから、美保が誰に殺されたかを知っていたんだ」

「谷原卓二は美保の夫、堂上にすべてを語ろうとして、彼を村崎野まで追いかけて行ったんだな。谷原が喫茶店にはいらず、駅前でたたずんでいたのは、もちろん元村の存在を気にしていたからだね」

杉木は煙草を取り出すと、山口の方に黙って差し出した。

禁煙を励行して一週間の山口は、思わず手が出かかったが、慌てて首を振って断わった。

「谷原卓二は、堂上が一人で駅に戻ってくると思っていたんだろうが、あいにくと元村も一緒だった。元村は、そのとき添畑明子からの電話を受け、谷原が駅かどこかで待っていることは想像がついたはずだ。元村がわざわざ堂上を駅まで見送ったのは、谷原の動きが気になったからだ」

と山口が言った。

「うん。谷原がその夜、病院の内科医長と約束をしていて、16時何分かの列車に慌てて乗り込んだのは、元村にとっては幸運だったわけだな。谷原はろくに話をすることもなく、美保の写真と南部せんべいだけを渡して別れてしまったんだから」

「元村は谷原が村崎野まで堂上を追いかけてきた理由をちゃんと知っていたんだ。谷原は東京にもどった堂上に電話をかけると、そのとき約束していた。だから、その前に息の根を止める必要があったんだ」

「秋庭ちか子も、元村にとっては絶対に抹殺しなければならない相手だったわけだ。美保の手紙の一部を読んで、十五年前の元村の犯行を知ってしまったからね。堂上たちが東京から来た夜、秋庭の家にいたのは、元村に間違いないな」

「うん。次に、添畑明子の件だが」

山口は鼻先にただよう煙草の煙を手で払ってから、

「添畑明子はベランダにいて元村の犯行を目にしていたんだから、それを知った元村が彼女をそのままにしておくはずがない。その上、明子は、美保、谷原、秋庭の三人を殺したのが元村だと気づいていたはずだ」

「元村は美保がホテルで書いていた手紙の受取人が和久井俊一だと気づき、彼のアパートに電話を入れ、その手紙が付箋つきで回送されていたことを知った。その手紙は元村にとっては、いかなる手段を使っても自分の手に回収したい代物だった。元村はしかし、その手紙が、ホテルに回送されているのをどうして知ったんだろう？」

「わたしが推理したのと同じことを、元村も考えたんだよ。手許に封筒がなければ、ホテル専用のものを使ったことぐらい、誰にでもわかることじゃないか」

「あの夜、元村は明子の部屋の通用口からでも出入りしていたんだろうな」

「明子は相手を警戒していなかったと思うね。美保の手紙を隠し持っていることを、相手はまだ気づいていないと思っていたんだろう」

「うん。しかし、明子はなぜその手紙をわれわれにみせなかったのかね。そうしていれば、明子の疑いは晴れ、逆に元村の方に容疑がかけられるのがわかっていながらだ」

「それは、わたしにも説明がつかんね」

「元村はかばうつもりだったのかね。元村になにか大きな恩義でも感じていたのだろうか」

「元村に恩があったかどうかは知らんが、明子はその手紙を一度、第三者に見せようとしていたことは、たしかだと思うね」

「第三者に？」

「谷原卓二にさ。明子は谷原が殺された晩、彼と会うために羽後四ツ屋駅付近の彼の自宅まで車を走らせていたんだ。村崎野駅前の喫茶店にまで電話を入れ、谷原と連絡をつけようとしたのは、回送されてきた美保の手紙を谷原に見せようとしたからだと思う。手紙がホテルに回送されたのは、その日の午後のことだったと思うんだ。事務室で郵便物を整理していた明子が、しばらくすると頭痛がするからと言って奥の部屋に引きさがった、と従業員の一人が証言していたが、その郵便物の中に、美保の手紙がまじっていたと考えてもおかしくないよ」

「でも、なぜ明子は谷原に？」

「それも、わからんね」

「ともかく、元村のアリバイを当たってみよう」

杉木は言った。

「堂上美保、秋庭ちか子の事件については、元村が角館の自宅にいた裏さえ取れれば、さして問題はなかろう。問題は、十一月十七日に村崎野の駅前で堂上と別れたあとの元村の動きだ」

3

十一月十七日に谷原卓二が村崎野駅から乗車した列車は、16時33分発の青森行の鈍行である。

盛岡着が17時27分。

盛岡から17時56分発の田沢湖線に乗り換え、羽後四ツ屋駅に到着したのが19時48分だった。

谷原がこの列車で羽後四ツ屋駅におり立っていたのは、駅前の洋品店の主人の証言からも明らかである。

凶行に遇《あ》ったのは、その洋品店の主人と挨拶を交わした五、六分もあとのことで、場所は駅から二百メートルほど離れたくぬぎ林の付近である。

谷原が村崎野駅から田沢湖線経由で羽後四ツ屋駅に到着するまで、三時間二十分ほどの時間を要している。

元村佐十郎が村崎野駅から谷原と同じ16時33分発の列車に乗ることができなかったことは、堂上富士夫の証言にもある。

元村は谷原が改札口を駆け抜けて行くのを見送ってから、堂上と別れ、駅舎を離れて行ったのだ。堂上が改札口に向かって行ったとき、列車はホームを離れていたのだから、元村がその列車の車中の人となりうるわけがない。

16時33分発の列車のあとは、17時29分発の鈍行があったが、盛岡到着は18時27分で、その到着時刻は、谷原が乗った田沢湖線の列車が雫石《しずくいし》駅を発車した時刻だったから、まったく問題にはならなかった。

ただ一つだけ可能性が残されたのは、東北新幹線である。村崎野の駅前からでも車を使い北上駅に逆もどりすれば、北上発16時56分発の「やまびこ25号」に間に合う。盛岡到着が17時17分だから、谷原の乗った17時56分発の田沢湖線の列車には楽々と乗り込める。

だが、そうは都合よく事は運ばなかったのである。

そのことは翌日の新聞にも報じられていたが、当日仙台駅で下りの「やまびこ号」が車両故障を起こし、午後三時以降の上・下線とも大幅にダイヤの乱れが生じていたからである。

「やまびこ25号」もその例外ではなく、盛岡到着は定刻よりも四十分近くも遅い時刻だった。

鉄道の利用が否定されたとなると、残るは車だけだった。

村崎野から車で目的地に行くには、北上江釣子《えづりこ》のインターチェンジから東北自動車道に乗り入れ、盛岡に出るよりも、北上から107号線で横手に向かうほうが距離的には近い。横手から13号線で六郷町に出れば、時間にして三時間足らずで羽後四ツ屋駅にたどり着けるのだ。

元村佐十郎は車を利用しないかぎり、谷原より先に現場に姿を現わすことは不可能だった。しかし元村は、車の運転はできない。

村崎野の駅周辺のタクシー、ハイヤーがシラミつぶしに洗われたのは、当然のことである。

駅周辺のタクシー会社は二軒。ハイヤー、個人業者を含めると五軒が営業していたが、十一月十七日の午後四時半以降、元村佐十郎らしい人物を羽後四ツ屋駅付近まで運んだという運転手は捜し出せなかった。

元村は車から足がつくのを恐れ、タクシーを乗りつぎしたことも考えられたが、その方面での捜査にも成果はなかった。

捜査はその半径を広げて、北上市全域にわたって行なわれたにもかかわらず、結果に変わりはなかったのである。

元村がタクシー等の乗物を避け、通りがかりの車をヒッチハイクしていたとなると、捜査は一時的にせよ断念せざるを得なかった。

そのドライバーを見つけ出すのには、多大な時間と労力を要するからである。

4

その朝、杉木が捜査室で煙草を吸っていると、山口が慌てた足どりで部屋にはいってきた。

山口はコートをロッカーにしまうと、

「坊さん、一本くれないか」

「煙草か」

「決まってるじゃないか」

「今回の禁煙は幾日もったっけ。前回よりは長持ちしたようだな」

山口のくわえた煙草に、杉木がライターを鳴らした。

「禁煙のせいなんだ。わたしの灰色の脳細胞はニコチンが切れたために正常な働きをしなかったんだよ」

「屁理屈をつけるなよ」

「あんな簡単きわまることに気がつかなかったなんて、われながら恥しいよ、まったく」

山口は胸底深くに煙草を吸い込んだ。肺の細胞に煙がしみ込むような陶酔感と軽い目まいが山口を捉《とら》えていた。

「なにか、わかったのかい？」

「元村佐十郎は村崎野から、車なんか使っていなかったんだよ」

「なに？」

「列車だよ。元村は列車を使って大曲に出たんだ」

「列車——」

「まだわからないのかい。元村は村崎野の駅から堂上氏と同じ列車に乗っていたんだよ」

「同じ列車？」

山口は机の上の時刻表を取ると、忙しくページを繰っていった。

「堂上氏が乗った列車は、盛岡発仙台行の鈍行。村崎野発が16時41分。元村もこの列車に乗っていたんだ」

「すると、北上駅から北上線を経由して……」

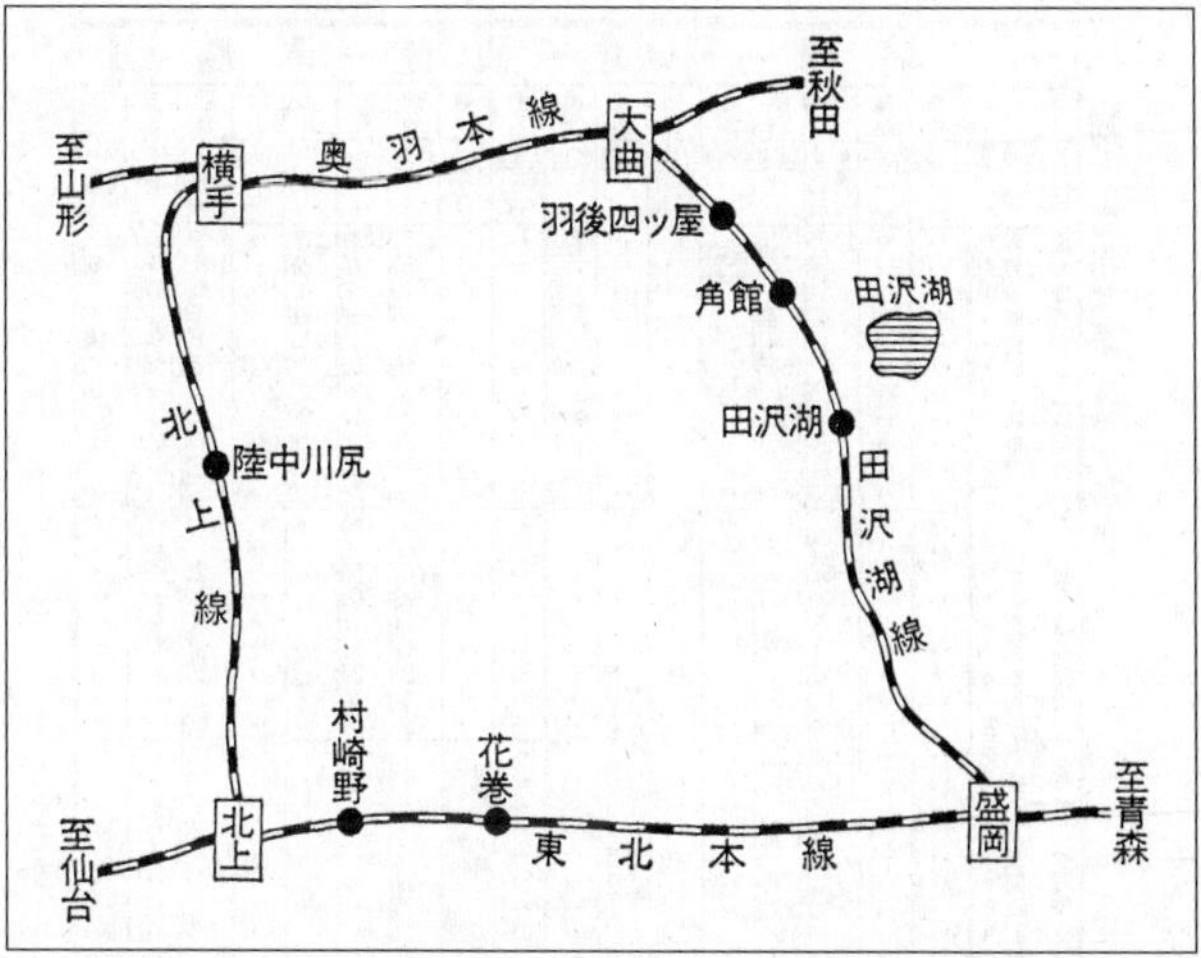

「そうだよ。やっと気がついたようだね。その列車の北上到着は、16時48分。北上発横手行の北上線は、17時15分発。横手着が18時55分。そして、横手駅から秋田行19時01分発の鈍行に乗って大曲に出たんだ。大曲到着が……」

「ちょっと待ってくれ。そう数字ばかり羅列されても頭にはいらんよ」

杉木が言った。

「じゃ、わかりやすく説明しよう」

山口は黒板の前に立ち、チョークを握った。

村崎野発　16時41分（仙台行鈍行）
北上着　16時48分
北上発　17時15分（横手行北上線）

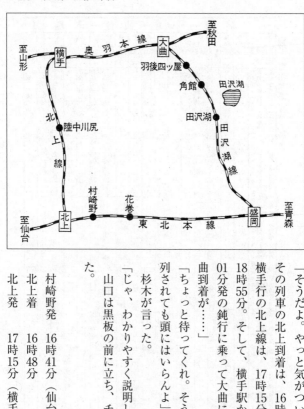

上り 東北本線（盛岡―福島）

盛岡―一ノ関―仙台―福島

行先	仙台	丸森	仙台	仙台	白石	仙台	松川	北上	白石	仙台	仙台	一ノ関	北上	北上	仙台	釜石	北上
列車番号	1430	2530D	42	3538M	444M	2740D	1528M	606D	2742D	714D	1542	542	544	1636D	1544	3647D	530
始発	‥	‥	青森 744	‥	‥	‥	‥	‥	‥	‥	‥	‥	‥	‥	沼宮内 1655	‥	青森 1330
盛岡 発	‥	‥	1325	1530		‥	‥	急行	‥	‥	1552	1641	1735	‥	1759	1823	1828
仙北町 〃	‥	‥	29	1533	快速（くりこま）	‥	‥	（陸中4号）	‥	‥	55	45	38	‥	1803	レ	32
岩手飯岡 〃	‥	‥	34	レ		‥	‥		‥	‥	1600	50	42	‥	08	快速	37
矢幅 〃	‥	‥	40	1541		‥	‥		‥	‥	05	55	48	‥	14	レ	42
古館 〃	‥	‥	44	レ		‥	‥		‥	‥	09	1700	52	‥	19	レ	46
日詰 〃	‥	‥	57	1548		‥	‥	宮古1302発	‥	‥	15	05	58	釜石1559発	25	1838	52
石鳥谷 〃	‥	‥	1403	レ		‥	‥		‥	‥	20	11	1803		31	1844	57
二枚橋 〃	‥	‥	09	1557	‥	‥	‥		‥	‥	26	17	09		37	レ	1903
花巻 〃	‥	‥	24	1604	‥	‥	‥	1630	‥	‥	34	25	16	1831	44	1900	10
村崎野 〃	‥	‥	31	レ	‥	‥	‥	レ	‥	‥	41	32	23	レ	51	釜石2112着	18
北上 着	‥	‥	1437	1614	‥	‥	‥	1642	‥	‥	1648	1738	1830	1844	1857		1924
北上 発	‥	‥	1445	1614	‥	‥	‥	‥	‥	‥	1650	1740	‥	‥	1914	（以下415頁）	‥
六原 〃	‥	‥	52	レ	‥	‥	‥	‥	‥	‥	57	46	‥	‥	20		‥
金ケ崎 〃	‥	‥	56	レ	‥	‥	‥	‥	‥	‥	1701	58	‥	‥	25		‥
水沢 〃	‥	‥	1503	1627	‥	‥	‥	‥	‥	‥	08	1805	‥	‥	32		‥
陸中折居 〃	‥	‥	09	レ	‥	‥	‥	‥	‥	‥	14	11	‥	‥	38		‥
前沢 〃	‥	‥	14	1636	‥	‥	（休日と3月25～4月7日及び7月21～8月25日・12月25～1月7日は福島止りで運転）	‥	‥	‥	19	16	‥	‥	43		‥
平泉 〃	‥	‥	22	1642	‥	‥		‥	‥	‥	26	25	‥	‥	51	‥	‥
山ノ目 〃	‥	‥	27	レ	‥	‥		‥	‥	‥	31	30	‥	‥	56	‥	‥
一ノ関 着	‥	‥	1531	1649	‥	‥		‥	‥	‥	1736	1835	‥	‥	2000	‥	‥
一ノ関 発	‥	‥	1550	1651	‥	‥		‥	‥	‥	1749	‥	‥	‥	2009	‥	‥
有壁 〃	‥	‥	58	レ	‥	‥		‥	‥	急行	57	‥	‥	‥	18	‥	‥
清水原 〃	‥	‥	1603	レ	‥	‥		‥	‥	（もがみ4号）	1802	‥	‥	‥	23	‥	‥
花泉 〃	‥	‥	08	1702	‥	‥		‥	‥		06	‥	‥	‥	27	‥	‥
油島 〃	‥	‥	13	レ	‥	‥		‥	‥		12	‥	‥	‥	32	‥	‥
石越 〃	‥	‥	21	1709	‥	‥		‥	‥		17	‥	‥	‥	37	‥	‥
新田 〃	‥	‥	30	1722	‥	‥		‥	‥	羽後本荘1447発	25	‥	‥	‥	46	‥	‥
梅ケ沢 〃	‥	‥	45	レ	‥	新庄1425発		‥	新庄1539発		31	‥	‥	‥	52	‥	‥
瀬峰 〃	‥	‥	51	1730	‥			‥			36	‥	‥	‥	2105	‥	‥
田尻 〃	‥	‥	59	37	‥			‥			45	‥	‥	‥	14	‥	‥
小牛田 着	‥	‥	1705	1742	‥	1726		‥	1809	1847	1854	‥	‥	‥	2121	‥	‥
小牛田 発	‥	‥	1720	1743	‥	1747		‥	1833	1849	1856	‥	‥	‥	2145	‥	‥
松山町 〃	‥	‥	25	レ	‥	52		‥	38	レ	1907	‥	‥	‥	50	‥	‥
鹿島台 〃	‥	‥	30	1751	‥	58		‥	44	レ	13	‥	‥	‥	56	‥	‥
品井沼 〃	‥	‥	1736	レ	‥	1804		‥	1850	レ	19	‥	‥	‥	2201	‥	‥
愛宕 〃	‥	‥	レ	レ	‥	09		‥	レ	レ	24	‥	‥	‥	レ	‥	‥
松島 〃	‥	‥	1803	1800	‥	12		‥	1856	1906	28	‥	‥	‥	2210	‥	‥
塩釜 〃	‥	‥	13	1809	‥	22		‥	1906	1916	37	‥	‥	‥	20	‥	‥
陸前山王 〃	‥	‥	1818	レ	‥	1827		‥	1910	レ	1943	1432D	‥	‥	2225	‥	‥
利府 〃	1726	‥	‖	‖	‥	‖	1840	‥	‖	‖	‖	1956	‥	‥	‖	‥	‥
新利府 〃	30	‥	‖	‖	‥	‖	42	‥	‖	‖	‖	59	‥	‥	‖	‥	‥
岩切 〃	37	‥	1823	レ	‥	1831	46	‥	1914	レ	1947	2006	‥	‥	2229	‥	‥
東仙台 〃	42	‥	28	レ	‥	36	52	3522M	19	レ	52	11	‥	‥	34	‥	‥
仙台 着	1750	‥	1835	1822	‥	1843	1858	快速	1926	1930	2001	2018	‥	528M	2242	‥	‥
仙台 発	‥	1804	‥	‥	1827	‥	1903	1934	2005	‥	‥	‥	‥	2122	‥	‥	‥
長町 〃	‥	1811	‥	‥	36	‥	09	1940	12	‥	‥	‥	‥	29	‥	‥	‥
南仙台 〃	‥	レ	‥	‥	40	‥	13	レ	17	‥	‥	‥	‥	33	‥	‥	‥
名取 〃	‥	レ	‥	‥	44	‥	17	レ	21	‥	‥	‥	‥	36	‥	‥	‥
岩沼 〃	‥	1823	‥	‥	52	‥	24	1951	37	‥	‥	‥	‥	43	‥	‥	‥
槻木 〃	‥	1832	‥	‥	59	‥	31	レ	44	‥	‥	‥	‥	49	‥	‥	‥
船岡 〃	‥	丸森1855着	‥	‥	1905	‥	36	2000	50	‥	‥	‥	‥	54	‥	‥	‥
大河原 〃	‥		‥	‥	09	‥	40	2004	55	‥	‥	‥	‥	58	‥	‥	‥
北白川 〃	‥		‥	‥	1915	‥	1945	レ	2101	‥	‥	‥	‥	2204	‥	‥	‥
東白石 〃	‥		‥	‥	レ	‥	レ	レ	レ	‥	‥	‥	‥	レ	‥	‥	‥
白石 〃	‥	（以下391頁）	‥	‥	1924	‥	1954	2015	2110	‥	‥	‥	‥	2216	‥	‥	‥
越河 〃	‥		‥	‥	‥	‥	2002	レ	‥	‥	‥	‥	‥	23	‥	‥	‥
貝田 〃	‥		‥	‥	‥	‥	06	レ	‥	‥	‥	‥	‥	28	‥	‥	‥
藤田 〃	‥		‥	‥	‥	‥	12	レ	‥	‥	‥	‥	‥	34	‥	‥	‥
桑折 〃	‥	‥	‥	‥	‥	‥	16	レ	‥	‥	‥	‥	‥	38	‥	‥	‥
伊達 〃	‥	‥	‥	‥	‥	‥	20	2035	‥	‥	‥	‥	‥	42	‥	‥	‥
東福島 〃	‥	‥	‥	‥	‥	‥	23	レ	‥	‥	‥	‥	‥	45	‥	‥	‥
福島 着	‥	‥	‥	‥	‥	‥	2029	2044	‥	‥	‥	‥	‥	2251	‥	‥	‥
終着	‥	‥	‥	‥	‥	‥	松川 2049	白河 2223	‥	‥	‥	‥	‥	‥	‥	‥	‥

（下り・奥　羽　本　線・その2）

下り　奥羽本線（福島—秋田）

行先	新庄	新庄	横手	山形	真室川	新庄	秋田	酒田・鼠ケ関	横手	秋田	山形	山形	新庄	庭坂	新庄	秋田	仙台	鼠ケ関
列車番号	6525D	1429	631D	4403M	527D	431	2035M	1113D	1431	3011M	529D	433	1433	1435	435	2037M	1814D	4113D
始発	‥	‥	‥	上野 954	‥	‥	‥	‥	‥	‥	‥	‥	‥	‥	‥	‥	急行	‥
福島	‥	‥	‥	1345	‥	1351	1443	‥	‥	‥	‥	‥	‥	1655	1631	1743	（べにばな4号）1538新潟発	‥
笹木	‥	‥	‥	レ	‥	57	L	‥	‥	‥	‥	‥	‥	1701	37	L		‥
庭坂	‥	‥	‥	急行	‥	1401	（つばさ7号）	‥	‥	‥	‥	‥	‥	1706	42	（つばさ9号）		‥
赤岩	‥	‥	‥	（ざおう1号）	‥	14		‥	‥	‥	‥	‥	‥		55			‥
板谷	（土曜運転・但し、土曜が休日の場合は運休）	‥	‥		‥	27		‥	‥	‥	‥	‥	‥	‥	1708			‥
峠		‥	‥		‥	34		‥	‥	‥	‥	‥	‥	‥	15			‥
大沢		‥	‥		‥	44		‥	‥	‥	‥	‥	‥	‥	25			‥
関根		‥	‥	レ	‥	55		‥	‥	‥	‥	‥	‥	‥	36			‥
米沢		‥	‥	1431	‥	1502	1523	‥	‥	‥	‥	‥	‥	‥	1743	1823	1832	‥
		‥	‥	1432	‥	1511	1524	‥	‥	‥	‥	1608	‥	‥	1745	1824	1834	‥
置賜		‥	‥	レ	‥	18		‥	‥	‥	‥	15	‥	‥	52		レ	‥
糠目		‥	‥	1441	‥	23		‥	‥	‥	【休日運休】	21	‥	‥	57		1848	‥
赤湯		‥	‥	1447	‥	42	1537	‥	‥	‥		29	‥	‥	1815		1855	‥
中川		‥	‥	レ	‥	52		急行	‥	‥		39	‥	‥	29			急行
中山		‥	‥	レ	‥	57		（月山3号）	‥	‥		45	‥	‥	34	レ		（月山5号）
上山		‥	‥	1505	‥	1605	レ		‥	‥	1643	54	‥	‥	41	1852	1912	
蔵王		‥	‥	レ	‥	13	レ		‥	‥	53	1702	‥	‥	51	レ	レ	
山形	◆	‥	‥	1517	‥	1621	1604		‥	‥	1659	1710	‥	531D	1858	1904	1924	
	1333	1407	‥		1520	1635	1606	1650	‥	‥	‥	‥	1746	1824	1917	1906	1940	1945
北山	36	11	‥		24	39	レ	1654	‥	‥	‥	‥	56	33	22	レ	1943	1949
千歳	41	15	‥		29	43	レ	レ	‥	‥	‥	‥	1807	37	29	レ	レ	レ
漆山	48	1419	‥		36	1648	レ	レ	‥	‥	‥	‥	1812	47	1934	レ	仙台2105着（以下409頁）	レ
高擶	52	レ	‥	‥	40	レ	レ	レ	‥	‥	‥	‥	レ	52	レ	レ		レ
天童	57	1426	‥	‥	45	1710	1618	1704	‥	‥	‥	‥	1818	1904	1940	1921		2000
神町	1406	1432	‥	‥	54	1716	レ	レ	‥	‥	‥	‥	1834	16	1949	レ		2007
蟹沢	11	レ	‥	‥	59	レ	レ	レ	‥	‥	‥	‥	レ	20	レ	レ		レ
東根	14	1437	‥	‥	1603	1722	レ	1714	‥	‥	‥	‥	1840	24	1955	レ		2012
楯岡	19	42	‥	‥	08	27	レ	1718	‥	‥	‥	‥	49	1928	59	1934		2018
袖崎	35	51	‥	‥	18	36	レ	レ	‥	‥	‥	‥	1902		2008	レ		レ
大石	42	57	‥	‥	24	42	レ	1731	‥	‥	‥	‥	08	‥	14	レ	‥	2028
芦沢	53	1504	‥	‥	47	50	レ	レ	‥	‥	‥	‥	16	‥	40	レ	‥	レ
舟形	1502	11	‥	‥	56	57	レ	レ	‥	‥	‥	‥	23	‥	51	レ	‥	レ
新庄	1513	1523	‥	‥	1707	1807	1658	1752	‥	‥	‥	‥	1934	‥	2101	2006		2049
	‥	‥	1608	‥	1714	‥	1700	1754	1840	‥	‥	‥	‥	‥	‥	2008	（新庄から急行もがみ3号）と併結・酒田行・酒田2155着	2054
泉田	‥	‥	15	‥	22	‥	レ	酒田1901着　鼠ケ関1947着（以下411頁）	47	‥	‥	‥	‥	‥	‥	レ		鼠ケ関2308着（余目から226D普通列車・以下411頁）
豊里	‥	‥	23	‥	30	‥	レ		54	‥	‥	‥	‥	‥	‥	レ		
真室	‥	‥	27	‥	1735	‥	レ		58	‥	‥	‥	‥	‥	‥	レ		
釜渕	‥	‥	42	‥	‥	‥	レ		1908	‥	‥	‥	‥	‥	‥	レ		
大滝	‥	‥	50	‥	‥	‥	レ		16	‥	‥	‥	‥	‥	‥	レ		
及位	‥	629D	59	‥	‥	‥	レ		24	‥	‥	‥	‥	‥	‥	レ		
院内	‥	1622	1709	‥	‥	‥	レ		33	‥	‥	‥	‥	‥	‥	レ		
横堀	‥	28	15	‥	‥	‥	レ		39	L	‥	‥	‥	‥	‥	レ		
三関	‥	35	21	‥	‥	‥	レ		46	（たざわ11号）	‥	‥	‥	‥	‥	レ		
上湯	‥	40	25	‥	‥	‥	レ		50		‥	‥	‥	‥	‥	レ		
湯沢	‥	54	44	‥	‥	‥	1757		55		‥	‥	‥	‥	‥	2100		
下湯	‥	1700	49	‥	‥	‥	レ	‥	2000		‥	‥	‥	‥	‥	レ		
十文	‥	06	55	‥	‥	‥	1806	‥	04		‥	‥	‥	‥	‥	レ		
醍醐	‥	11	1800	‥	‥	‥	レ	‥	09		‥	‥	‥	‥	‥	レ		
柳田	‥	19	05	‥	‥	‥	レ	‥	13		‥	‥	‥	‥	‥	レ	‥	‥
横手	‥	1725	1810	‥	‥	‥	1817	633D	2019		‥	‥	‥	‥	‥	2117	‥	‥
	‥	1728	‥	‥	‥	‥	1821	1901	‥	盛岡1931発	‥	‥	‥	‥	‥	2119	‥	‥
後三	‥	35	‥	‥	‥	‥	レ	10	‥		‥	‥	‥	‥	‥	レ	‥	‥
飯詰	‥	42	‥	‥	‥	‥	レ	16	‥		‥	‥	‥	‥	‥	レ	‥	‥
大曲	‥	1801	‥	‥	‥	‥	1840	27	‥	2047	‥	‥	‥	‥	‥	2136	‥	‥
神宮	‥	09	‥	‥	‥	‥	レ	33	‥	レ	‥	‥	‥	‥	‥	レ	‥	‥
刈和	‥	17	‥	‥	‥	‥	レ	41	‥	レ	‥	‥	‥	‥	‥	レ	‥	‥
峰吉	‥	24	‥	‥	‥	‥	レ	46	‥	レ	‥	‥	‥	‥	‥	レ	‥	‥
境	‥	33	‥	‥	‥	‥	レ	54	‥	レ	‥	‥	‥	‥	‥	レ	‥	‥
大張	‥	42	‥	‥	‥	‥	レ	2003	‥	レ	‥	‥	‥	‥	‥	レ	‥	‥
和田	‥	49	‥	‥	‥	‥	レ	09	‥	レ	‥	‥	‥	‥	‥	レ	‥	‥
四ツ	‥	56	‥	‥	‥	‥	レ	16	‥	レ	‥	‥	‥	‥	‥	レ	‥	‥
秋田	‥	1904	‥	‥	‥	‥	1925	2024	‥	2129	‥	‥	‥	‥	‥	2223	‥	‥
終着	‥	‥	‥	‥	‥	‥	‥	‥	‥	‥	‥	‥	‥	‥	‥	‥	‥	‥

（下り・東北本線・その2）

行先	小牛田	盛岡	仙台	青森	利府	仙台	小牛田	盛岡	仙台	八戸	仙台	利府	気仙沼	石越	盛岡	仙台	仙台	盛岡
列車番号	541D	3535M	441M	1537	429M	1125	543D	549	103M	1539	531	1431D	3933D	545D	3537M	105M	533	1541
始発	‥	‥	‥	‥	‥	‥	‥	‥	上野 954	‥	‥	‥	‥	‥	‥	上野 1154	‥	‥
福島	‥	‥	‥	‥	‥	1240	‥	‥	1341	‥	1524	‥	‥	‥	‥	1541	1452	‥
東福	‥	‥	‥	‥	‥	47	‥	‥	レ	‥	31	‥	‥	‥	‥	レ	59	‥
伊達	‥	‥	‥	‥	‥	52	‥	‥	レ	‥	35	‥	‥	‥	‥	1549	1504	‥
桑折	‥	‥	‥	‥	‥	57	‥	‥	レ	‥	41	‥	‥	‥	‥	レ	09	‥
藤田	‥	‥	‥	‥	‥	1302	‥	‥	レ	‥	45	‥	‥	‥	‥	レ	14	‥
貝田	‥	‥	‥	‥	‥	10	‥	‥	レ	‥	53	‥	‥	‥	‥	レ	22	‥
越河	‥	‥	‥	‥	‥	15	‥	‥	レ	‥	1405	‥	‥	‥	‥	レ	27	‥
白石	‥	‥	1248	‥	‥	25	‥	‥	1409	‥	1414	‥	‥	‥	‥	1609	47	‥
東白	‥	‥	レ	‥	‥	31	‥	‥	レ	‥	レ	‥	‥	‥	‥	レ	52	‥
北白	‥	‥	1257	‥	‥	36	‥	‥	レ	‥	1425	‥	‥	‥	‥	レ	58	‥
大河	‥	‥	1302	‥	‥	42	‥	‥	1420	‥	31	‥	‥	‥	‥	1619	1604	‥
船岡	‥	‥	06	‥	‥	46	‥	‥	1424	‥	35	‥	‥	‥	‥	1623	08	‥
槻木	‥	快速	11	‥	‥	52	‥	‥	レ	‥	40	‥	‥	‥	快速	レ	15	‥
岩沼	‥	（くりこま）	18	‥	‥	59	‥	‥	1434	‥	48	‥	‥	‥	（くりこま）	1632	22	‥
名取	‥		24	‥	‥	1407	‥	‥	レ	‥	56	‥	‥	‥		レ	41	‥
南仙	‥		28	‥	‥	11	‥	‥	レ	‥	1500	‥	‥	‥		レ	45	‥
長町	‥		32	‥	‥	17	‥	‥	レ	‥	06	‥	‥	‥		レ	51	‥
仙台	‥		1339	‥	‥	1425	‥	‥	1450	‥	1514	‥	‥	‥		1649	1659	‥
	1255	1329	‥	1343	1350	‥	1430	‥	急行	1508	‥	1550	1607	1612	1627	急行	‥	1707
東仙	1301	レ	‥	48	55	‥	36	‥	（まつしま3号）	13	‥	56	レ	18	レ	（まつしま5号）	‥	12
岩切	1306	レ	‥	1353	1401	‥	1441	‥		1519	‥	1601	レ	1623	レ		‥	1717
新利	‖	‖	‥	‖	レ	‥	‖	‥		‖	‥	05	‖	‖	‖		‥	‖
利府	‖	‖	‥	‖	1406	‥	‖	‥		‖	‥	1609	‖	‖	‖		‥	‖
山王	1310	レ	‥	1357		‥	1445	‥		1523	‥		レ	1627	レ		‥	1721
塩釜	15	1341	‥	1402	‥	‥	49	‥		28	‥	‥	1620	32	1639		‥	26
松島	1324	1349	‥	11	‥	‥	1459	‥		38	‥	‥	1630	51	1647		‥	35
愛宕	レ	レ	‥	14	‥	‥	レ	‥		42	‥	‥	レ	55	レ		‥	38
品井	1333	レ	‥	20	‥	‥	1508	‥		47	‥	‥	レ	1701	レ		‥	44
鹿島	39	1358	‥	25	‥	‥	14	‥	‥	53	‥	‥	1640	07	1657	‥	‥	49
松山	45	レ	‥	31	‥	‥	20	‥	‥	59	‥	‥	レ	13	レ	‥	‥	55
小牛田	1351	1408	‥	1435	‥	‥	1526	‥	‥	1606	‥	‥	1650	1719	1706	‥	‥	1800
	‥	1409	‥	1436	‥	‥	‥	‥	‥	1630	‥	‥	1655	1729	1707	‥	‥	1825
田尻	‥	14	‥	43	‥	‥	‥	‥	‥	36	‥	‥	気仙沼 1914着	36	13	‥	‥	32
瀬峰	‥	1420	‥	50	‥	‥	‥	‥	‥	43	‥	‥	（以下409頁）	43	1719	‥	‥	40
梅沢	‥	レ	‥	55	‥	‥	‥	‥	‥	48	‥	‥		48	レ	‥	‥	45
新田	‥	1428	‥	1500	‥	‥	‥	‥	‥	54	‥	‥		55	1726	‥	‥	51
石越	‥	1435	‥	09	‥	‥	‥	‥	‥	1702	‥	‥		1803	1733	‥	‥	1900
油島	‥	レ	‥	13	‥	‥	‥	‥	‥	07	‥	‥			レ	‥	‥	05
花泉	‥	1441	‥	18	‥	‥	‥	‥	‥	12	‥	‥		‥	1740	‥	‥	10
清水	‥	レ	‥	23	‥	‥	‥	‥	‥	16	‥	‥		‥	レ	‥	‥	15
有壁	‥	レ	‥	27	‥	‥	‥	‥	‥	21	‥	‥	‥	‥	レ	‥	‥	20
一ノ関	‥	1453	‥	1535	‥	‥	‥	‥	‥	1729	‥	‥	‥	‥	1751	‥	‥	1929
	‥	1455	‥	1543	‥	‥	‥	1643	‥	1746	‥	‥	‥	‥	1753	‥	‥	1944
山目	‥	レ	‥	47	‥	‥	‥	47	‥	50	‥	‥	‥	‥	レ	‥	‥	48
平泉	‥	1501	‥	52	‥	‥	‥	52	‥	55	‥	‥	‥	‥	1800	‥	‥	53
前沢	‥	1509	‥	59	‥	605D	‥	59	‥	1809	‥	‥	‥	‥	1806	‥	‥	2000
折居	‥	レ	‥	1604	‥	急行	‥	1705	‥	16	‥	‥	‥	‥	レ	‥	‥	06
水沢	‥	1516	‥	10	‥	（陸中3号）	‥	11	‥	21	‥	‥	‥	‥	1815	‥	‥	12
金崎	‥	レ	‥	17	‥		‥	18	‥	28	‥	‥	‥	‥	レ	‥	‥	19
六原	‥	レ	‥	21	‥		‥	22	‥	33	‥	‥	‥	‥	レ	‥	‥	25
北上	‥	1530	‥	1627	‥		‥	1728	‥	1840	‥	‥	‥	‥	1828	‥	‥	2030
	‥	1530	‥	1627	‥	1703	‥	1729	‥	1916	‥	‥	‥	‥	1828	‥	‥	2030
村崎	‥	レ	‥	33	‥	レ	‥	35	‥	21	‥	‥	‥	‥	レ	‥	‥	36
花巻	‥	1541	‥	44	‥	1715	‥	44	‥	29	‥	‥	‥	‥	1839	‥	‥	44
二枚	‥	レ	‥	49	‥	宮古 2031着	‥	49	‥	35	‥	‥	‥	‥	レ	‥	‥	50
石鳥	‥	1549	‥	55	‥	（以下415頁）	‥	55	‥	41	‥	‥	‥	‥	1848	‥	‥	55
日詰	‥	1554	‥	1701	‥		‥	1801	‥	47	‥	‥	‥	‥	1853	‥	‥	2101
古館	‥	レ	‥	06	‥		‥	06	‥	52	‥	‥	‥	‥	レ	‥	‥	07
矢幅	‥	1601	‥	11	‥		‥	11	‥	57	‥	‥	‥	‥	1900	‥	‥	11
飯岡	‥	レ	‥	16	‥		‥	17	‥	2003	‥	‥	‥	‥	レ	‥	‥	17
仙北	‥	1608	‥	21	‥		‥	22	‥	08	‥	‥	‥	‥	1907	‥	‥	21
盛岡	‥	1614	‥	1727	‥		‥	1827	‥	2014	‥	‥	‥	‥	1913	‥	‥	2127
終着	‥	‥	‥	青森 2230	‥	‥	‥	‥	‥	八戸 2240	‥	‥	‥	‥	‥	‥	‥	‥

57・11・15改正

北上—横手

営業粁	列車番号	721D	723D	725D	727D	729D	731D	733D	735D	737D	739D	3741D		743D
0.0	北上発	510	616	714	758	1010	1113	1335	1508	1715	1823	1915	快速	2005
2.1	柳原〃	14	20	18	802	15	17	39	12	19	27	レ	(きたかみ)	09
5.2	江釣子〃	19	25	23	07	20	22	44	17	24	32	レ		14
8.4	藤根〃	23	29	728	11	25	32	48	22	29	37	1927		19
14.3	横川目〃	33	43		21	35	41	58	32	38	47	35		29
18.1	岩沢〃	40	50	[illegible]	28	42	48	1405	39	45	54	42		36
20.3	和賀仙人〃	44	54		32	46	52	10	48	50	59	51	‥	45
28.8	陸中大石〃	58	707		901	1100	1207	23	1601	1804	1913	2004	(以下437頁)	58
35.2	陸中川尻〃	609	16		16	08	15	33	24	16	1921	2012		2106
39.1	岩手湯田〃	15	22	‥	23	15	22	39	30	22		レ		13
44.3	黒沢〃	22	29	‥	35	22	29	50	38	30	‥	2025		20
49.6	小松川〃	29	36	‥	42	29	36	57	45	37	‥	レ		27
51.6	平石〃	33	40	‥	45	33	40	1501	49	40	‥	レ	湯沢2118着	31
53.4	相野々〃	37	44	‥	49	36	43	04	53	44	‥	2038		34
56.6	矢美津〃	41	48	‥	54	41	48	09	58	49	‥	レ		39
61.1	横手着	648	754	‥	1000	1147	1254	1515	1704	1855	‥	2048		2145

盛岡—大曲（下り・田沢湖線・その2）

列車番号	3005M		835D		3007M	837D		3009M	839D	841D		3011M	845D	847D			
盛岡発	1231		1355		1431	1617		1631	‥	1756		1931	1945	2145	‥	‥	‥
大釜〃	レ		1402		レ	24		レ	‥	1803		レ	52	52	‥	‥	‥
小岩井〃	レ		09		レ	31		レ	‥	10		レ	2005	59	‥	‥	‥
雫石〃	レ	(たざわ5号)	19	(たざわ7号)	1447	1639	(たざわ9号)	レ	‥	25	(たざわ11号)	レ	12	2207	‥	‥	‥
春木場〃	レ		23		レ			レ	‥	29		レ	17		‥	‥	‥
赤渕〃	レ		29		レ	‥		レ	‥	35		レ	23	‥	‥	‥	‥
田沢湖〃	1310		1520		1513	‥		1714	1742	59		レ	54	‥	‥	‥	‥
刺巻〃	レ		26		レ	‥		レ	48	1904		レ	59	‥	‥	‥	‥
神代〃	レ		35		レ	‥		レ	58	18		レ	2109	‥	‥	‥	‥
生田〃	レ		39		レ	‥		レ	1802	22		レ	13	‥	‥	‥	‥
角館〃	レ	‥	48	‥	1531	‥	‥	1732	06	32	‥	2027	17	‥	‥	‥	‥
鶯野〃	レ	‥	52	‥	レ	‥	‥	レ	10	36	‥	レ	21	‥	‥	‥	‥
羽後長野〃	レ	(以下426頁)	56	(以下426頁)	レ	‥	(以下426頁)	レ	16	40	(以下427頁)	レ	25	‥	‥	‥	‥
鑓見内〃	レ		1600		レ	‥		レ	21	44		レ	29	‥	‥	‥	‥
羽後四屋〃	レ		09		レ	‥		レ	25	48		レ	33	‥	‥	‥	‥
北大曲〃	レ		13		レ	‥		レ	28	51		レ	36	‥	‥	‥	‥
大曲着	1342		1618		1546	‥		1747	1834	1956		2042	2141	‥	‥	‥	‥
秋田着	1429		‥		1633	‥		1834	‥	‥		2129	‥	‥	‥	‥	‥

大曲—盛岡（上り・田沢湖線・その2）

列車番号	836D		3008M		838D		3010M	840D	842D	1842			3012M	844D	846D		
秋田発	‥	‥	1312	(◆4月29～5月8日は東能代—秋田間延長運転・東能代1210発)	‥	‥	1517	‥	‥	1631		‥	1810	‥	‥	‥	‥
大曲発	1243		1359		1516		1603	‥	1629	1755	(大曲まで2048)		1857	1936	2050	‥	‥
北大曲〃	48		レ		21		レ	‥	34	1801			レ	41	55	‥	‥
羽後四屋	52	(たざわ8号)	レ		24	(たざわ10号)	レ	‥	38	05		(たざわ12号)	レ	49	58	‥	‥
鑓見内〃	56		レ		28		レ	‥	42	10			レ	53	2102	‥	‥
羽後長野	1301		レ		37		レ	‥	46	16	‥		レ	2001	06	‥	‥
鶯野〃	05		レ		41		レ	‥	50	21	‥		レ	05	11	‥	‥
角館〃	09		1414		55		レ	‥	54	27	‥		1912	09	18	‥	‥
生田〃	14		レ		59		レ	‥	59	34	‥		レ	14	23	‥	‥
神代〃	23		レ		1604		レ	‥	1704	40	‥		レ	22	27	‥	‥
刺巻〃	34		レ		15		レ	‥	19	1905	‥		レ	33	38	‥	‥
田沢湖〃	42	‥	1431		1622	‥	1636	‥	37	1914	‥	‥	1930	2039	45	‥	‥
赤渕〃	1408	‥	レ			‥	レ	‥	1804		‥	‥	レ		2208	‥	‥
春木場〃	13	‥	レ		‥	‥	レ	‥	09	‥	‥	‥	レ	‥	13	‥	‥
雫石〃	21	‥	レ		‥	‥	レ	1705	24	‥	‥	‥	1959	‥	22	‥	‥
小岩井〃	27	‥	レ		‥	‥	レ	12	31	‥	‥	‥	レ	‥	29	‥	‥
大釜〃	38	‥	レ		‥	‥	レ	19	37	‥	‥	‥	レ	‥	35	‥	‥
盛岡着	1447	‥	1515		‥	‥	1715	1727	1845	‥	‥	‥	2015	‥	2243	‥	‥

横手着　　18時55分
横手発　　19時01分（秋田行鈍行）
大曲着　　19時24分

「念のために、谷原卓二の列車も書いてみるがね」

山口は小腰をかがめながら、黒板の下の方に数字を書き並べて行った。

（谷原卓二の列車）
村崎野発　16時33分（青森行鈍行）
盛岡着　　17時27分
盛岡発　　17時56分（大曲行田沢湖線）
羽後四ツ屋着　19時48分

「こう書けば、小学生でもわかることだが」

山口はチョークの粉を払い落としながら、説明を加えた。

「同じ村崎野駅を8分遅れで、しかも谷原とは逆の、上り方面へ向けて出発した元村は、谷原が羽後四ツ屋駅を到着する二十分ほど前に、大曲に着いているんだ」

「なるほど。そういえば、きみは学生時代からそんな数字遊びが好きだったな。わたしは時刻表は苦手だ。数字を見ただけで頭が痛くなってくる」

杉木が苦笑した。

「それにしても、元村はあんな短い時間に、よくこれだけのダイヤグラムを組み立てていたものだな。谷原が村崎野を発って、わずか十分足らずの間にだからね」

「うん。元村はおそらく新幹線を使って、谷原に追いつこうとしたんだと思うな。村崎野から北上の駅まで列車に乗って行った。新幹線は大幅に遅れていた。それで、やむなく北上線経由の時刻表を調べたんだろう。さもなければ、車を使っていたはずだからね」

「大曲に着いたのが、19時24分か。すると、大曲から田沢湖線の上り列車で羽後四ツ屋に向かったんだな」

「万事がそううまくはゆかないよ。大曲から、19時36分発の田沢湖行の列車があるにはあるが、この列車の羽後四ツ屋到着は、19時49分なんだよ。盛岡からの谷原の列車の羽後四ツ屋到着は19時48分だ」

「一分違いか。だったら、急いであとを追いかければ間に合わないことはないだろう」

「かも知れない。だが、あとを追いかけ、声をかけたら、谷原だって驚き、警戒するはずだよ。三時間ほど前に村崎野で別れてきた相手が、いきなり眼の前に現われたりしたら、警戒心を起こさないほうがどうかしている。腕力では数段も谷原が上だ。非力な元村としては、相手に気づかれずに背後から不意を襲うしかなかったと思うからね」

「じゃ、元村は……」

「そう。車を使ったんだよ。大曲からタクシーで羽後四ツ屋駅に乗りつけていたんだ。谷原が到着するまでには二十分からの時間がある。大曲から二つ目の羽後四ツ屋駅まで、タクシーを飛ばせば……」

「十分かそこらで着けるはずだ」

と杉木が言って、大きくうなずいた。

5

大曲の駅前のタクシー会社に勤める竹井克一という運転手を捜し当てたのは、戸沢刑事だった。

竹井は運転歴二十五年のベテラン運転手で、五十五、六歳の愛想のいい男である。

「たしかに、十一月の十七日だんす」

竹井は運転日誌から小さな顔をあげ、戸沢に言った。

「駅前で客待ちしてたら、そのお客さんが駅の中から出てきて、わたしの車に乗ったんしもんな」

「時刻は？」

「秋田行の鈍行が着いたときだったから、夜の七時半前後だったたんしな」

「田沢湖線の羽後四ツ屋駅まで乗せたんですね？」

「んだす」

「顔を憶えてますか？」

「さあ」

「この男じゃなかったですか？」

自信なさそうな竹井の前に、戸沢は元村佐十郎の顔写真を差し出した。同窓会の記念写真を引き延ばしたもので、やや不鮮明だが、元村の顔の特徴は現われていた。

「似てるようだども、はっきりこの人だとは言えないしな」

竹井は申し訳なさそうな顔で、禿《は》げあがった頭に手をやっていた。

「四十歳前後の小柄な男なんですがね。それに、この写真でもわかるように、薄い口髭《くちひげ》をはやした」

「口髭をはやしていたかどうか……マスクをかけてたから。それに、なにせ夜だったし、わたしもじろじろお客さん見てたわけでもねえしからな」

「車の中で、なにか話をしましたか?」

「いいや。乗るときに行先言ってからあとは、なんにも喋らなかったんしな。ああ、そういえば、信号で停ってたときに、お客さんが、いきなり、喋り出したことがあったんしもんな」

「どんなことを?」

「いいや、ひとりごとだったんしな。よく聞き取れねなかったしども……死なずにすんだものを、だったか、死なずにすむものを……とか、そんたら意味のことだったんしな」

「死なずにすむものを……」

「んだす」

「羽後四ツ屋駅に着いたのは、何時ごろでした?」

「駅まで行ったでばねんしな。駅から百メートルぐれえ離れた四つ角のところで、お客さんに言われて車をとめたんしな。大曲の駅前からあっこまで、ふつうなら十五、六分ありゃ楽に行ける距離だんしども、あのときは、わたしもつい気がせいちまって、いいかげん飛ばしたから、十分ぐれしかかかっていなかったと思うんしな。んだから、七時四十分には着いていたはずだんしな」

「なぜ、そんなに飛ばしたんですか？」

「お客さんが、しょっちゅう腕時計さ見て、すごく時間気にしていたからだんすよ」

「その客は、車をおりてから、どっちの方向に行ったんですか？」

「さあ。わたしはてっきり、羽後四ツ屋から電車に乗るんだとばかし思ってたんしども、お客さんは、四つ角んところで立ったまんま駅の方を眺めていだったしもんな。そのあと、どっちさ行ったかはわかねんしなあ。んだども、そう言えばたしかに、小柄な人だったんしな。薄暗いところで、ちらとしか見ねかったんしども、背は高くなかったんしな」

竹井克一はそう言った。

戸沢は竹井克一の証言を、電話で捜査本部に連絡した。

そのタクシーの客がマスクをかけていたのは、もちろん自分の容貌《ようぼう》の特徴を隠すためだったに違いない。

十一月十七日、大曲駅前から竹井克一の車に乗り込んでいた男は元村佐十郎だと、戸沢刑事は確信していた。

第四章　金沢久子

1

和久井さん。

わたしが盛岡の同窓会に出席したのは、田沢湖を久しぶりに眺めながら仕事の骨休めをしたかったことの他に、名城貞吉事件の関係者たちと会って、さらに事件を推理し、犯人を捜し出す目的があったからです。

名城貞吉を殺したのは、添畑明子だったのでしょうか。

いいえ、添畑明子ではありません。

あの密室のからくりが解けたとき、わたしは添畑明子こそ犯人だと頭から決めつけていました。

でも冷静になって考えなおしてみると、明子を犯人とするには、いくつかの矛盾が生じてくることに気づいたのです。

その第一は、きわめて常識的で単純なことですが、あの添畑明子に、名城貞吉の首を絞め、押し倒すような腕力があったかどうかという疑問です。いかに酒に酔いしれていたからとはいえ、相手は大の男です。

相手に理不尽なまねをされ、必死にその魔手からのがれようとしていたとしたら、ことさらに相手の首を絞める必要はなかったとも思うのです。大声を出し、危急を訴えていれば、谷原や秋庭たちの耳にも達しないはずはなかったのです。

次に疑問に思ったのは、あの部屋の中での添畑明子の行動についてでした。

明子はなぜ、あの部屋から逃げ出さなかったのか、という疑問です。いえ、逃げださなかったのではなく、逃げ出す機会は一度だけあったはずなのです。

谷原と秋庭が生徒会室のドアにカギがかかっていることを教師に告げようとして、階段をおりて行ったときが、それです。

谷原たちが教師たちを連れて、再び部屋の前に戻ってくることは、説明するまでもないことです。そして、ドアが壊され、明子の姿が衆人の眼《め》にさらされるのは時間の問題だったのです。

それなのになぜ、明子はぐずぐずと部屋の中にとどまっていたのでしょうか。

もちろん逃げ出すといっても、階段の下に谷原たちが北田と話していましたから、戸外へ出ることは不可能です。でも、隣りの運動部室だったら、それは充分に可能だったはずです。

添畑明子は、唯一の逃避場所である運動部室には身を隠してはいなかったのです。なぜでしょうか。

答えは、容易に見つけ出せます。そのとき、運動部室は明子が身を隠したくても、それができない状況にあった、ということです。

運動部室には、カギがかかっていたからです。しかし、部屋の管理責任者は狩野友市でしたが、その部屋のカギはかなり以前に紛失し、そのままになっていた、とわたしに言っていました。

とすると、運動部室のドアは、そのとき内側からある人物の手によって施錠されていたとしか考えられません。

そして、その人物は、北田たちが、壊したドアから部屋の中にはいったすきに、運動部室を抜け出し、戸外へ立ち去っていたのです。

その人物こそ、名城貞吉を殺した犯人だったのです。
………
………

2

元村佐十郎は二階の書斎に坐《すわ》って、一人で冷酒をあおっていた。酒びんを傍に据えてから、もう二時間あまりたっている。

以前の元村なら、コップ二杯の酒で顔が赤くなり、睡気《ねむけ》に見舞われていたのに、最近は違っていた。

酔いはいつも体の奥深くに潜行し、頭は冴《さ》えきっていた。

同窓会の夜、堂上美保の言葉を立ち聞きして以来、元村は酒の酔いを感じなくなっていたのだ。

あの同窓会の夜……。

クラス別の二次会を適当なところで切りあげ、街に出て飲みなおそうと相談が決まったときのことだった。

自分の部屋に戻り、財布をふところに入れて部屋のカギをかけようとしていたとき、隣りの部屋のドアの隙間《すきま》から女性の声が聞こえてきたのだ。

その隣室は、教師の金沢久子の一人部屋だった。

十五年前の冬の湯沢市での英語講習会——いきなり、そんな言葉を耳にした元村は、思わずその場に立ちすくんでいた。

金沢に質問しているのは、堂上美保だったのである。

——帰りも、元村先生とご一緒でしたか。

——元村先生は、学校になにか用事があると言っていませんでしたか。

——それは、何時ごろだったんでしょう。

そんな美保の質問に対し、金沢久子の返答は驚くほど正確なものだった。

元村の体から、酔いが急速に抜け落ちて行った。

…………

あの夜、雪は長靴が埋まるほどに降りつもっていた。

元村は金沢久子を家まで送り届けると、その足で学校へ向かって雪道を歩いて行った。

名城貞吉と約束した時間は、五時だった。場所も時間も、名城が一方的に決めたものだった。

相手の用件は、元村にもおよそ見当がついていた。あえて名城と会う約束を交わしたのは、彼に面と向かってきっぱりと引導を渡してやるつもりだったからだ。

校門をはいると、すぐ左手にある体育館に灯《あかり》がともっていた。二階の生徒会室の窓にはカーテンがひかれ、部屋の灯がその隙間から洩《も》れて見えた。

体育館にはいると、入口の土間に男物のゴム長靴が脱ぎ捨ててあった。

名城貞吉は部屋の椅子《いす》にふんぞり返っていたが、いましがた来たばかりとみえ、赤い皮ジャンパーのあちこちに雪の粉が光っていた。

名城の用件は、元村の想像したとおり、給食の出入りを元どおり復活させてくれ、という内容のものだった。

元村はきっぱりと断わり、この件に関しては話し合う余地はないと付け加えていた。

「だったら、二百万ほど都合してくれないか」

と名城がいきなり言ったのだ。

元村は呆然《ぼうぜん》とし、返す言葉がなかった。

「店の資金に、どうしても二百万が必要なんだ」

名城は言った。

そんな大金を元村が持っているわけはなく、またそれを名城に貸し与える義理もなかった。元村は相手にしないで、帰りかけようとすると、名城が呼び止めた。

「あんたは、いやでもその金を都合しなけりゃならなくなるよ」

「なぜだね。まるでわたしをゆすってるみたいだが」

「おれの女房とのこと、世間に言いふらしてもいいのかい？」

「奥さんとのこと？」

元村には、まさに寝耳に水の言葉だった。

「おれが知らないとでも思っていたのかね、あんたがおれの女房と乳くり合ってたのを」

「ばかな――」

「女房は前からあんたに岡惚《ぼ》れしてたんだ。それをいいことに」

「きみは、本気でそんなことを言ってるのか」

「ああ、そうとも。おれはあいつの体を隅々まで知ってるよ。外で男と寝てきたことぐらい、すぐに察しがつくってもんだ」

「その相手がわたしだという証拠でもあるのか」

元村は激しい憤りに抗しきれず、名城の胸ぐらを摑《つか》んでいた。

「うろたえているのが、なによりの証拠さ。それに、おれを学校に出入りさせたんだって、おれに対してやましいところがあったからじゃないのかい」

「きみは……人の好意を、そんなふうに」

名城に対し押し殺してきた長年の間の憎しみが、このとき元村の中で爆発した。

元村は、力のかぎり相手の首を両手で絞めつけていたのだ。まったく夢中だった。

元村が我に返ったのは、二人が組み合ったまま、もんどりうって床に倒れたときだった。

相手の後頭部に、なにかがつぶれるようなにぶい音がした。

元村は相手から離れ、身を起こしたが、名城はあお向けに倒れたまま眼を閉じていた。

取り返しのつかない事態が生じたと知ったのは、元村が慌ててその体を抱き起こしたときだった。

名城の両腕は力なくだらりと垂れ下がり、首の折れた人形のように頭をそり返らせたま
ま、なんの反応も示さなかったのだ。

元村は、恐怖におののいた。生まれてはじめて体験する、激しい震えを伴った恐怖だった。

そのとき、階段に足音が聞こえてこなかったら、元村はいつまでもその場に立ちすくんでいたかも知れなかった。

足音と人声を耳にしたとたん、元村は自分を取り戻していたのだ。

元村はドアにカギをかけ、壁ぎわに身を寄せて息を殺していた。

3

…………

……………

そのとき慌てふためいていた元村佐十郎は、間違えて傍の名城貞吉のゴム長靴をはいてしまったのです。

名城貞吉はそのとき、木綿の靴下の上に、もうひとつ、毛糸の靴下をはいていたのです。

狩野友市と長南政道が車の中で死体にゴム長靴をはかせようとしましたが、ただでさえ小さな元村の長靴が、そんな名城の足に合うわけがありません。

そのために狩野と長南は、死体の足から毛糸の靴下を脱がせてしまったのです。そんなことさえしていなかったら、足と長靴のサイズの違いから、死後運搬の事実を警察が摑んでいたはずで、事件はあんな暗礁に乗りあげることもなかったと思われます。

和久井さん。

これが名城貞吉事件の真相のすべてです。

名城貞吉を殺したのは、元村佐十郎だったのです。

その事実を知っていたのは、添畑明子ひとりでした。彼女はその事実を、十五年間ずっと誰《だれ》にも喋《しゃべ》らず、隠しとおしてきたのです。

添畑明子はクラスメートのあなたを犠牲にしてまで、教師の元村佐十郎をかばい続けてきたのです。

なぜだったのでしょう。

…………

…………

4

谷原卓二と秋庭ちか子が階段をおりて行ったすきに、元村は部屋を抜け出した。

だが、廊下に出たとたん、元村の足はその場に釘《くぎ》づけにされていた。職員室に向かっているはずの谷原と秋庭が、階段の昇り口のところで、教師の北田健一と話をしていたからだ。

元村の取る道は、ひとつしかなかった。

元村が真っ暗な運動部室に駆け込み、ドアのカギをかけた直後だった。そのドアの前に人の立つ気配がし、続いてドアの把手《とって》を静かにまわす音が聞こえてきたのだ。

ドアの前の人物は、すぐにその場から立ち去ったが、元村は生きた心地がしなかった。

そして、その一、二分後、元村はわが耳を疑った。生徒会室のドアの把手をまわす音が聞こえ、「ドアをあけなさい」と北田が言ったからである。

いま抜け出してきたばかりの部屋のドアに、再びカギがかけられていたなんて、元村には到底信じられないことだった。

ドアに体をぶつける音が起こり、その震動は元村のいる部屋にも伝わってきた。めりめりっと板戸の破ける音がし、続いて、部屋の中で北田の驚きの声があがった。

元村はゆっくりと慎重にドアをあけ、生徒会室の前に人影がないのを確認すると、忍び足で廊下に出た。

足音を殺して階段をおり、入口の土間のゴム長靴をわし摑みにすると、元村は素足のまま雪の降る戸外を夢中で走って行った。

どこで長靴に足をとおしたのかは、記憶になかった。

だが、二、三歩も歩かないうちに、元村は自分の犯したあやまちに気づいたが、いまさら学校へは引き返せなかった。長靴は名城貞吉のもので、元村の足のサイズよりはるかに大きかったのだ。

元村は長靴を引きずるようにして歩き、通りがかりの酒場ののれんをくぐっていた。咽《の》喉《ど》がからからに乾き、無性に酒が飲みたかったのだ。

その酒場にどのくらい腰を据えていたろうか。四、五本の徳利をからにしていたのに、酔いはいっこうに体に現われてこなかった。

だが、酒を飲んだせいか、気持はいくぶん落ち着きを取り戻していた。

元村はそのとき、自分のとった軽率な行為を深く後悔した。

なぜ、現場から逃げ出してきたりしたのだろう。警察の捜査が始まれば、早晩、元村に容疑の眼が向けられるのはわかりきったことではないか。現場に残してきたゴム長靴は、言いのがれのできない物的証拠となる。

元村は酒場を出ると、再び学校へ向かって歩き出していた。自首する決心がついたからだ。

だが、校門をはいるとすぐに、元村は足をとめた。体育館の灯が、すべて消えている上に、その周辺に人影はまったく見当たらず、体育館は舞い落ちる雪の中でひっそりと静まりかえっていたからだ。

すでに警察の初動捜査が終わり、捜査員たちが引きあげたあとだったのか、と元村は考えてみたが、どうにも釈然としなかった。

元村は戸惑いながら、職員室のドアをあけた。北田健一がストーブの前に坐《すわ》っていたが、元村を認めると、ちらっと眼顔で挨拶《あいさつ》しただけで、なんの言葉も発しなかったのだ。

北田健一は名城貞吉の死体をその眼で見ていたはずだ。それなのに、なぜそのことを元村に語ろうとはしないのだろうか。

元村はそのとき、自分が夢でも見ているのではないかと錯覚したほどだった。

5

……その理由は簡単です。

わたしは中学時代、何度か添畑明子の家に遊びに行き、彼女の勉強部屋で宿題などをやったことがありました。

いつでしたか、その部屋で机に向かっていたとき、彼女がなにかの用事で部屋を離れたことがありました。そのときわたしは消しゴムを忘れていて、彼女のものを使おうと思い、勉強机の抽出《ひきだ》しをあけたのですが、目的のものは見つからず、代わりにとんでもない秘密の品を発見してしまったのです。

元村佐十郎の顔写真でした。

彼女自身が撮影したもので、写真の裏には撮影年月日が書き込まれ、その傍に、「わたしの大切な人——元村先生」という説明書きがあったのです。

添畑明子は、その当時から元村佐十郎に淡い恋心をいだいていたのでしょう。

彼女が犯行をまのあたりにしながら、元村佐十郎を告発できなかったのは、そうした事情からだったのです。

…………

…………

6

階下で、電話のベルが鳴っていた。

元村佐十郎は十五年前の回想に終止符を打つと、残りの冷酒をあおって、ゆっくりと腰をあげた。

受話器を取ると、想像していたとおりの相手が電話口に出ていた。

「元村さんですね」

田沢湖署の山口警部の声だった。

「お話したいことがあるんです。署までおいで願えませんか。こちらから車を回しますので」

「今夜ですか?」

「ご都合でもお悪いんですか?」

「できれば、明日にしてください」

「明日ですか」

「警部さん。そちらの用件は、わかっているつもりです。みんなお話しますよ」

「元村さん……」

「ご心配なく。逃げかくれはしませんから」

元村はそう言って、相手がなにか言いかけるのを無視して受話器を置いた。

居間の旧式な柱時計が、そのとき七時を告げた。

7

その夜の九時ごろ。

「大変だあ。大変だあ」

大声をあげて、元村佐十郎の庭先から駆け出てきたのは、隣家の主婦だった。

「かあちゃん、なにしたんだ。そんした大きい声あげて」

会社から帰ってきたばかりの隣家の主人は、その声に驚き、外に飛び出した。

「元村先生が、死んでると」

「なんだって——」

主人は仰天し、家の中に駆け込んだ。

玄関をはいってすぐ右手が居間になっていた。

主人は居間に足を踏み入れ、思わずその場に棒立ちになった。

天井の太い梁《はり》に、元村佐十郎の体がぶら下がっていたのだ。

「首つり自殺だあ」

主人は足許《あしもと》の力が抜けたようになり、そこに両膝《りょうひざ》をついた。

第一発見者の主婦から角館署に連絡がはいり、元村佐十郎の遺体が畳に横たえられたのは、九時五十分ごろだった。

二階の書斎の丸いテーブルの上には、半分ほど空になった日本酒の瓶とグラスが置かれ、食べ残しのイカやスルメがそのまわりに散らばっていた。

係員たちが一様に注目したのは、一升瓶の下に置かれた何枚かの便箋《びんせん》だった。


和久井さん。

わたしが盛岡の同窓会に出席したのは、田沢湖を久しぶりに眺めながら仕事の骨休めをしたかったことの他に、名城貞吉事件の関係者たちと会って、さらに事件を推理し、犯人を捜し出す目的があったからです。

名城貞吉を殺したのは、添畑明子だったのでしょうか。

いいえ、添畑明子ではありません。

いちばん上の便箋には、そう綴《つづ》られてあった。見憶《みおぼ》えのあるきれいな女文字だった。
便箋の間に、二つ折にされた原稿用紙がはさまっていた。
そこには、太い万年筆の走り書きで、次のように記されてあった。

名城貞吉を殺したのは、わたしです。
わたしなりに苦しみ悩んだ十五年間でした。
これ以上、あの事件のことで、心をわずらわせるのは耐えられません。
十二月二十一日

元村佐十郎

第五章　谷原奈那

1

谷原奈那が会社のエレベーターを一階でおり、ロビーに歩きかけると、受付の前に立っていた中年の男が、帽子を取って会釈した。

「やあ。突然おじゃましまして」

田沢湖署の山口警部である。

「東京に所用がありましてね。ついでと言ってはなんですが、ちょっとお寄りしてみたんです」

山口は、にこやかな表情で奈那を見守った。

「さ、どうぞ」

奈那は、山口を来客用のソファに案内した。

「先ほど、大学に電話を入れてみたんですが、堂上先生は今日から学会で青森に行かれたそうですね」

「ええ。新聞にも出てましたけど、マイクロサージェリー研究会ですわ。堂上先生はシンポジウムの司会をなさるとか」

「お忙しいんですな、あの先生も」

山口はポケットから煙草《たばこ》を取り出しながら、

「ところで、元村佐十郎が自殺されたのをご存知ですか？」

「はい、新聞で読みました。十五年前の事件の犯人は元村先生だったんですね」

「死んだのは、八時前後と推定されます。その夜の九時ごろ、元村の家の犬が、いつになくしきりに吠《ほ》えたてているのを不審に思った隣りの主婦が、彼の家へ様子を見に出かけて行って、死体を発見したんです。ちゃんとした遺書も残していました」、

「美保さんの例の手紙が、書斎に置いてあったとか」

「ええ。あなたが指摘されたとおり、美保さんの手紙は八枚ばかり抜けていたんです。元村佐十郎が真犯人だと推理したくだりが」

「その手紙、お持ちですか？」

「ええ、コピーですが。差しあげますので、堂上先生にもお見せになってください」

山口は背広の内ポケットから封筒を取り出すと、中身を引き抜いて奈那に手渡した。

冒頭に、和久井さん、と書かれた見なれた美しい文字が並んでいた。

奈那は、時間をかけてゆっくりと読んで行った。

「いかがですか」

読み終わると、山口が声をかけた。

「りっぱな推理だと思います。名城貞吉殺しの犯人は、間違いなく元村先生ですわ」

「あなたのお兄さんを殺したのも、この元村佐十郎ですよ」

と山口は言った。

「お兄さんはあの事件で、なにか大きな秘密を握っていたと思われます。村崎野の駅まで堂上先生を追いかけて行ったのは、そのことを先生に告げるためだったんです」

「ええ。兄が堂上先生になにか打ち明けようとしていたことは、事実だと思います」

「元村はお兄さんを村崎野駅で見送ったあと、16時41分発の上りの鈍行に乗って北上駅に出たんです。堂上先生と同じ列車です。そして、北上から北上線で横手に出、秋田行の鈍行を利用して大曲でおりて、そこからタクシーに乗り、羽後四ツ屋駅に先まわりし、お兄さんを待ち伏せしたんです。このように列車とタクシーを乗りついで行けば、お兄さんが羽後四ツ屋駅に着く19時48分までには楽に現場に到着できたんです」

「その日、事故かなにかで列車の遅延はなかったんですか？」

「ええ。それも調査ずみです。それに、大曲駅から元村らしい人物を羽後四ツ屋まで乗せたタクシーの運転手の証言もあります」

「元村先生が、兄を……でも、あの事件のことで、兄はいったいどんな秘密を知っていたんでしょうか？」

「それは想像するしかありませんが、お兄さんは十五年前の事件で、運動部室からこっそり忍び出ようとした元村を見ていたんじゃないかと思います。そのことを同窓会の折に美保さんに話していたんです。美保さんが田沢湖の白浜から盛岡行のバスに乗ったのは、田沢湖三中にいた元村と会うためだったと思われます」

「………」

「秋庭ちか子さんは美保さんの手紙――いまあなたがお読みになった部分を読み、十五年前の犯人を知りました。あなたと堂上先生が秋庭さんと会おうとしていた夜、彼女の家にいたのは元村です。元村には、あなたがたと会うつもりなど最初からなかったのです。だから、あなたがたを出迎えに家を出た秋庭さんを追いかけ、殴り殺してしまったんですよ」

「…………」

「元村は十五年前の事件のとき、添畑明子さんがベランダにいたことを、つい最近になって知りました。そして、美保さんが和久井俊一に、事件を解明した手紙を書いていたことも知っていたんです。元村は、その手紙が移転先不明の付箋つきでホテルに回送されたのを知り、添畑さんを崖《がけ》から突き落とし、この手紙の部分だけを抜き取っていたんです。われわれは名城貞吉殺しの犯人を元村と断定し、美保さんら四人の事件についても元村の自供を待つまでに捜査を進めていたんです。元村はのがれられないと覚悟し、あんな形で命を絶ったのです。彼が死ぬ夜、電話でわたしにも言っていましたよ——そちらの用件はわかっている。逃げもかくれもしない、と」

「でも……遺書には、兄たちの事件については、ひと言も書かれていなかったんですね？」

「ええ。ですが、その件は、この美保さんの手紙の一部が、それを代行していると思いますよ」

「でも……この手紙は、十五年前の名城貞吉事件についてのみのものです。兄たち四人の事件については、元村先生はなんにも言い残してはいないんです」

「谷原さん……なにか、今度の事件にご不審でもおありなんですか？」

山口はその細い顔をかしげ、奈那をのぞき込むようにした。

「名城貞吉事件については、すべて納得がゆくんです。でも、今度の事件に関しては、どうも釈然としないところがあるんです」

「どんなことが？」

「ひとつは、秋庭ちか子さんのことです。このことは以前から疑問に思い、時おり考えてはいたことなんですが」

「桜庭さんが堂上先生にあてた手紙の中の、信じられないような、恐ろしいこと云々《うんぬん》の件でしたら、説明はついたはずですよ。秋庭さんは元村が名城貞吉を殺していた事実を読んだため、信じられないほどに驚いていたんですから」

「そのことではなく、堂上先生とわたしが角館を訪ねた夜のことですわ。わたしが秋庭さんの家に電話をしたとき、家の中に誰かがいたんです。秋庭さんは堂上先生にあてた手紙の中で、ある人物の立会いのもとで話をすると約束していました」

「そうです。ある人物とは、犯人の元村だったのですよ」

「でも、秋庭さんが——いいえ、秋庭さんにかぎらず、そんな危険なことをするものでしょうか……相手にあなたは人殺しだと告げ、被害者の夫と会ってくれ、なんて秋庭さんは本当に言っていたんでしょうか。それに相手だって、やすやすとその話を聞き、秋庭さんの家でわたしたちを待っていたなんて、やはり考えられないことですわ」

「しかし、現実には谷原さんがいまおっしゃったように、家には来客があったんですよ。秋庭さんを殺したのは、そのとき秋庭さんと一緒に家にいた人物ですよ」

「だったら、なぜもっと早い時期に秋庭さんの口を封じていなかったんでしょうか。そんな、せっぱつまったときでなくても、他に機会はあったと思うんですが」

「つまり、谷原さんは、その家にいた人物は犯人——元村じゃなかった、と言いたいんですね？」

「ええ……」

「じゃ、誰だったんですか、その人物とは」

「わかりません」

奈那は、首を振った。

山口は拍子抜けしたような顔になったが、すぐに真顔にもどって、

「で、その他になにか？」

と奈那を促した。

「どうしても納得がゆかないのは、兄のことです。何度も申しあげるようですが、兄は美保さんの死に対し強い責任を感じていたんです。あんなことを教えなければよかった、と電話で泣いていたんです。あんなこと、とはいったいなんだったのか、それが知りたいん

いでしょう」

「さきほども言いましたが、それは名城貞吉事件に関する元村の秘密としか考えられないです」

「だったら、美保さんはそのことをこの手紙の中になぜ書かなかったんでしょうか。兄から元村先生に関するなにかを聞いたなどという記述はどこにもありませんわ」

「すべてを書き込んでいたとはかぎらないでしょう。美保さんにとって、たいして必要もないと思われる事項は省略していたのかも知れません」

「兄は自分が告げた話が原因で、美保さんが命を落とす羽目になった、と後悔していたんです、兄の告げた話の内容を、美保さんが省略していたとは、ちょっと考えられないんです。美保さんにとっても、それは非常に重大な内容だったはずです」

「しかし、谷原さん」

山口は言い諭すような表情で言った。

「現実は、この手紙が証明していますよ。美保さんにとって、お兄さんの話はことさら文章に書いておく必要がなかったからこそ、そのことはなにも書き綴《つづ》らなかったんです」

「いま、わたしに考えられることは、ひとつしかありません」

奈那は言った。

「兄の話の内容は、名城貞吉事件とは関係がなかったんじゃないか、としか考えられません」

「え？」

「そうですわ、そうに違いありません」

「しかし、谷原さん……」

奈那の話を否定するように山口は首を振ったが、奈那は自分の想定に自信を持っていた。

「美保さんはホテルに着いた翌日、盛岡行のバスに乗っていましたわね」

「さきほども申しあげたとおりです」

「その日、美保さんがホテルを出る前に、外から電話がはいっていましたわね」

「ええ。男の声だったそうですがね」

「その電話は、兄からだったと思います。美保さんはその電話で兄に呼び出され、盛岡行のバスに乗ったんです。兄と美保さんは盛岡市内のどこかで会っていたんです」

「しかし、なぜですかね。お兄さんとはその前の日、同窓会で会っているんですよ。それに、話なら、その電話ですんでいたろうと思いますがね、わざわざ盛岡まで出向かなくても」

「なんですか？」

「電話ではすまない話だったんでしょう。警部さん、美保さんの遺留品の中にマッチがいくつかあったと思いますが」

「ええ、たしか三つありましたよ。盛岡市内のバーとか割烹《かっぽう》料理店、それに喫茶店のマッチも」

「その喫茶店を調べていただけませんか」

「しかし、八日ではなく、六日の同窓会の折に行っていたのかも知れませんよ」

「でも、一応調べてみてください。兄と美保さんは、その喫茶店で会っていたと思うんです」

「かりに、二人がそこで会っていたとしても、その話の内容までは調べられないと思いますがね」

「それでも、結構です」

奈那は、山口に頭を下げてたのんだ。

山口は困ったように顔を撫《な》でまわしていたが、やがて笑みを浮かべてうなずいた。

2

山口警部からの電話は、翌朝、奈那が会社のデスクに坐った直後にかかってきた。

「遺留品のマッチのひとつは、盛岡駅前の『丘』という喫茶店のものでした」

山口は言った。

言葉の調子からして、奈那が期待していたような話の内容でないことはすぐに察しがついた。

「十一月八日、お兄さんも美保さんもその店には現われていないようですな。二人が会ったのは午前中のことと思われますが、そのときの男女の客はたった二組だったそうです。その二組とも、店の従業員の顔見知りの客だったんです」

「そうですか。実は昨夜、兄が生前使っていた手帳を調べてみたんですが、十一月八日は非番になっていました。だから、もしかしたら、盛岡の独身寮で会っていたことも考えられるんですが」

「なるほど。ついでにそちらも当たってみましょうか」

「お願いします。お手数をおかけしますが」

奈那がそう言って電話を切ろうとすると、

「谷原さんは、米山年男という男をご存知ですか？」

と唐突に山口は言った。

「米山年男……」

「中学時代の同級生です、お兄さんの。例の同窓会では、三年四組の幹事をやっていた男ですがね」

「お会いしたことはありませんが。でも、それがなにか？」

「喫茶店の客の一人が、その米山氏だったんですよ」

「はあ……」

「店の者の話では、米山氏は仕事の関係で仙台と盛岡によく出張していたそうで、その喫茶店は古くからの行きつけの店だったんですよ」

「でも、美保さんが、その米山さんと……」

「ええ。美保さんを待っていたとは、ちょっと考えられませんよね。ついでに、残りの二つのマッチ――駅前のバーと割烹料理店も当たってみましたがね、無駄でした。この二軒とも、開店時間は夕刻からだったんです」

「ほんとに、すみませんでした」

「なんなら、米山氏に当たってみたらいかがですか」

山口はとりなすように言って、電話を切った。

美保と兄は、盛岡市内のどこかで会っていたはずである。

唯一の手がかりかと思われた遺留品のマッチだったが、そこに二人が現われてないとすると、他に捜す手段はすぐには思い浮かばなかった。

奈那は、米山年男という兄の同級生に会ってみようと思った。

なにかが得られるというあてはまったくなかったが、このまま諦《あきら》めてしまう気にはなれなかった。

奈那は兄の同窓生名簿を繰って、米山年男の自宅の電話を調べ、ダイヤルを回した。

米山年男は東北地方に出張中で、明日の正午ごろ直接会社に戻る予定だ、と電話に出た女性が告げた。

3

奈那は翌日の午後二時頃《ごろ》、丸の内の会社に米山年男を訪ねて行った。

あらかじめ電話で連絡を取っていたが、電話での声の調子から若々しい青年を想像していた奈那は、相手を見てちょっと驚いた。白髪の分別くさい容貌《ようぼう》は、とても兄の卓二と同年配とは思えなかった。

「あなたのことは、亡くなった谷原君から幾度か聞いたことがあります。高校も同じでしたが、わたしなどとは違って、とびきりの秀才でしたよ、谷原君は」

米山はそんなことを言いながら、応接室のソファに奈那を案内した。愛想のいい、親しみやすい感じの男だった。

故人の想《おも》い出話がしばらく続いたあと、米山はふと思い出したように、

「ところで、盛岡でのことで、なにかわたしに聞きたいとかいうお話でしたが」

「十一月八日の午前中のことなんですが。たしか米山さんは、盛岡駅前の『丘』という喫茶店においでになったとかうかがいましたが」

「十一月八日……ええ、たしかにあの喫茶店にはいりましたが。わたしの行きつけの店ですよ」

「同窓会が終わって、すぐに東京へお帰りにならなかったんですね」

「いい機会なので、少し骨休めをしようと思いましてね。七日から十一日まで、あの周辺の温泉場をまわっていたんです。仕事ではしょっちゅう行ってますが、のんびり温泉につかるひまがなかったものですから。それに、女房のやつがテニスクラブの連中と九州旅行

に出かけましてね。家で自炊するのも面倒だと思って」

「あの店で、どなたかと待合わせでもなさっていたんですか？」

と奈那は訊《たず》ねた。

「いいえ。下り列車の時間があったので、ぶらりと立ち寄ったまでですよ。あの店のことでなにか？」

「いえ。ただ兄のことで、ちょっと確認したいことがあったものですから。もしかしたら、あの日、兄と堂上美保さんが、その店で会っていたんじゃないかと思いまして」

「谷原君と美保さんが？　わたしはお昼近くまでいたと思いますが、見かけませんでしたよ」

「そうですか」

「二人はなにか、あの店のことを言っていたんですか？」

「いいえ。ただ、美保さんの遺留品の中にあの店のマッチがあったものですから」

「……店のマッチが？」

米山は思案顔になっていたが、やがてなにか納得したように大きくうなずいた。

「美保さんが持っていたというマッチは、わたしのですよ」

「は？」

「十日から十一日まで、わたしはあの田沢湖のホテルに泊っていたんですよ。美保さんのご主人にも、このことはお話したんですが、十日の日のことでした、わたしが散歩から部屋に戻ってきますと、美保さんから電話があったんです。同窓生名簿をちょっと貸してくれ、と言われましてね」

「同窓生名簿を？」

奈那は話の途中で、思わず問い返した。

「おそらく、自分のをどこかへ紛失したんだろうと思いますがね。わたしは美保さんとちょっと話がしたかったので、それを部屋まで届けてあげたんです」

「でも、美保さんは、自分の名簿を持っていたはずですわ」

美保の遺留品の中には、堂上富士夫も言っていたように、同窓生名簿がちゃんと含まれていたはずである。手許にそれがありながら、なぜわざわざ米山から、それを借り受ける必要があったのか——。

奈那は、この矛盾を見のがしにはできなかった。

考えられることは、ひとつしかない。

美保の持っていた名簿の目的のページ——和久井俊一の名前の載ったページが、脱落していたか、そのページの印刷が不鮮明だったかの、いずれかである。

奈那は一度だけ、その美保の名簿を手にしたことがある。角館町の電話ボックスから秋庭ちか子の家に電話をしたときだった。奈那は、その名簿の電話欄を見ながら、ダイヤルを回していたのだ。

そのとき、秋庭ちか子の欄の印刷が不鮮明だったことを憶えている。秋庭のすぐ上の欄にあった和久井俊一の住所欄は、ほとんど読み取れないほどに印刷がかすれていた。

美保が米山から名簿を借りたのは、和久井俊一の住所を確認するためだったのだ。

だが、なぜ、堂上は——。

奈那が不審に思ったのは、堂上富士夫のことだった。

堂上は名簿の一件を米山から聞いていながら、そのことを奈那にも警察にも黙っていたのだ。

米山から話を聞いた堂上は、美保がなぜ同じ名簿を必要としていたのかを考えめぐらし、その理由をちゃんと理解していたはずである。

つまり、堂上は、美保の手紙が和久井俊一にあてたものであることを以前から知っていたことになるのだ。

知っていながら、なぜ、その事実に口を閉ざしていたのだろうか。

——堂上は、なぜ……。

奈那の心に萌《きざ》した、もやもやした疑惑は、米山の言葉でかき消された。

「美保さんはなんだか気忙《きぜわ》しそうなようすだったので、四、五分もしないうちに失礼したんですが。そのとき煙草を吸いましてね、帰るときにテーブルの上のマッチをポケットにしまったんですが、間違えて美保さんの部屋のものを持ってきてしまったんです。自分の部屋で煙草を吸おうとして、はじめて気がついたんですが」

「じゃ、そのとき持っていらしたのが、あの喫茶店のマッチだったんですね」

「そうです」

「間違えて持ってきたマッチというのは？」

米山が、そこまで記憶にとどめているとは思えなかった。だが彼は、即座に、

「喫茶店のマッチでした。盛岡市内の」

と言ったのである。

「盛岡市内の喫茶店――。で、店の名前は？」

「名前は憶えていません。けれど、谷原君の行きつけの店じゃないかと思いますが」

「兄の行きつけの店？　どうしてですか？」

「盛岡中央病院内、とマッチに印刷されてあったのを憶えています。そこは、谷原君が勤めていた病院でしたね」

「あの病院の中にある喫茶店――」

堂上美保はあの日、兄の病院へ出かけていたのか。

しかし、なぜ美保は兄の病院へ行ったのか。兄はあの日、非番だったはずだ。

その兄が美保と会う場所に、病院を選んだのはどういう理由があったのか。

「わたしはそのマッチを見て、谷原君が美保さんになにかの折にあげたものだと思っていたんですが」

「兄は昔から煙草を喫《す》いません。だから喫茶店のマッチを持ち歩くことなどなかったはずですわ」

「すると美保さんは、あの日、谷原君の病院へ行っていたんですね」

「でも、なぜ……」

「そういえば、同窓会のときも、頭痛でもするのか、時おり顔をしかめながら頭に手をやっていましたよ」

「美保さんは、そんなに飲んでいたんですか?」

「いや、そうは思えませんね。素面《しらふ》同然と言っていいくらい、しゃんとしていたようでしたがね。三次会で街にくり出したとき、気分が悪くなったとかで、トイレにかけ込んであげていたようでした。谷原君が心配してホテルまで送って行ったんですが」

「…………」

奈那は、米山の丸い顔に焦点の定まらない視線を置いた。

美保はいつか自分でも言っていたが、アルコールにはかなり強かったはずなのだ。その美保が大した酒量を口にしたわけでもなさそうなのに、酔っぱらったようになっていた。そのとき、美保の体には、アルコールの酔いとはまったく別な、ある異変が起こっていたのだ、と奈那は考えてみた。

兄の卓二は、そのことにうすうす気づいた。だからこそ、非番であるにもかかわらず、美保を病院へ呼び寄せたのだ。

そこまで考えを追って行ったとき、奈那は思わず小さい叫び声をあげた。

思ってもみなかった、途方もない想定が、そのとき奈那を捉《とら》えていたからだ。

奈那はその夜、早目に食事をすませると、後片付けもそこそこにして机の前に坐った。大学ノートをひろげ、十一月十一日の堂上美保の溺《でき》死《し》事件から始め、続いて起こった一連の事件を順を追って書き込んで行った。

各事件ごとにデータを細大洩《も》らさず書き入れ、それがすむと、各々の事件を一つ一つ詳細に検討した。

最初の堂上美保の事件を、奈那はまったく新しい視点から考えなおしてみた。

美保の事件を別の観点から考えることによって、これまで釈然としなかった事柄に、ちゃんと納得の行く解釈が得られるのだった。

奈那はノートを閉じると、田沢湖署に電話を入れた。自分の想定をこのまま胸に納めておくのが苦痛だったのだ。

受話器を取ったのは、山口警部だった。

「今日、米山さんとお会いして、いろいろとお話をお聞きしました」

奈那は言った。

「そうですか。で、なにか参考になりましたか?」

山口は、眠そうな声で応対していた。

「事件のからくりが、摑めたんです」

「からくりが? 話してみてください」

「警部さんには、すぐには信じてもらえないと思いますが、今度の事件がこれほどまでに錯綜《さくそう》してしまったのは、堂上美保さんの死を、頭から他殺だと決めつけてしまったことにあったんです」

「美保さんの死は、他殺ではなかった、と言われるんですね?」

「自殺です。美保さんは、自分の意志で湖に身を投げたんです」

「自殺――。あなたも、亡くなった添畑明子さんと同じように、自殺説を主張なさるわけですな」

「添畑さんは、知っていたんです、美保さんが自殺したことを。だから、そのことを警部さんにもはっきりと口に出して言っていたんです」

「なぜですか？　美保さんの投身自殺を目撃したとでも？」

「いいえ。添畑さんは、美保さんの手紙の全文を読んでいました。その手紙から、美保さんの本当の死因を知ったんです」

「手紙の全文？　しかし、あの手紙には、遺書めいた記述など、どこにもなかったじゃありませんか」

「あったんです、最後のほうに。その遺書の部分は、添畑さんを殺した犯人が持っているはずです」

「しかし、なぜ、美保さんが自殺を……」

「五年前の病気が、再発していた、としか考えられません」

「五年前の病気……」

「美保さんが自殺したことを、兄と秋庭さん、そして添畑さんの三人は知っていたんです……だから、殺されてしまったんです」

「誰に――誰に殺されたんですか？」

「堂上先生にです」

「堂上――」

短く言って、山口はそのまま口をつぐんでいた。

「兄の病院を調べれば、すべてがはっきりします。美保さんは、兄の病院で、兄にすすめられて、検査を受けていたはずです」

「……調べてみましょう、病院を」

山口は、言葉を途切らせながら、ゆっくりと言った。

4

翌日の午後一時過ぎに、待ちかねていた山口警部からの電話がはいった。

「谷原さん。あなたの考えていたとおりでしたよ」

山口は、冒頭にそう言った。それは、奈那にも充分に予測できた言葉である。

「十一月八日、堂上美保さんは盛岡中央病院に行っていました。受診したのは、内科外来で、担当医はその日非番だった谷原卓二さんでした」

と山口は言った。

「美保さんは内科外来で簡単な診察を受けたあと、谷原医師と一緒に放射線科に行き、CTスキャンで頭部撮影を行なっています。担当したのは、若い放射線技師でした」

「そのフィルムは？」

「ありません。放射線科でも、まったく心当たりがないと言っていますが」

「そうですか」

奈那の思っていたとおりだった。

「警部さん。近いうちに角館へまいります。秋庭ちか子さんがどうやって殺されたのか、あの現場に行って自分の眼で確かめてみたいんです」

「あの夜、秋庭さんの家にいた人物が堂上氏だったと、考えておられるんですか？」

「あのとき、堂上先生が秋庭さんのすぐ傍にいたことはたしかです。秋庭さんは、相手が自分を殺そうとしていたなんて、夢にも思っていなかったんです」

「しかし、堂上氏は車の中にいて……」

奈那はそれには答えずに、

「角館に行く日が決まりしだいご連絡します。警部さんにも、ご一緒に行っていただきたいんです」

と言って、電話を切った。すぐまた受話器を取ると、都内局番を回し、先方の交換台に、

「脳外科の助教授室。どなたもいらっしゃらないようでしたら、医局につないでください」

と告げた。

堂上富士夫が青森の学会に出席していることは、もちろん承知の上だった。

第六章　真犯人

1

十二月二十七日、盛岡駅の12番線ホームに、東北新幹線「やまびこ30号」の発車のベルが鳴り渡った。

谷原奈那はベルが鳴るのと同時に、自由席の座席から腰をあげた。最前部に連結されている自由席の車両を出ると、奈那は列車の進行とは逆方向に通路を歩いて行った。

7号車のグリーン車内のドアを開けたとき、奈那は通路ぎわの座席に堂上富士夫の顔を認めたのだった。

堂上は奈那がすぐ傍に立ったのにも気づかず、熱心に欧文の雑誌を読みふけっていた。

「先生――」

奈那が声をかけると、堂上はゆっくりと雑誌から顔をあげた。

「やあ、谷原さん……」

堂上はさすがに驚いたようすで、眼鏡をはずして、しげしげと奈那を見た。

「一緒だったとは知りませんでしたよ。どちらへ行かれたんですか？」

「角館まで」

「ほう、そうですか」

「先生は、青森の学会からですわね」

「ええ。学会は明日までなんですが、広島の病院で二つほど手術を頼まれていましてね。着くとすぐに、羽田から飛ばなければならんのですよ」

「存じてます。大学に電話しましたら、医局のかたがそう言っておられました。先生がこの新幹線に乗られるのも、だから知っていたんです」

「そうですか。で、なにかわたしにお話でも？」

「はい」

「よろしかったら、坐りませんか」

傍に置いてあった黒革のカバンを網棚にあげると、堂上は窓ぎわに身を寄せた。

奈那が腰をおろしてほどなくすると、車内アナウンスが次の停車駅を告げた。

「もう北上ですわね」

奈那は堂上を見ながら言った。

「さすが新幹線ですよ。二十分とはかかっていませんね」

「さっき通り過ぎたあのあたりが村崎野の駅だったんですね」

「ああ、そうでしたか。見すごしていましたけど」

「先生はあの日——十一月十七日の日。村崎野の駅から仙台行の鈍行に乗られたんでしたね。16時41分発の」

「ええ」

「北上到着が16時48分。先生は北上から何時の新幹線に乗られたんですか？」

「時刻表で前もって調べておいたのですが、たしか鈍行が到着して一、二分後に発車する列車でした。ですが、その列車に乗ったのは、発車時刻を大分過ぎてからでしたよ。あいにくとあの日、車両故障がありましてね」

「仙台行の鈍行は、ダイヤどおりに走っていたんですね？」

「ええ」

「すると、北上線の北上始発には充分に間に合っていたはずですわね」

と奈那が言った。

「北上線？」

と言って、堂上は、はっとした表情で奈那を見た。

「北上発17時15分の列車があります」

奈那は手帳の数字を追いながら言った。

「横手に着くのが、18時55分。横手から19時01分発の秋田行の鈍行に乗れば、大曲には19時24分に着けます。大曲からタクシーを使えば、田沢湖線の羽後四ツ屋駅まで十五分とはかかりません。兄の乗った列車が羽後四ツ屋駅に着くのは、19時48分。つまり、兄を待ち伏せることができたわけです」

「谷原さん」

堂上は落ち着きはらった声で呼びかけた。

「わたしが、それらの列車に乗って大曲に行っていた、とおっしゃるんですか？」

「そうです」

「冗談じゃありませんよ。いったいなんの目的で？」

「兄を――殺すために、です」

堂上は眼鏡の奥の、まばたきを止めた大きな黒い眼で奈那をじっと見入っていたが、やがてその口許にかすかな笑みを浮かべた。

「わたしと推理ゲームを楽しもうというわけですか。おもしろそうですね。あなたのお話を拝聴するとしましょう。ただし、あくまでゲームとしてね」

「けっこうですわ」

「反論を許してもらえますか？」

堂上の顔には、その言葉どおり、ゲームでも楽しんでいるようなゆとりがあった。

「ええ、どうぞ」

「わたしはあのとき、谷原君から妻の死に関して、ある重大なことを聞き出そうとしていたんですよ。わたしは妻の死に深い疑惑を持っていた。谷原君は、そんな疑いを解いてくれる唯一の人物でした。そんな彼を、どうして殺さなければならないんですか？」

「先生の兄に対する殺意は、先生が村崎野の駅から16時41分発の列車に乗った直後に生じたものだったのです」

「それだけの説明では、よく理解できませんね」

「正確に言えば、列車の中で、兄が手渡した美保さんの写真を見たときですわ」

「妻のスナップ写真を見たぐらいで、どうして谷原君に殺意を持ったりするんですか？あの写真はあなたもご覧になったでしょう」

「兄が手渡した封筒の中には、スナップ写真の他にフィルムがはいっていたんです。盛岡中央病院の放射線科で撮影した、美保さんの頭部CTスキャンのフィルムです」

「妻はなぜ、CTスキャンなどを撮影していたんですか?」

堂上は、あくまでも冷静だった。

「美保さんは同窓会の夜、しきりに頭痛を訴え、吐いたりしていました。周囲の人はお酒の飲み過ぎと思っていたでしょうが、美保さんはあの夜、少量のお酒しか飲んでいなかったのです。それに、もちろん先生もご存知でしょうが、美保さんはかなりアルコールには強い体質でした。街での三次会の折、美保さんを介抱してホテルに連れて帰ったのは兄でした。兄はそのとき、美保さんの体の異常に気づいたのです。二日後にホテルに泊っていた美保さんに電話を入れ、盛岡中央病院の内科外来に受診をすすめたのも兄です。CTスキャンで頭部の写真を撮ったのは、もちろん脳疾患を疑っていたからです。美保さんは五年前、先生の大学で脳手術を受けていました。困難な脳手術の中でも最も高度な技術を必要とされる、硬膜……」

「海綿静脈洞周辺の硬膜動静脈奇形、です」

と堂上が言いそえた。

「その病気が再発したのではないか、と兄は疑ったのです。結果は、兄の危惧《きぐ》したとおりだったのです。つまり……」

「五年前の手術は、失敗に終わっていた、と言われるんですね。執刀者の浪風教授のメスに落度があった、と」

「美保さんの手術は、世間では教授の浪風先生が執刀したものと思われています。しかし、手術直前になって、浪風教授は体の不調を訴え、堂上先生にその手術をまかせたんです。私はそのことを、以前に兄から聞いて知っていました。顕微鏡を使いながら美保さんの頭にメスを入れていたのは、堂上先生だったのです」

　堂上は顔を窓外にむけたまま、黙っていた。

「先生は列車の中で、CTスキャンのフィルムを見、その片隅に書き込まれた患者の名前を読んで、茫然《ぼうぜん》となさったはずです。フィルムには脳内部の異変が——五年前の手術の失敗が、映し出されていたからです。きわめて成功率の低い美保さんの手術をみごとになし終え、それによって一躍、脳血管手術の権威にのしあがっていた先生にとって、五年後のそんな結果は想像すらしていなかったと思います。この手術の失敗は、先生には言葉には言い表わせぬほどの大きな打撃でした。その事実が医学界に知れたら、世界の堂上の名声と地位は情容赦もなく剝奪《はくだつ》されてしまうからです。美保さんの手術に成功して以来、五年間、苦労して築きあげてきた先生のすべてが、その美保さんのフィルムによって水泡に帰してしまうからです。先生にとって、美保さんの手術の失敗は、どんな手段を使っても隠しおおさなければならなかったことなのです。そのために、兄は殺されてしまったんです」

「…………」

「兄が先生のあとを追いかけ、村崎野の駅まで行ったのは、なにも先生の手術の失敗をことさらに告げるためではなかったのです。フィルムを見せて、先生に美保さんの死を説明するためだったのです。でも、傍に元村先生がいたため、兄はそれを言い出せないまま帰りの列車に飛び乗っていたんです」

「谷原君は、妻の死をどう説明しようとしていたんですかな」

窓に眼を置いた姿勢で、堂上は言った。

「美保さんは、自殺した——そうです。兄はそう先生に告げようとしていたんです」

「自殺——」

「美保さんの死は、十五年前の事件とはなんの関係もなかったんです。美保さんは、自分の意志で、湖に身を投げて命を絶ったんです。その理由は、いまさら説明する必要はないと思いますが」

「聞かせてください、参考までに」

「検査の結果は、九日の日の午後、兄の口から電話で美保さんに知らされました。美保さんは自覚症状などから、半ば覚悟はしていたものの、その検査結果を冷静に受け止めていたとは到底考えられません。絶望して、悩み苦しんだはずです。あの病気が、どんな苦痛を伴うものかは、美保さんがいちばんよく知っていました。しかし、それが美保さん以外の患者であったならば、再手術を受け、生きのびようとしていたかも知れません。美保さんには、それができなかったのです。先生が再度、手術のメスを握るということは、世界の堂上の名声を捨てることを意味するからです。美保さんは、先生の地位と名声を守ってあげたかったのです。だから、ホテルの部屋に遺書らしいものはなにも残さずに、病気の再発を秘密にしたまま、自ら命を絶ったのです。先生はフィルムを見て病気が再発していたことを知り、そのとき、美保さんがなぜ死んだのかも知ったはずです」

「………」

「わたしにかかってきた兄からの電話の内容は、もう説明する必要もないと思います。兄が検査結果を美保さんに告げたのは、早く東京に戻って堂上先生に再度精密検査をしてもらい、次善策を講じるようにとすすめる目的からだったと思います。でも美保さんは兄のすすめには従わず、入水自殺を遂げてしまったのです。そのとき正直に検査の結果を告げていなければ、美保さんは堂上先生の診察を受け、再手術によって命をとりとめていたものを、と兄は自分の軽はずみな行ないを後悔していたんです」

列車は、一ノ関に停《と ま》っていた。グリーン車に五、六人の乗客が乗り込んできたが、奈那が坐っている席は空いたままだった。

「お話は、それだけですか？」

黙っている奈那を見ながら、堂上が言った。

「いいえ。話は始まったばかりです。秋庭ちか子さんがなぜ殺されたのかを、これからお話します」

「彼女の死も、わたしと関係があるような言いかたですね」

「秋庭さんを殺したのも、先生ですわ」

「推理ゲームも佳境にはいってきたようですね。でも、わたしが彼女に、いったいどんな動機を持っていたと言われるつもりですか？」

「兄を殺したのと、同じ動機です」

「手術のミスを隠蔽《いんぺい》するために、とでも言われるんですか？」

「そうです」

「しかし、谷原さん。秋庭ちか子さんは、そんなことは知らなかったはずですよ」

「知っていたんです、美保さんの手紙の一部を読んで」

「信じられないような、恐ろしいこと——彼女はわたしあての手紙にそう書いてますが、それは、十五年前の事件の意外な真犯人、元村佐十郎の犯行のくだりを読んだからでしょう」

「いいえ」

奈那は強くかぶりを振った。

「じゃ、いったいなにを読んでいたんですか、彼女は」

「そのことは、あとでお話しします。添畑明子さんの事件とも関連することなので」

「……そうですか。ま、いいでしょう。じゃ、先を進めてください」

堂上はおだやかに言うと、煙草《たばこ》をくわえ、再び窓外の風景に視線を置いた。

「秋庭ちか子さん殺しは、兄の場合とは違って、巧妙に計画された犯行でした。先生は秋庭さんの手紙を読んだ直後から、その殺人計画を練り始めていらしたのでしょう。最初、ご自分一人だけで秋庭さんとお会いになるはずが、わたしが同行を申し入れたため、殺人計画の変更を余儀なくされましたが、わたしが舞台に一枚加わったおかげで、先生の目論《もくろ》みは予想以上の成果をあげることができたのです。つまり、先生のアリバイを証明したのは、このわたしだったからです」

「もう少し具体的に話してくれませんか。なぜ、あなたがわたしのアリバイを証明していたんですか?」

「順を追ってお話しします。あの夜、盛岡の駅前からレンタカーを使ったのも、先生の計画の中に組み入れられていたことでした。いろいろと調査するには、車のほうが小まわりがきいて便利だとか言われたのは口実で、車は犯行計画に絶対に欠かせない小道具のひとつだったのです。先生は途中ノンストップで運転し、田沢湖町を過ぎ、川を渡った人気のない路上で停車して、秋庭さんの家に電話をかけてくると言って、車をおりようとしました。でも、先生にはご自分で電話をかける意志なんて最初からなかったんですわ。わたしが先生に代わってその役を引き受けるのを、そのとき先生は待ち望んでいたはずですから」

「また、話が飛躍しましたね。なぜ、わたしがあなたに電話してもらいたかったんですか? 電話をかけてくる、と言い出したのは、あなたのほうからですよ」

「先生にそう仕向けられたからです。トランプの手品のように、わたしは先生が引かせたかったカードを引いてしまったんです。先生はわたしが車に弱いことを承知の上でレンタカーを、それも旧年式の体臭がこびりついたようなぼろ車を借り出してきたのです。現場までノンストップで走ったのは、時間に追われていたのも理由のひとつですが、それ以上に、わたしの車酔いを最後までもたせるという目的があったからです。先生の目的どおり、車が田沢湖町にはいったころには、わたしの車酔いは、もう我慢ができないほどの極限状態に達していました。だから、あの現場で車が停ったとき、わたしは自分からすすんで電話をする役を申し出たんです。それが、先生の仕組んだ罠《わな》だなんて、知るはずもなく、ただ外の新鮮な空気を吸いたい一心でした。それに、車を停めた場所は幹線道路への抜け道らしく、車の往来の頻繁な駐車禁止地帯で、後続の車が通り抜けられず、いらだたしくクラクションを鳴らしていましたが、そんな場所に停車したのも、先生の計画の中にちゃんと組み込まれていたことだったのです。車をわきの路地に移動させる必要があり、先生が車から離れられないことをわたしに教えるためです。わたしが車酔いを必ず起こすとは限らず、その万が一の場合を考慮した計画だったと思います」

「それほどまでにして、あなたに電話してもらう必要があったんですかね」

「もちろんです。わたしを車から遠ざけるためには、そうさせる必要があったんです。秋庭さんが殺されたのは、わたしが受話器を置いた直後でした」

「あの場所から秋庭さんの自宅まで、往復一キロ以上の距離ですよ。あなたが電話ボックスにはいり、戻ってきたのはわずか十分足らずの短い時間でしたよ。まるで不可能なことですよ」

「その短い時間で、充分だったんです」

「なぜ?」

「そのとき秋庭さんは、先生のいた場所の近くにいたからです。秋庭さんが電話の途中で話を中断したのは、近づいてくる先生の姿を眼にとめたからですわ。先生は秋庭さんが受話器を置くと同時に背後から頭を殴りつけ、死体を付近の人眼のつかない場所に引きずり込んで、急いで車まで戻ってきたんです。その死体を古城山公園の入口近くの空地に運び捨てたのは、角館のホテルでわたしが眠っている間のことでした」

「しかし、谷原さん」

堂上は、窓から眼を転じ、横目使いに奈那を見据えた。

「秋庭ちか子はあのとき、自宅にいたんですよ。わたしが彼女の自宅を往復できなかったことはさっきも言いましたが。彼女を殺したのは、そのとき家にいた誰かだったとしか考えられないじゃありませんか」

「秋庭さんの家には、あのとき誰もいなかったのです。もちろん、秋庭さんも含めての意味ですが」

「しかし、彼女の自宅に電話をかけたのは、あなた自身ですよ。彼女は自宅にいたからこそ、その電話に出たんでしょう」

「間違いなく、わたしは秋庭さんの自宅の電話番号をダイヤルしました」

奈那は手帳を見ながら、

「〇一八七五局、三の八九六×――これが秋庭さんの自宅の電話番号です。わたしは、その数字どおりにダイヤルを回しました」

「だったら……」

「ですが、先生。わたしはあのとき、市外局番は回していなかったのです。わたしが回したのは、三の八九六×――この五つの数字だけだったのです。なぜ、そうしたのか、おわかりですか？」

「電話ボックスのあった場所が、角館町だったからでしょう」

「そうです。角館町から、同じ角館町に住む秋庭さんに電話をする場合、市外局番をまわす必要はありません。そんなことをすれば、電話は不通になりますもの」

「でしょうな」

「三の八九六×をまわすと、秋庭さんはすぐに電話に出ました。でも、三の八九六×という電話番号は、秋庭さんだけの電話番号だとはかぎりません。すぐ隣りの田沢湖町に、これと同じ番号の電話があったのです」

「――――」

「その電話は田沢湖町××番地に住む大久保さんという小さな駄菓子屋に付けられたピン

ク電話でした。田沢湖局〇一八七四、三の八九六×——これがその電話の番号です」

「——」

「もし、あの電話ボックスのあった場所が、角館町ではなく、田沢湖町だったとしたら、わたしのかけた市外局番なしの電話は、この大久保さんという店にかかっていたはずです。そうなんです、わたしは錯覚していたんです、あの電話ボックスが角館町にあるものだとばかり。そう錯覚させたのは、もちろん先生です。車が田沢湖町に着いたとき、この先の川を渡れば角館です、と先生は言っていました。川を渡ると、すぐ右手に古城山公園の丘が見えていましたので、車が停った場所が角館の町内であることを、わたしは疑おうともしませんでした。わたしは角館の町のことはまったくと言っていいほど知りませんし、まして、夜のことです。その場所は、角館との境界線ぎりぎりの地点で、田沢湖町の一画にある電話ボックスの電話だったんです。秋庭さんと話をしようと思ったら、〇一八七五という市外局番を最初に回さなければならなかったのです。だから、わたしのかけた電話は秋庭さんの自宅につながっていなかったわけです」

「——」

「わたしのかけた電話は大久保という店のピンク電話につながり、その受話器を秋庭さんが取ったのです。あの日は火曜日で、その店の定休日にあたっていて、ピンク電話はいつものように店の外に置いてありました。秋庭さんは先生に指示されたとおり、そのピンク電話の前で先生の車が到着するのを待っていたわけです。約束の時間より遅くなるようだったら、その店に電話をかけるから、とでも伝えておいたんだと思います。だから秋庭さんは、店の電話が鳴ったので、とっさにその受話器を取りあげていたんです」

堂上は煙草を口にくわえたが、点火したライターをそのままにして、窓外を見ていた。

「その大久保という店が、先生が車を停めた場所からそれほど離れてはいない地点にあったのは、いまさら言うまでもありません。その店と秋庭さんの家の電話番号が同じだということを、なにかの折に偶然に発見した先生は、それを犯行のトリックに使おうと考え、あの現場を下調べしていたはずです。角館へ一緒に行った日、先生とは大宮の新幹線のホームで待ち合わせていましたが、先生がホームに現われたのは発車間際の時間でした。それは東京からいらしたのではなく、角館へ下調べに行った帰りだったんじゃありませんか？」

堂上からは、返事は返ってこなかった。

「先生はこの一か月近い間に、何度となく秋田の土地に足を踏み入れていたと思います。たとえば、十二月十五日、添畑明子さんが亡くなった夜にしても、そうです」

「秋庭ちか子にしてもそうだが、添畑明子を殺さなければならない理由なんて、わたしにはなにもありません」

「いえ、ちゃんとした理由がありました」

「どんな?」

「添畑さんは、和久井俊一にあてた美保さんの手紙を持っていたからです」

「それが、どうして動機につながるんですか。それに第一、あの妻の手紙が誰にあてたものなのか、わたしには見当もつかなかったんですよ」

「そうでしょうか。先生は、同窓会の幹事をしていらした米山年男さんの話の一部を、わたしや警察の人に最後まで話してくれませんでしたわね」

「どんなことを?」

「田沢湖のホテルで、美保さんが米山さんから同窓生名簿を借り受けていた、という事実をです」

「言い忘れていたんでしょう。たいしたことでもないと思って」

「美保さんは自分が名簿を手許に持っていながら、米山さんからわざわざ同じものを借りたのには、ちゃんと理由があったはずです」

「どんな理由が?」

「美保さんが米山さんから同窓生名簿を借りたのは、その住所欄を見て手紙の宛《あ》て先を書くためでした。同じ名簿を借りたのは、美保さんの持っていた名簿の住所欄の一部が不備だったから、としか考えられません。目的とする住所欄の活字が、印刷の都合で抜けていたか、かすれていたりしていたからです。わたしは一度だけ、美保さんの名簿を手にしたことがあります。さっきお話しした秋庭ちか子さんに電話を入れたときです。先生から手渡された名簿の秋庭さんの欄を見ながらダイヤルを回したのですが、そのとき、秋庭さんの住所も、すぐその上の男子生徒の住所も印刷がかすれていました。秋庭さんのはかろうじて読めましたが、男子生徒の欄の活字はひどくて読めませんでしたが、それは、和久井俊一の住所でした」

「――――」

「美保さんが米山さんから同窓生名簿を借りたのは、この和久井俊一の住所を知りたかったからです。先生も、そのことに気づいたのです。美保さんの手紙の行方をやっきになって捜していた先生が、そんな簡単な事実に気づかないはずがないと思います。和久井俊一のアパートに電話をかけたのは、元村先生ではありません。堂上先生だったのです。和久井俊一が移転先も告げずにアパートを出、美保さんの手紙が差出人に回送されていた事実を知った先生は、今度はその回送先を考えたわけです。美保さんは便箋や封筒を持って同窓会に出かけていたわけではありません。あの便箋もホテルのみやげ物売場で購入したもので、美保さんがホテルの封筒を使用していたことに気づくのに、たいして時間はかからなかったと思います。そして先生は、その手紙が添畑明子の手に納められていることを知ったのです」

「その手紙を奪い取るために、添畑明子をも殺した、そう言いたいんですね？」

「そのとおりです。先生はあの夜、ホテルの裏口から忍び込み、明子さんの部屋に押し入ったんです。添畑さんを崖下に突き落としたあと、美保さんの手紙を部屋から捜し出し、その中の一部分だけをポケットにしまい、手紙を三面鏡の抽出しに入れておいたのです。手紙を全部奪わなかったのには、それなりの理由があったからです」

「それなりの理由とは？」

「ひとつには、容疑の眼を元村先生に向けさせるためです。先生と一緒に角館署でその手紙を読んだとき、その内容に最初に疑問をもったのも先生でしたわ。途中が何枚か抜けている、とおっしゃって。その抜け落ちた何枚かの便箋の中に、元村先生の犯行が書かれていることを、先生は暗示したかったのです」

奈那は、そこで言葉を切った。

列車は三つ目の停車駅、古川のホームを音もなく滑るように発車した。

一ノ関を発車するころから暮れなずみ、いまではあたり一面の田園風景が暗い闇《やみ》の中に沈んでいた。

「あなたのお話は、歯のかけた櫛《くし》とでも言いますか、説明の足りないところがありますな」

と堂上が言った。

「それは、動機です。谷原君の事件では、それなりのものが考えられていましたがね。しかし、秋庭ちか子、添畑明子の二人については、なんの説明もなかったようですね」

「これからお話するのが、そのことなんです。先生が二人を殺したのは、兄と同じ動機からでした」

奈那は言った。

「二人は先生の秘密を――美保さんの手術が失敗だったことを、そしてそのために美保さんが自殺したことを知っていたからです」

「……二人が、なぜそのことを知っていたんですか？」

堂上の口調はまったく平静で、追いつめられて動揺しているような気配はみじんも感じられなかった。

「信じられないような、恐ろしいこと――先生あての手紙に書かれた秋庭さんのこの言葉を、わたしは考えなおしてみたんです。秋庭さんは美保さんの手紙のどの文章を読んで、そんな感想を洩らしたのかと」

「考えるまでもないでしょう。元村佐十郎が十五年前の事件の真犯人だと知ったからでしょう」

「わたしも、そう考えていたんです、最初のうちは。でも、そのうちに、ちょっとした矛盾に気づいたのです」

「矛盾?」

「秋庭さんの手紙には、タンちゃんにあてた手紙、と書かれていたのです。それはもちろん、秋庭さんが手にした便箋の中に、タンちゃんという文字が書いてあったからですが、元村先生を真犯人だと推理した美保さんの手紙の部分には、タンちゃんなどというニックネームは一度も登場していないのです。あの部分はすべて、和久井さん、という正式な呼び名で書かれてあったのです。あの手紙の中で、タンちゃんと呼びかけていたのは、『わたしのこと憶えていますか』という文章で始まるいちばん最初の便箋の中だけでした。秋庭さんが、その最初の便箋を読んで、信じられないほど驚いたなんて、到底考えられないことです。とすると、あのとき秋庭さんが手にしたのは、いったいどの便箋だったのでしょうか」

「秋庭ちか子があのとき、全部の便箋に眼を通していたと考えたら、簡単に解決のつくことじゃないですか」

「だとしたら、タンちゃんにあてた手紙、などとは書かず、ちゃんと和久井俊一という受取人の名前を明記していたと思いますわ。秋庭さんが手に取ったのは、彼女の手紙にもあるとおり、一枚の便箋だけだったのです」

「しかし、それに該当する便箋なんて、最初のを除けば、どこにも見当たらないじゃありませんか」

「そうです。あの便箋の中には、どこにも。でも美保さんは、間違いなく、タンちゃんで始まる一連の文章を書いていたのです」

「――――」

「美保さんは、夫である先生になんの書き置きも残さずに死んで行きました。でも、本当は、自ら命を絶とうとする自分の心中を誰かに知ってもらいたいと、思っていたんじゃないでしょうか。誰にもなんにも知らせずに、自殺か事故死かもわからないような死にかたをする自分自身が、美保さんには耐えられなかったと思うのです。美保さんは、遺書を書いていたんです」

「――――」

「中学時代、淡い恋心を寄せていたと思われるタンちゃん――和久井俊一にあてた手紙の中で、美保さんは死を選んだ自らの気持を書き残していたんです」

「単なる想像にすぎませんな」

「いいえ、事実です。秋庭ちか子さんが読んだのは、その遺書の一部だったのです。信じられないような、恐ろしいこと——この言葉の意味は、これではっきりすると思います。秋庭さんが手にした便箋には、兄の病院で検査を受けたことやら、五年前の手術が失敗し、病気が再発したことなどが書かれていたはずです」

「——」

「秋庭さんはショックを受けましたが、そのまま部屋を立ち去ったのは、美保さんが自殺するなんて考えていなかったからです。つまり、秋庭さんが手にした便箋には、自殺という文字など書き込まれていなかったのです。自殺すると書いてあれば、秋庭さんが黙っている道理がありません。その二日後に美保さんの溺死体が発見され、秋庭さんはそのときはじめて、あの手紙が遺書だったことを知ったのです。そして、先生にその事実を打ち明けようとして、手紙を書いたのです。先生はその秋庭さんの手紙を読んで、秋庭さんがなにを打ち明けようとしているのか、すぐに見当がついたはずです。美保さんの死の真相を知っている秋庭さんを、先生は生かしておくわけにはいかなかったのです。秋庭さんの手紙には、立会人を呼んでお話したい、と書かれていましたが、立会人とは、言うまでもなく、兄のことでした。秋庭さんは、美保さんの体を検査していた兄の口からも、先生に説明をしてもらおうと考えたのでしょう」

「――――」

「秋庭さんを殺した理由は、もうひとつあったのです。秋庭さんが美保さんの死の真相を、わたしに話したとしたら、兄が誰に殺されたのか、すぐに露見してしまうからです。先生が、兄を殺したことを誰にも知られたくなかったのは当然です。同じことが、添畑さん殺しについても言えます」

「――――」

「美保さんの手紙を持っていた添畑明子さんも、当然のことながら、美保さんの自殺の真相を、そして兄や秋庭さんが誰に殺されたのかを知っていました。田沢湖署の山口警部の話では、美保さんの手紙がホテルに回送されたと思われるのが、十一月十七日。その夜、添畑さんは車で兄の家に向かっていたんだそうです。添畑さんが、十五年間もの間、口をつぐんできた元村先生の犯行を兄に告げようとしていたとは考えられません。彼女はそのとき、美保さんの死の真相を兄に話そうとしていたのです。先生が添畑さんを殺したあと、元村先生の犯行を綴った何枚かの便箋の他に、最後の方の美保さんの遺書に該当する便箋も一緒に抜き取っていたことは言うまでもありませんが」

「——」

「元村先生の犯行を綴った便箋を奪い取ったのは、元村先生を自殺に見せかけて殺し、あの連続殺人事件に終止符を打つためだったと思います。犯人が追いつめられたあげくに自殺した、と思わせておけば、先生に万が一にも容疑の眼が向けられることはなかったからです。けれども、元村先生は、先生が手を下す必要もなく、自ら首をくくって自殺してしまいました。先生があの家を訪ねたのは、元村先生が死んだ一時間ほどあとだったはずです。先生は、書斎のテーブルの上に美保さんの手紙を置き、吠えたてる犬に追われるようにして、あの家を出ていたんです」

奈那は言葉を結び、しばらく堂上の横顔を見つめていたが、ゆっくりと席を立った。

「お話は、それだけですか」

と堂上が顔を向けた。

いままで気づかなかったが、その顔は青白く歪《ゆが》んでいた。

「これで、失礼します」

「谷原さん……」

と堂上は呼びかけたが、奈那をじっと見ただけで、言葉を発しなかった。

奈那はその場を離れ、7号車のドアに向かって歩いて行った。

ドアを半分ほど開けたときだった。

背後に、堂上の声が聞こえたのだ。

「待ちなさい。待つんだ……」

堂上は酒に酔ってでもいるような、ふらついた足どりで、奈那に近づいてきた。

顔はさらに青白く見え、眼鏡をはずした眼がぎらぎらと光っていた。これまでに見たこともない、異様な形相だった。

奈那は反射的に身を引いていた。ドアを抜け出ると同時に、堂上の上半身がおおいかぶさるように奈那を抱きすくめた。

「谷原さん……」

あえぐように、堂上が言った。

「わたしを殺しても、むだですわ……」

「違う、そうじゃないんだ……」

「堂上さん。やめなさい」

そう言って、堂上を背後から羽がいじめにしたのは山口警部だった。

「あなたがいるのは、わかっていた。誤解しないでほしい。わたしは、谷原さんに言い残していたことがあった……それを言いたかったんだ……」

「おっしゃってください。お聞きしますわ」

「……妻が言っていたように、あなたは頭のいい人だ……だが、だが、あのときのわたしの気持を理解していないようだね……」

「あのときの？」

「……谷原から渡された妻のCT写真を見たときだ……気が狂いそうだった。谷原は妻の体を勝手に検査していたんだ……なんの権利があってそんな真似を……それに、その結果を直接妻に話すなんて……なぜ、なぜわたしに言ってこなかったんだ。妻を死に追いやったのは谷原だ……憎かった、谷原が憎かった……谷原をうしろから殴り殺したのは、憎悪からだった。妻を亡くした悲しみからだった……」

「憎しみや、悲しみだけだったでしょうか。自分の地位や名誉のことも――」

「……もちろん、それもあった。それを守り抜こうとしたわたしを誰も非難できないはずだ……妻はわたしのために死んで行ったんだ……妻の死を無駄にはできなかった……だから、わたしは――」

堂上は奈那を見据え、その直後に山口警部の胸の中でがっくりと頭をたれた。

「先生――」

奈那はそのときまで気づかなかったのだ、堂上が毒を服《の》んでいたことを。

口許から一条《ひとすじ》の血が静かに流れ落ちていた。
薄くひらいた眼は、まだなにかを語りたげに奈那の方に向けられていた。

エピローグ

タンちゃん。

ここでペンを置こうとしたのですが、やはりできませんでした。

このことは、あなたにも知らせずにおくつもりだったのですが、ここにきてその決心もぐらついてしまいました。

これから書くことは、十五年前の事件とは関係のない、わたし自身のことです。

タンちゃん。

このことは誰にも口外しないと約束してください。

そしてこの手紙を読んだら、この部分の便箋だけただちに焼き捨ててほしいのです。くれぐれもお願いします。

海綿静脈洞周辺の硬膜動静脈奇形。いきなりこんなことを書いても、あなたにはなんのことか理解できないと思います。

簡単に言えば、人間の脳のいちばん深い所にある血管の奇形疾患です。日本でも、いいえ世界でも非常に稀《まれ》な病気で、その手術は難事中の難事と言われるものなのです。

東和大学の脳外科で、わたしがそんな病名の診断を下されたのは五年前でした。そして、手術は急を要したのです。

執刀医は最初、脳外科の教授が予定されていましたが、都合で堂上助教授――今ではわたしの夫――に代わったのです。

顕微鏡を用いて、細かく入りくんだ細い血管を切りさきながら、脳の最深部にメスを入れる難しい手術です。

わたしは死を覚悟していましたが、堂上助教授のメスはみごとにこの難病を征圧していたのでした。手術は成功したのです。

あれから五年――。

夫の技量を信じていたものの、手術後一年ぐらいの間は、カゼで頭痛が長びいたりすると、あの病気が再発したのではないか、とおびえたこともあります。

でも、最近では、手術したことなども忘れかけていたほどでした。

だから、わたしには、まったく想像もしていなかった事態だったのです、あの病気が再発していたなんて——。

軽い徴候があったのは、四日前の同窓会の夜からでした。

間歇《かんけつ》的な耳鳴りがし、頭痛が続いたのですが、疲れのとれない体にお酒を飲んだせいだ、とそのときは別段気にもとめていなかったのです。

おかしいと感じ出したのは、田沢湖のホテルに着いた晩でした。耳鳴り、頭痛、眼窩《がんか》痛がとめどもなく続いたからです。五年前の手術を受ける直前の徴候と、それはよく似かよっていたのです。

同級生の谷原卓二さんの病院で、頭部ＣＴの撮影をしてもらったのは、その翌日でした。谷原さんは同窓会の夜から、わたしの体の異変に気づいていたようです。

検査の翌日、谷原さんからの電話で、再発の疑いがあると知らされたとき、思わず叫び出したいような衝撃を受けたのです。

タンちゃん。

夫の手術は、失敗だったのです。

昨晩、わたしはまんじりともせず、夜を明かしました。

東京にもどり、堂上に事実を告げるなんてことは、わたしにはできない相談でした。

堂上はわたしの手術に成功し、脳血管手術の第一人者の地位を不動のものにしていたのです。その疾患と手術に関する様々な新しい知見を、矢つぎばやに学会で発表し、注目を集めていた堂上です。最初の手術が失敗していたと周囲に知れたら、いったい堂上の立場はどうなるでしょうか。

考えるまでもありません。堂上の失脚は、誰の眼にも明らかです。

タンちゃん。

あの病気が、どんなに苦痛を伴うものか、あなたには理解できないと思います。

「耳の穴から手をつっこんで、奥歯をがたがたゆすってやる」——とかいう、あるコメディアンの得意な科白《せりふ》がありますが、あの病気には、まさにその言葉どおりの気の遠くなるような苦しみが続くのです。そんな苦しみに再び耐える自信は、わたしにはありません。

それに、再手術を受けたとしても、手術が成功し一命を取りとめるという保障はどこにもありません。

わたしは心を決めたのです。それならば、いさぎよく自ら死を選ぼうと——。わたしさえ、理由を明かさずに命を絶てば、堂上の地位と名声はなんの傷もつかないですむはずです。

不思議な、めぐり合わせだと思います。中学時代から好きだった田沢湖。死ぬのならその湖水の中で死にたい、と考えていた田沢湖。

いまその湖畔にあって、まさに死を考えているんですから――。

この部屋の窓から、紅葉に映える山々と、青く澄みきった田沢湖の全容が手にとるように眺められます。

タンちゃん。

憶えているかしら。

中学時代、あなたと一緒に自転車で湖畔を走りまわった、あの晩春の日のこと。

そして、白浜の浅瀬で一緒に水浴びした、あの夏の日のことを。

タンちゃん。

わたしはあの当時から、あなたのことが好きでした。

同じ高校に進み、同じ陸上部にはいろうと、そのときから決めていたんです。

わたしがそう言うと、あなたは舌を出して、しきりに照れていたわね。

…………

…………

解　説

千街晶之

ベストセラーとは縁がなくとも、本格ミステリ一筋数十年、一作一作に丹精《たんせい》籠《こ》めてコツコツと作品を書き続けてきた作家がいた。そんな努力に対する天の恩寵《おんちょう》だったのか、その作家の晩年になって、初期作品が復刊によって再び注目を集め、数十万部のベストセラーとなり、他の作品も次々と復刊された。

そう書くと何だかフィクションの中の出来事みたいに出来すぎた話という印象があるけれども、これは実話である。その作家の名は中町信。一九三五年、群馬県生まれ。アガサ・クリスティーと鮎川哲也の影響を受けてミステリの執筆を開始し、一九六七年、第二回双葉推理賞で最終候補に残った中篇が「偽りの群像」のタイトルで《推理ストーリー》に掲載される。一九六九年には「急行しろやま」で第四回双葉推理賞を受賞。そして、第十七回江戸川乱歩賞に「そして死が訪れる」のタイトルで応募して最終選考に残り、《推理》に「模倣の殺意」として連載された長篇が、『新人賞殺人事件』のタイトルで一九七三年に刊行、これが著者の初長篇となる。

その後、医学系出版社勤務との兼業で執筆をしていた関係で寡作《かさく》の状態が続いたものの、一九八九年に専業作家になってからは作品数が一気に増えている。そして二〇〇四年、『新人賞殺人事件』が『模倣の殺意』のタイトルで創元推理文庫から復刊され、書店の後押しでベストセラーとなったことで状況は大きく変わり、『散歩する死者』（一九八二年）が『天啓の殺意』、『高校野球殺人事件』（一九八〇年）が『空白の殺意』、『自動車教習所殺人事件』（一九八〇年）が『追憶の殺意』とそれぞれ改題されて創元推理文庫から復刊されるに至った。二〇〇八年には、一九六八年発表の中篇「湖畔に死す」を四十年ぶりに改稿した『三幕の殺意』を上梓するが、これが最後の長篇となり、二〇〇九年六月にこの世を去った。

『模倣の殺意』がそこまでヒットした理由は、この小説に籠められたある趣向（それ自体はこの作品に限ったことではなく、著者の作風の大きな特色でもあった）が、復刊当時の国産ミステリ界の流行と一致していたからだろう。その意味で、『模倣の殺意』は早すぎた試みだったのかも知れない。

さて、こうした復刊続きの中でも、中町ファンは「他に何かを忘れてはいませんか」と思っていた筈だ。著者の作品群には、優れた本格ミステリがまだまだ埋もれた状態で存在していたのだから。そんな思いに応えるかのように、今回、「トクマの特選！」の一冊として復活を遂げたのが、一九八三年三月にトクマ・ノベルズから書き下ろしで刊行され、一九九〇年七月に徳間文庫版が出た『田沢湖殺人事件』である。このたび、「死の湖畔 Murder by The Lake 三部作」の一冊目として、著者の遺族の了解のもと『#1 追憶(recollection) 田沢湖からの手紙』と改題された。余談として触れておくと、トクマ・ノベルズのカヴァーには担当編集者によると思われる「一作ごとに、大胆なトリックで読者の頭脳に挑戦している中町信のストレス解消法は、会社の帰途に、気の合った飲み仲間と、カラオケをバックに演歌を歌いまくることである。また、熱烈な巨人ファンでもあるので、これから始まるプロ野球は、執筆の能率と大いに関係してくるといえるようである」という近況報告が載せられており、作品からはわからない著者の日常が窺えるようになっている。

ついでなので復刊に伴う改題について触れておくと、先述の創元推理文庫の復刊以外でも、徳間文庫からは『浅草殺人案内』（一九九五年）が『偶然の殺意』、『秘書室の殺人　課長代理・深水文明の推理』（一九九三年）が『秘書室の殺意』、『奥只見温泉郷殺人事件』（一九八五年）が『悲痛の殺意』とそれぞれ改題されて復刊されている（歿後《ぼつご》の二〇一四年に光文社文庫から短篇集『暗闇の殺意』が刊行されているが、これは収録作のうち一篇のタイトルを表題にしたものだ）。正直なところ、何でも「〜の殺意」で統一されてしまうと元のタイトルが思い出せないという弊害もあるので、本書のように「田沢湖」という固有名詞を残した改題のほうが、以前からの読者としては有難い。

ここで、本書の内容を紹介したい。

東和大学助教授で高名な脳外科医である堂上富士夫は、推理作家として知られる妻の美保と幸せに暮らしていた。ある日、美保は中学校の同窓会に出席するため秋田県へと向かうが、それが夫婦の永遠の別れとなってしまう。美保は同窓会のあと、田沢湖で水死体となって発見されたのだ。

死の数日前、田沢湖から電話をかけてきた美保の言動を思い返しても、堂上には妻が自殺したとは信じられなかった。仮に自殺するにしても彼女が遺書を残さないとは考えにくいし、用心深い性格からして事故死の可能性も低い。美保は誰かに殺されたのではないか……と疑った堂上は、生前の美保が、十五年前の十二月に起こったらしい事件を調べていたことを思い出す。田沢湖署の警察官によると、美保は死ぬ前に同窓生名簿を借りており、また何者かに宛てて長い手紙を書いたらしいが、その相手が誰なのかは不明だという。十五年前の事件の犯人が妻を殺害したのではないか、そして手紙の受け取り主は同窓生名簿に載っている誰かなのではないか……と考えた堂上は自ら調査を開始するが、その事件がどのようなものであったかは、誰に尋ねても判然としない。そして、事件関係者が何者かによって次々と殺害されてゆく。十五年前の事件の時効は目前に迫っていた……。

本書には探偵役と呼べそうな人物が二人登場する。一人は言うまでもなく堂上富士夫であり、もう一人は、美保の同級生の妹にあたる谷原奈那だ。この二人が、それぞれ真相に至る糸をたぐってゆく構成となっているが、他の登場人物の視点で描かれる章も多く、その意味ではかなり複雑な構成である。

美保の死を発端として繰り広げられる現在の連続殺人に、時効寸前の十五年前の事件が絡み（本書が発表された当時、殺人の公訴時効は十五年だった）、アリバイ崩しあり、密室殺人あり（錯覚を利用したトリックがヴィジュアル的に印象に残る）、作中テキストの仕掛けあり……と、本格ミステリを構成する（そして、著者が得意とする）要素はほぼ詰め込まれている。著者の作風の特色である、プロローグとエピローグを照応させる趣向も見事に決まっている。作品の構成に関わる大トリックから小さなトリックまで、考え抜かれたトリックの波状攻撃が読者を翻弄してやまないのである。

また、真犯人が浮かんできたと思いきや、新たな事実が判明して事件の様相がダイナミックに変容する展開が、執拗なまでに何度も繰り返される点も圧巻である。もちろんページ数の残り具合を考慮すれば、まだそのあとにどんでん返しが待っているだろうということは予想できるにせよ、まさかそこまで引っくり返すのか……と驚かされる筈だ。著者がアガサ・クリスティーと鮎川哲也に刺激されて執筆を始めたことは冒頭に記したけれども、記述のフェアさはクリスティー、アリバイ崩しの要素などは鮎川……と、それぞれからの影響の強さも感じられる。

また本書は、動機の意外性に重点をおいた「ホワイダニット」の傑作でもある。この動機については、早い時点でわりと露骨に伏線が張ってあるにもかかわらず、巧妙なミスリードによって目を逸らされてしまうように計算されている。そして本書の優れた点は、この動機と関連した幕切れの余韻である。最後にある人物の手紙（今回の改題ではこの要素が重視されている）が提示されることによってしみじみとした悲哀が読者を包むようになっており、著者の作品群の中でも、印象的な幕切れという点ではベストと言えるのではないだろうか。

こうして見ると、本書は必ずしも著者の作品の中で知名度が高いわけではないが、本格ミステリとしての充実ぶりはかなり上位にあると言えそうだ。著者が敬慕したアガサ・クリスティーの作品で譬《たと》えるならば、復刊でベストセラーとなった『模倣の殺意』が『オリエント急行の殺人』や『そして誰もいなくなった』だとするなら、本書は『五匹の子豚』や『葬儀を終えて』に通ずる位置づけとなるのではないか。つまり、誰もが知る代表作ではないが、その作家のファンには高く評価されるタイプの作品なのである。

本書が発表された一九八三年は、西村京太郎の『寝台特急《ブルートレイン》殺人事件』（一九七八年）のヒットによってトラベル・ミステリのブームが起きていた時期である。『田沢湖殺人事件』として刊行された本書は、「地名＋殺人事件」のタイトルといい、観光名所を舞台にしていることといい、時刻表を使ったアリバイ崩しの要素といい、当時のトラベル・ミステリとしては正統派であるかのようにも見えるけれども、このトリック三昧《ざんまい》の過剰さは、気軽に読めることを重視したトラベル・ミステリの枠からはみ出している気がしてならない。

ひとつだけ本書の難点を挙げるなら、これは著者の他の小説にもしばしば見られる傾向だが、話の展開に都合よく人が死にすぎている印象がないでもない（真犯人による殺人はともかく、それと無関係な交通事故死も混じっている）。とはいえ、その弱点を差し引くとしても、本書は本格ミステリにかけた著者の執念が結実した逸品であり、「中町信らしさ」百パーセントの快心作であることは疑い得ないのである。

二〇二一年十一月

本書は1990年7月に徳間文庫から刊行された『田沢湖殺人事件』を著作権者の許可を得て改題いたしました。作品はフィクションであり実在の個人・団体などとは一切関係がありません。なお、本作品中に今日では好ましくない表現がありますが、著者が故人であること、および作品の時代背景を考慮し、そのままといたしました。なにとぞご理解のほど、お願い申し上げます。

（編集部）

徳間文庫

死の湖畔 Murder by The Lake 三部作 #1

追憶《ついおく》(recollection)

田沢湖からの手紙

2022年1月15日　初刷

著　者　中《なか》町《まち》信《しん》

発行者　小宮英行

発行所　株式会社徳間書店

東京都品川区上大崎三-一-一　〒141-8202
目黒セントラルスクエア

電話　編集〇三(五四〇三)四三四九
販売〇四九(二九三)五五二一

振替　〇〇一四〇-〇-四四三九二

印刷
製本　大日本印刷株式会社

ISBN978-4-19-894709-5　(乱丁、落丁本はお取りかえいたします)

トクマの特選！　好評既刊

山田正紀

山田正紀・超絶ミステリコレクション#2

囮捜査官 北見志穂1

山手線連続通り魔

警視庁・科捜研「特別被害者部」は、違法ギリギリの囮《おとり》捜査を請け負う新部署。美貌《びぼう》と〝生まれつきの被害者体質〟を持つ捜査官・志穂《しほ》の最初の任務は品川駅の女子トイレで起きた通り魔事件。厳重な包囲網を躱《かわ》して、犯人は闇に消えた。絞殺されミニスカートを奪われた二人と髪を切られた一人――奇妙な憎悪の痕跡が指し示す驚愕《きょうがく》の真相とは。